CW00350793

LE FRÈRE DU MILLIARDAIRE

UN ROMAN À SUSPENSE BDSM

CAMILE DENEUVE

TABLE DES MATIÈRES

Publishe en France par:
Camile Deneuve

ISBN: 978-1-64808-970-1

❀ Réalisé avec Vellum

INTENSITÉ. PASSION. RIVALITÉ

Jenna Foster a dû attendre jusqu'à ses dix-huit ans pour pouvoir sortir avec Rod Manning, un garçon de cinq ans son aîné, que ses parents n'estimaient pas être quelqu'un de fréquentable.
Rod Manning avait désiré Jenna pendant près de deux ans et s'était langui d'elle inlassablement jusqu'à ce qu'elle lui revienne.
Les deux ont ensuite entamé une relation passionnée, qu'il a rapidement transformée en contrat BDSM stipulant que l'amour est une faiblesse et que leur lien charnel existera jusqu'à leur mort.
Puis, un jour, Rod disparaît, laissant Jenna seule à se demander ce qui a bien pu arriver à l'homme qu'elle était sur le point d'épouser.
Deux années passent et Reed Manning, qui est devenu millionnaire, ne peut plus réprimer sa fascination pour l'ancienne petite-amie de son frère. Lorsque les deux se rencontrent par hasard durant leurs vacances d'été dans leur petite ville natale, ils tombent éperdument amoureux l'un de l'autre, un amour qui déclenche bientôt une guerre sans merci entre les deux frères, lorsque Rod apprend leur fiançailles.
Jenna sera t-elle capable de surmonter ses sentiments passés pour Rod afin de continuer sa relation avec Reed ? Ou choisira t-elle de prendre ses distances alors que la famille Manning est déchirée par la lutte des deux frères pour elle ? Les choses semblent se calmer lorsqu'elle n'est plus là, mais Jenna sera t-elle assez forte pour oublier son amour pour Reed, pour le bien de sa famille ? Reed laissera t-il son frère aîné dicter sa vie à jamais et l'empêcher d'être avec la femme qu'il aime ?

1

JENNA

J'arrive dans le petit appartement qu'on loue depuis la semaine dernière.

« Rod ? Tu es là ? »

On sort ensemble depuis quelques mois et on a décidé de passer à la vitesse supérieure, en aménageant ensemble. Mes parents l'ont très mal pris, et c'est peu dire.

Ils étaient furieux !

Mais ce qu'il y a entre Rod Manning et moi est fort. Même si je n'ai que dix-huit ans. Ils pensent que c'est un problème. Mais je ne vois pas le souci.

Rod est un peu plus vieux que moi. Il a cinq ans de plus, mais je m'en fous. Mon père m'a interdit de sortir avec quiconque avant mes dix-huit ans.

Rod me draguait depuis quelques années, mais il a dû attendre. Mon père l'a menacé plusieurs fois en lui disant que les choses tourneraient mal si jamais il me touchait avant l'âge.

Ce qui est drôle c'est que sa mère a essayé de me brancher avec son petit frère. Je l'ai vu à une remise de diplôme, juste un peu avant mes dix-huit ans. Elle chaperonnait la soirée.

Elle ne savait pas que Rod me tournait autour. Elle m'a pris à part et m'a demandé si je connaissais Reed, leur fils. Je connaissais Reed, bien sûr. On habite une petite ville : Jerome, en Arizona.

Reed n'a que deux ans de plus que moi. Et ça m'a choqué quand elle a dit qu'on serait un couple parfait. Il était à la fac à l'époque mais il était rentré pour l'été. Elle m'a demandé si elle pouvait lui donner mon numéro de téléphone.

Son désarroi quand je lui ai dit que c'était Rod qui me plaisait, et que je lui plaisais aussi m'a étonné. Elle m'a dit que Rod était difficile à vivre. Je trouvais ça dingue.

Il ne me semble pas difficile à vivre, moi ; bien au contraire. Il a l'air dur, et viril, mais dans le bon sens du terme.

Il est mécanicien, et il a de gros muscles bien durs. Et une barbe de trois jours qui lui va à ravir. Il est magnifique.

Je dois l'admettre. Il a l'air un peu dangereux. Mais je trouve ça super excitant.

J'aime comme il me manipule !

Et il m'a dit qu'il avait une surprise pour moi quand il rentrerait ce soir. Et il ne devrait plus tarder d'ailleurs.

« Salut, bébé, » dit sa voix depuis notre chambre.

Je m'y dirige par le couloir qui relie notre chambre au salon. Il est là, appuyé contre la porte.

Ses longs cheveux blonds cendrés sur les épaules tombent sur ses épaules par vagues. Ses beaux yeux bleus me regardent de haut en bas. J'ai des frissons.

« Salut, Rod. »

Il porte seulement un caleçon noir moulant. Il vient de prendre une douche pour se débarrasser de l'huile de moteur. L'odeur du savon éveille mes sens.

Je suis en train de fondre. Il me dévisage.

« J'ai la surprise dont je t'ai parlé. Mais on doit discuter un peu avant que je te la montre. »

Il m'attire vers lui avec force.

Il m'embrasse et je sens qu'il enfonce sa langue dans ma bouche pour la caresser de partout. Je sens mes genoux vasciller. Je me serre tout contre lui.

Il attrape mes fesses à pleines mains et pousse un gémissement. Mon corps monte en température. Je suis toute mouillée et j'ai hâte d'enlever tous mes vêtements et de me mettre dans notre lit.

L'une de ses mains monte le long de mon bras puis sur mon épaule. Il me tire les cheveux avec force pour basculer ma tête en arrière. Il quitte ma bouche pour me mordre fort dans le cou.

J'émets un bruit qui le pousse à me regarder, d'un regard intense.

J'aime ce regard. La puissance à l'état pur.

« Je veux quelque chose de durable entre nous, Jenna. »

Mon cœur bat à ces mots.

« D'accord. »

Il fait un grand sourire.

« Je ne t'ai pas encore dit quoi, et tu réponds déjà oui ? »

J'acquiesce et il sourit.

« Je veux que ça dure entre nous aussi, Rod, je t'aime.

– L'amour, c'est pour les faibles, bébé. Je t'ai déjà dit ce que je pensais de cette merde. »

Il me lâche et s'éloigne.

« La vie, c'est autre chose que l'amour. La vie est dure, bébé. L'amour est éphémère . Mais l'engagement c'est du solide. Moi je veux un vrai engagement avec toi. »

Il s'assoit sur le rebord du lit, et sort un paquet de cigarettes de la table de chevet, puis une bouteille de bière. Il prend une gorgée et il allume une cigarette.

Je déteste ça, l'odeur de la cigarette. Et il le sait. Je lui ai demandé de fumer dehors, mais il ne le fait pas.

Mais je pense qu'il est sur le point de me demander en mariage, alors on verra plus tard pour ça. Je viens m'asseoir à coté de lui.

« Que veux-tu, Rod ? »

Il passe sa main sous l'oreiller et en sort une feuille. Je vois le titre en gros caractères : Contrat d'esclave et de maître.

Je prends la feuille. Je la regarde. Puis je le fixe. Il reste stoïque.

Aucune émotion ; rien.

« Esclave ? Pourquoi il y a écrit esclave ? De quoi s'agit-il ? »

Il me prend le bras, et me serre très fort.

« Je te veux. Entièrement. Je veux te posséder, bébé. »

Mon cœur s'arrête de battre.

« Me posséder ? »

Il secoue la tête doucement. Je n'arrive pas à réfléchir. Puis une pensée me traverse l'esprit.

« Mon père va te tuer, Rod.

– Ce sera notre petit secret. Cette ville est trop petite pour que ce genre de chose se sache. »

Il tire une taffe de sa cigarette et l'odeur devient insupportable. Je tousse.

« Un secret? »

J'observe la chambre. J'aperçois un crochet au mur. Ça n'était pas là avant.

Puis mon regard revient sur le contrat dans ma main droite. Ma main tremble et je dois tenir la feuille de l'autre main pour réussir à lire ce qu'il veut de moi.

Des mots me sautent aux yeux. Punitions. Tortures sexuelles. Exigences.

« Rod, c'est une blague ? »

Je cherche dans son regard, mais je n'y vois aucune trace d'humour.

Il remue la tête, tout doucement.

« C'est pas une blague, Jenna. C'est ce que je veux. Et j'ai toujours ce que je veux. Tu le sais. »

La fumée forme un cercle autour de sa tête. Il tapotte sa cigarette dans le cendrier sur la table de chevet.

« Je ne pense pas vouloir faire partie de ce plan. Je croyais que tu allais me demander en mariage, Rod. »

Il rigole doucement.

« En mariage ? Non, c'est pas mon délire. Ça peut se finir en divorce. Ce que je veux, c'est quelque chose qui n'ait pas de fin. C'est pour toujours, poulette. C'est pas mieux que le mariage ?

– Tu veux que je sois disponible pour tous tes besoins. »

Je me tourne vers lui et il plisse les yeux, en tirant une autre taffe sur sa cigarette.

« Et mon travail alors. »

Il secoue la tête.

« Ce petit job ne te fait pas gagner d'argent. La façon dont je vois ça, c'est que c'est mieux pour moi si tu peux venir à moi ou que tu soies à la maison quand je rentre et que tu t'occupes de moi et de mes désirs à ce moment là.

– Tu parles de sexe ? Tu veux me dire que je t'en donne pas assez ?

– Non pas assez. Mais ce n'est pas ta faute. C'est la faute de ton travail. »

Il écrase sa cigarette dans le cendrier.

« Par exemple, cet après-midi j'avais tellement besoin de me faire un cul que j'ai failli aller au bar pour m'en trouver un. »

Mon cœur s'arrête à nouveau.

« Mais tu l'as pas fait, pas vrai ?

– Non, » me répond-il en secouant la tête en balançant ses mèches bouclées derrière ses larges épaules.

Il me transperce du regard.

« Mais, comme tu peux le voir dans le contrat. C'est quelque chose que je peux faire si ça me chante et que tu ne me satisfais pas entièrement. Et tu dois l'accepter, bébé. Tu ne peux pas me quitter pour ça. »

Une douleur me prend au ventre d'un coup et je dois mettre mes mains dessus pour la calmer.

« Non ! Non, Rod ! Putain de merde, non ! »

Et bien sûr, je n'ai dit ça que dans ma tête.

La voix tremblante, je dis tout haut : « Pourquoi tu veux coucher avec d'autres filles ?

– J'ai pas envie de coucher avec d'autres filles. Mais si tu ne me donnes pas ce que je veux, je devrais le faire. J'ai certains désirs que je dois assouvir, et si tu me laisses pas faire ce que je veux avec toi, ça sera avec d'autres. »

Il me caresse le bras.

« Je veux vraiment faire ces trucs avec toi, bébé. Qu'avec toi. Mais j'ai peur que tu sois un peu trop conventionnelle pour tout ça. »

Je me tourne lentement vers lui pour le regarder. Et je prends soudain conscience de mon âge et de mon manque d'expérience.

« Je te laisserai faire ce que tu veux de moi, Rod. Je ne suis pas une enfant. Je peux être ce que tu veux. Si je te perdais, je ne sais pas ce que je ferais. Et je ne supporte pas de t'imaginer avec une autre.

– Mais le truc bébé, c'est que tu ne peux le dire à personne. Non seulement ton père va me casser la gueule, mais le mien aussi, s'ils venaient à l'apprendre. »

Il regarde par la fenêtre et se frotte la mâchoire.

« Tu as déjà parlé de ce que tu aimes faire sexuellement à ton père ? »

Je le regarde, confuse.

Je n'ai jamais parlé à ma mère de ce que je trouve excitant.

« Non, je ne lui ai jamais parlé de ça. Mais il a trouvé des livres à moi sur le sujet. Quand il a su qu'on était ensemble, il m'a dit que si jamais je t'emmenais dans cet univers obscur, il me tiendrait pendant que ton père me mettrait des coups. Puis il me frapperait lui-même. »

Il passe son bras autour de moi et m'embrasse l'épaule.

« De quoi parles-tu, Rod ? Ça n'a pas l'air d'être du porno ordinaire. »

Je le regarde, il me scrute à travers ses cils épais.

« Ce n'est pas ordinaire. Je ne suis pas quelqu'un d'ordinaire. Je suis un peu plus que ça, tu sais ? »

J'acquiesce et je réponds : « Tu es le gars le plus intelligent que je connaisse, Rod. »

Il rit.

« Je ne parle pas de ça. Je veux dire, je ressens plus que l'homme moyen. Je veux plus que la plupart des mecs. Je meurs d'envie que tu viennes me sucer dans les toilettes au boulot. »

Je rougis, puis je rigole. Mais il est très sérieux.

« Rod ! Vraiment ?

– Oui, vraiment ! Je veux te prendre dans l'allée derrière l'épicerie à l'heure de pointe. Je veux te mettre des doigts au café de la place alors que des gens qu'on connaît mangent sans en avoir la moindre idée. Je veux que tu mouilles quand on marche dans la rue et que tu me donnes ta culotte quand je te le demande, sans hésiter. »

Ses yeux brillent.

« C'est pas bien, Rod. C'est vraiment mal. Si on se fait attraper, tout le monde pensera des choses horribles à propos de nous. Non, je ne peux pas... »

Il m'embrasse pour m'interrompre.

Il me plaque contre le lit, appuie son corps sur le mien et il me cloue contre le matelas.

« Tu peux. Je vais t'apprendre. Je vais te montrer comment me donner ce que je veux.

– Tu penses que tu peux me faire oublier la morale? J'étais prof de catéchisme l'an dernier, pas star de porno. »

Je tourne la tête. Il me prend par le menton pour me faire le regarder.

« Et donc, prof de catéchisme du dimanche, tu m'as donné ta virginité, tu crois que ça veut dire quoi ? Selon la Bible, tu m'appartiens déjà. »

Il siffle ces mots.

« Tu es déjà à moi, Jenna Foster. »

Il m'embrasse à nouveau. Tellement fort que nos dents se heurtent. Puis il me regarde en me tenant contre le matelas.

« Ou alors, tu veux que je fasse ce que je dois faire avec une autre ? Je resterai avec toi. Seulement toi sauras toujours que je baise quelqu'un d'autre.

– Rod ! Ne parle pas comme ça ! Putain ! »

Il me fait un bisou sur la joue.

« Pas de gros mots, c'est pas beau ! »

Je vais pour me toucher la joue mais il m'attrape le poignet avant que je puisse le faire et il tient mes mains derrière ma tête.

« Rod ! Tu veux bien arrêter ? »

Il remue la tête.

« Tu dois connaître ta place, Jenna. Ta place de femme, ma femme. C'est ce que tu veux ou pas ? Je suis fatigué de devoir te supplier. »

Ah, donc là, il me supplie ?

« Laisse-moi lire toute la page. »

Il me libère et il me tend la feuille à nouveau.

« Dépêche-toi ! Je me sens bizarre à cause de toi. »

Il sort de la pièce. J'entends le frigo s'ouvrir et la porte claquer. Je l'entends ouvrir une autre bière. Je lis le tout premier mot en me demandant ce que je suis en train de faire.

Pourquoi je regarde ce truc ? Tout ça est complètement fou !

Il attend dans le couloir, contre le mur. Il sort sa grosse queue de son caleçon serré.

« Lis-le à haute voix, bébé ! »

Je me racle la gorge.

« Ce contrat est conclu entre Jenna Foster et Rod Manning. Il ne peut pas être annulé. Il ne prend fin qu'à la mort d'une des deux parties. »

Je lève les yeux pour le regarder et il sourit.

« Tu vois, c'est pour toujours, bébé.

– Jenna Foster accepte de se soumettre aux ordres de Rod Manning. Son esclave, à vie. Elle donne son accord pour faire tout ce qu'il désire, quand il le désire. Rod Manning est d'accord pour ne jamais demander de faire un acte inapproprié devant des membres de la famille, ou des enfants. »

Je lève les yeux vers lui de nouveau.

« Donc on ne devra rien faire devant des proches ? »

Il acquiesce, et prend une gorgée de bière.

« Continue de lire.

– Jenna Foster permet à Rod Manning de la punir afin de lui apprendre ce qu'il attend d'elle. Les punitions seront verbales, physiques et mentales. Et Jenna Foster devra le remercier qu'il lui apprenne à lui donner du plaisir. Et elle se donnera sans hésiter à lui s'il le désire. »

Je le regarde.

« Tu veux me donner la fessée, Rod ? »

Il acquiesce et, en me regardant droit dans les yeux il dit : « Je veux te fesser jusqu'à ce que tes fesses soient rouges et ensuite je veux que tu me supplies de continuer. »

Il boit une gorgée de bière.

« Je veux tout t'apprendre de la souffrance, bébé. Je veux t'apprendre tout de ce qui fait défaillir les gens. Je veux que tu n'aies aucune peur, comme moi.

– Vu ce qui est écrit, Rod. J'aurai quand même peur. J'aurai peur de toi. »

Je le regarde pour voir s'il comprend.

« Et tu devrais, prof de catéchisme du dimanche. »

Il s'approche de moi, pose sa bière sur la table de chevet et pose ses mains sur mes épaules. Sa queue se trouve juste devant mon visage alors que je m'assoie sur le lit.

« Après tout, c'est pas ce qui est dit dans la Bible ? Crains le Seigneur car il donne, et il reprend. Ou un truc du genre ? C'est toi la prof de caté, pas moi.

– En gros, tu dis que, si je te veux, je dois te montrer que je suis prête à te donner tout ce que tu veux.

– Et je m'occuperai bien de toi si tu fais ça. »

Il sort son sexe en érection de par dessus son caleçon.

Le bout de sa queue me touche les lèvres.

« Et si je ne veux pas que tu t'occupes de moi ?

– Et bien, je devrais trouver quelqu'un qui le veuille. »

Il appuie son gros membre sur ma bouche.

« Ça ne sera pas dur de trouver une fille qui veuille ce monstre rien que pour elle. Si elle fait ce que je veux. Tout le monde y gagne, bébé. Tu devrais accepter. J'ai une autre fille en vue si tu n'acceptes pas. Sache-le. Une autre fille pourrait être en train de sucer cette grosse bite. Elle pourrait prendre du plaisir avec ça en elle. »

Je le regarde dans les yeux pour voir s'il est sérieux. Ce mec m'a supplié pendant deux ans pour que je sorte avec lui et d'un coup, il me sort cette merde.

Mais je l'aime, ce connard !

Je reviens au texte.

« Ensuite, ça dit que tu peux avoir des relations sexuelles avec qui tu veux. Ça dit aussi que tu peux me demander de coucher avec qui tu veux. Ça dit que je dois faire tout ce que tu me demandes, y compris avoir des relations orales et sexuelles avec un homme ou une femme, ou participer à une orgie. Donc je ne serais jamais sûre en signant ça que tu ne seras qu'à moi, Rod.

– C'est pour l'éternité, Jenna. Je devais anticiper tout ce peut arriver. Je ne voulais rien oublier, juste pour être sûr, tu vois. »

Ça frappe à la porte. Il se tourne vers l'entrée, puis vers moi.

« C'est le moment ou jamais, bébé. »

Il rentre son sexe et se dirige vers la porte.

« Tu ne peux pas ouvrir en caleçon, Rod ! »

Il rit et ouvre grand la porte. Une petite femme, les cheveux teints en noir se tient là, derrière la moustiquaire.

« Alors, elle a refusé ? » lui demande-t-elle.

Elle a un piercing sur la lèvre et un sur le sourcil. Elle a le teint pâle, elle porte des bas résilles et la jupe la plus courte que j'ai vue de ma vie.

Rod n'ouvre pas la moustiquaire. Il se tourne vers moi.

« Je te présente l'autre intéressée, Jenna. »

Elle me regarde avec ses yeux maquillés de noir.

« Elle est tellement banale. Choisis-moi, Rod. Elle ne te donnera jamais ce que tu veux, mec. Je peux te sucer la bite là, sur le porche si tu veux. »

Il me regarde intensément.

« Elle fera tout ce que je veux, Jenna. Même me sucer sur le porche si je veux.

– Je ne sais pas où tu l'as trouvée, » je lui dis.

Elle m'interrompt.

« Scottsdale. On s'est rencontrés sur internet. Et tu devrais me le laisser. Tu n'es pas assez femme pour satisfaire ce mec. C'est un homme, un vrai.

– Ferme la porte, bébé, » je lui dis en enlevant ma chemise.

Je détache mon soutien-gorge pour montrer à cette garce qui a fait plus de cent kilomètres pour me voler mon homme que je suis assez femme pour le satisfaire. Je vais le prouver à Rod aussi, en le faisant devant elle.

Il lui dit, sans la regarder : « Prends ça, Lola. Elle a décidé de me garder. »

Il claque la porte et j'enlève mon jean.

Puis il me prend par la main et il m'emmène dans la chambre.

« Tu signes d'abord, » dit-il en sortant un stylo du tiroir.

Je signe sans même lire la fin. Il signe à son tour puis il se jette sur moi.

Son regard me fait presque peur alors qu'il me sourit.

« C'est officiel, tu es à moi ! »

2

JENNA

« Déshabille-toi, » dit-il en s'éloignant.

Je m'exécute et je le vois enlever son caleçon. Il se dirige vers le placard. Il ouvre le tiroir du haut et en sort une ceinture en cuir.

Il la prend, et il la fait claquer dans sa main gauche. J'ai un haut-le-cœur. Puis il remet la main dans le tiroir et il en sort un petit tendeur noir. Il revient vers moi. Je suis nue. Je regarde les objets dans ses mains.

« Mets-toi à genoux et baisse la tête. Je ne veux pas que tu me regardes tant que je ne te le demande pas. T'as compris ? » me dit-il en me regardant, les yeux mi-clos.

« Je ne suis pas idiote, bien sûr que j'ai compris. »

Je me mets à genoux et je baisse la tête. Mais il me tient par les cheveux et il les tire fort pour me relever la tête.

Je crie de douleur : « Rod ! »

Il tire plus fort et je me retrouve juste en face de son visage.

Il me dit avec les dents serrées : « Tu ne fais pas ta maline, OK ? »

J'acquiesce : « D'accord. »

Il me jette au sol et j'ai du mal à me remettre dans la position qu'il m'a indiquée. Ses mots sont précis et clairs. « Tu ne parles que quand je te le dis. Tu ne jouis que quand je te le dis. Tu ne fais que ce que je te demande. Tu comprends ?

J'acquiesce.

Il fait voler la ceinture en l'air et elle vient frapper mon dos violemment.

« Oui, Maître ! » crie-t-il.

Je lutte pour ne pas me lever et lui casser la gueule.

« Oui, Maître, » je réponds difficilement.

Je sens la marque de la ceinture se former sur mon dos. Je ne suis pas sûre de pouvoir faire ça. Puis je me remémore la petite pute qui doit encore être en bas dans la rue , je vide mon esprit et me résous à faire ce qui fait plaisir à l'homme que j'aime.

Je vois ses pieds s'éloigner, j'entends un tiroir s'ouvrir, il revient.

Il me soulève encore la tête par les cheveux. Il me passe un collier de chien noir autour du cou.

Il est très serré, ça m'étouffe un peu. Il passe un doigt entre le collier et mon cou.

« C'est pas trop serré, ça va. »

Je ne suis pas trop d'accord. J'ai déjà du mal à porter des cols roulés.

Et ce connard veut que je porte un putain de collier de chien !

Puis il y attache la laisse et me demande de marcher à quatre pattes jusqu'au mur. Le mur sur lequel j'ai vu un crochet tout à l'heure.

J'avance. Je me sens bizarre, maladroite, pas à l'aise du tout et carrément pas sexy. J'arrive au mur, je m'arrête.

« Mets-toi à genoux et mets tes mains devant toi. »

Je fais ce qu'il me dit. Il m'attache les mains avec le petit tendeur qu'il a sorti. Puis il tire sur la laisse pour me relever.

Le collier m'étouffe alors que j'essaye de me relever sans les mains. Une fois debout, il prend le tendeur et l'accroche sur le mur.

Je suis face au mur. Ça sent le tabac froid de toutes les fois où Rod a fumé ici. Je devrais me rappeller qu'il faut laver les murs, ils puent et ça me rend malade.

Pour être honnête, tout ce qui est en train de se passer me rend encore plus malade.

Je sens la chaleur de son haleine alors qu'il s'approche de mon dos. Il soulève mes cheveux pour voir mon cou.

« Je vais te donner ta première fessée, Jenna Foster. Ça me donnera ton seuil de départ de tolérance à la douleur. Et je me baserai là dessus pour les prochaines fois, en ajoutant un coup de plus à chaque fois. Tu comprends?

– Comment je dis quand j'en ai assez ?

– Tu devras utiliser le mot de sécurité. Non ou stop ne marchent pas, parce que tu ne me diras plus jamais ça quand je te demanderai quelque chose. Tu diras toujours: Oui, Maître. En public, ça sera juste oui. Et le mot de passe est bonbon. T'as compris ?

– Oui, Maître, » je réponds, et je me demande comment je peux supporter tout ça.

Je suis comme une petite fille juive aux mains d'un nazi qui assouvirait sa soif de torture.

« Ne dis le mot de passe que si tu pleures. Je ne veux pas l'entendre avant. Nous serons liés pour toujours. Un lien de maître à esclave. »

J'entends la ceinture siffler dans l'air derrière moi puis il l'éloigne. Puis je l'entends à nouveau voler et elle frappe la chair tendre de mes fesses. Ça brûle et ça pique intensément.

Mon cœur bat fort. Je me retiens de crier. Il compte d'un voix sèche : « Un. »

J'entends à nouveau la ceinture voler dans les airs, elle me frappe une seconde fois. Je dois me mordre la lèvre inférieure pour m'empêcher de crier de douleur.

« Deux. »

Mon cœur bat si fort que je n'entends plus le bruit de la ceinture dans les airs. Le cuir me fouette de nouveau. Je sens les larmes jaillir de mes yeux.

« Trois. »

Je sais que c'est mieux comme ça. Si je pleure je peux prononcer le mot pour en finir. Un nouveau coup s'abat sur mes fesses palpitantes.

« Quatre. »

Je sens son doigt sur mon vagin. Il l'introduit.

« Je te fais mouiller. »

Il le retire et me le met sur les lèvres. Je les ouvre et il l'entre à l'intérieur. Ça a mon goût. Il enlève son doigt et je sens à nouveau la ceinture me frapper. Cette fois j'émets un sanglot et les larmes coulent franchement.

« Cinq.

– Bonbon ! » je crie.

« Bonbon, Rod !

– Bonbon, bébé, » répond-il en jetant la ceinture sur le lit.

Il se colle à moi. Mes mains sont toujours attachées au crochet.

« Maintenant, je vais te baiser. Tu ne bouges pas. Tu ne dis rien ou je te redonne cinq coups. Tu jouis que quand je te le dis. Et t'as pas intérêt à simuler, sinon c'est cinq coups de plus. T'as compris ? »

J'essaye d'articuler au mieux. Je pleure franchement maintenant.

« Oui, Maître. »

Sa grosse queue vibrante essaye de se frayer un chemin par son gland dans mon anus. Je suis tendue car il me m'a jamais prise par derrière.

Je retiens ma respiration et les pleurs s'arrêtent. Je me prépare à l'intrusion. Son gros gland me pénètre et il se retire.

« Gentille fille, » dit-il.

Puis il rentre son gland à nouveau.

« Juste le bout pour ce soir. »

Il fait une vingtaine d'aller-retours avec son gland en moi. Puis il place son sexe devant mon vagin et me pénètre d'un coup violent. Son corps est chaud et moite, comme le mien.

Mes cheveux se collent à mon visage à cause de la sueur et nos corps glissent l'un contre l'autre alors qu'il me met de grands coups avec son sexe. Il attrape une grosse poignée de mes cheveux et les tire très fort. Ses dents m'attaquent le cou et il se met à sucer ma peau.

Tous les nerfs de mon corps sont en feu tant la stimulation est intense. C'est une chaleur inconfortable. Je n'en ressens aucun plaisir.

Je me sens utilisée en fait. Puis je me souviens qu'il m'a menacé de cinq coups si je ne jouissais pas pour de vrai.

Je ferme les yeux, essayant de ressentir du plaisir. Je me concentre sur son sexe qui plonge en moi, me remplissant toute entière. Il me pénètre profondément et sa queue touche tous les bons endroits.

Pour une raison que j'ignore cela lui plait et lui procure du plaisir. J'ai intérêt à trouver un moyen de prendre mon pied aussi, ou je vais sûrement le perdre.

Il attrape mon lobe d'oreille avec les dents, et le mord très fort. Je manque de pousser un cri mais j'arrive à me retenir.

« Tu aimes comme je te prends, bébé ?

– Oui, Maître. »

Il passe une main sur mon pubis et me pince le clitoris entre le pouce et l'index.

Il me caresse avec le majeur alors qu'il me pilonne par derrière. Mon corps commence à trembler, un orgasme commence à monter. Je ne peux pas jouir avnt qu'il me l'autorise, sinon c'est cinq coups de plus. Mes fesses sont encore brûlantes.

Heureusement, je sens sa verge se raidir d'un coup. Il me gémit à l'oreille de jouir.

Je me laisse aller et j'ai envie de crier tant l'orgasme est puissant. Mais je n'ose pas. Il me met encore des petits coups jusqu'à ce que sa queue ne bouge plus puis il se retire, me laissant là, accrochée au mur.

Je m'affaisse et j'ai mal au bras. Il me décroche et enlève la corde à mes poignets. Mes bras tombent, je ne peux plus les bouger.

Il me prend dans ses bras musclés et il me pose sur le ventre, sur le lit.

« Je vais chercher la crème pour tes fesses. Bouge pas. »

Il s'en va. Je ne pense pas que je puisse bouger, même si je le voulais. Il me masse avec la crème froide. Ça commence à m'anesthésier et je ne sens presque plus la brûlure.

« Tu as été bien mieux que ce que j'avais imaginé pour une

première fois, bébé. Je suis tellement fier de toi. Je savais que tu serais forte. »

Il m'embrasse le dos, alors qu'il me déplace sur le lit, puis me monte dessus et s'assoit sur mes fesses. Il commence à me masser le dos et les épaules déjà ankylosés.

Je ne dis rien. Il ne m'a pas encore autorisée. Et je ne sais pas quoi dire, de toute façon.

Merci de m'avoir frappé sur le cul...

Non, je n'ai rien à dire.

Il arrête le massage, dégage mes cheveux de mon cou et m'embrasse sur la joue, tendrement. Ce baiser n'a rien à voir avec la façon dont il traitait mon corps à l'instant.

« Je vais te chercher quelque chose pour la douleur. Ça t'aidera à dormir aussi. Je suis vraiment fier de toi. Merci. »

Il descend du lit et quitte la pièce. J'essaye très fort de ne pas pleurer.

3

JENNA

Ça va faire six mois qu'on a signé le contrat, et on fête le Nouvel An chez les parents de Rod. Sue et Jason Manning sont deux professeurs à la retraite.

Sue était ma prof de français en primaire. Je n'ai jamais eu M. Manning au lycée car il enseignait l'agriculture, et je n'ai jamais suivi ce cours.

Mais c'est un homme très gentil. J'aime ce couple car ils sont doux l'un envers l'autre. Je me demande d'où Rod tient ce coté obscur.

Les leçons, comme les appelle Rod, ont lieu presque tous les soirs. Mes fesses sont devenues insensibles, et c'est tant mieux. Comme je peux supporter de plus en plus de coups de ceinture, on ne commence plus toujours par ça.

Et quand c'est le cas, c'est lui qui arrête car son bras est fatigué. Je m'y suis faite. Ça ne m'excite pas forcément, et ça ne me dérange pas non plus. C'est juste un de ses besoins.

Il me fait l'amour normalement, des fois. Et j'aime ces moments. Rod est un homme compliqué.

Je me demande souvent s'il lui est arrivé quelque chose dans sa jeunesse. On dirait qu'il combat des démons que lui seul peut voir avec l'alcool, la cigarette et moi, et ça a l'air de marcher la plupart du temps.

Même s'il refuse de me dire qu'il m'aime, et qu'il ne me laisse pas non plus le lui dire puisque pour lui, l'amour est une faiblesse, je l'aime de tout mon cœur.

Les feux extérieurs s'allument. Rod prend deux bières dans le minibar.

« On dirait que mon petit frère est arrivé. »

Sue prend son mari par la main.

« Viens, vite, il faut sortir le plat du four. »

Ils sortent tous et il ne reste plus que moi et Rod pour accueillir son petit frère.

Ça va faire des années que je n'ai pas vu Reed. Depuis qu'il est parti pour la fac en fait. Et je ne le connaissais pas vraiment. Il n'a que deux ou trois ans de plus que moi.

En fait, il m'intimidait énormément. Rod est beau, mais Reed est magnifique. Il est très blond et a des yeux bleu foncé.

Rod ouvre la porte. Reed entre, et derrière lui marche une petite femme avec des lunettes et des cheveux noirs. Elle a l'air très intelligente. Ça doit être sa copine.

Reed a l'air heureux. Il affiche un grand sourire.

« Salut, grand frère ! »

Il prend Rod dans ses bras et ils se tapent dans le dos.

À les voir tous les deux, je remarque que Reed a pris du muscle depuis qu'il est parti en Californie. Rod est un peu plus petit que lui. Probablement parce qu'il fume depuis qu'il a seize ans, alors que Reed a toujours été sportif et en bonne santé.

Ils sont tous les deux grands et musclés, mais Reed a l'air un peu plus solide.

Quand Rod lâche son frère, Reed pose les yeux sur moi.

« Hé hé hé, mais qui voilà ? » dit-il il tire sa copine derrière lui en s'approchant de moi.

Je me lève du canapé et je lui fais un sourire.

« Salut, Reed, » je dis, toute timide.

Rod s'approche et passe son bras autour de moi.

« La petite princesse à son papa a fini par grandir, et je l'ai enlevée. Jenna et moi vivons ensemble maintenant. »

Reed écarquille les yeux en secouant la tête.

« Déjà ? Mais tu viens à peine d'avoir ton bac en mai, Jenna, non ? »

Je suis surprise qu'il sache ça !

J'acquiesce.

« Et tu ne vas pas à l'université ? » me demande-t-il sans me quitter des yeux. Il me perturbe.

Probablement parce que c'est un beau mec musclé ; il doit faire cet effet à toutes les femmes.

Rod souffle.

« Non, elle a pas besoin de faire des études. C'est ma femme. Je m'occupe de ses moindres désirs. »

Le sourire de Reed s'efface, pour former un trait mince. Puis il attire à lui la jeune femme qu'il tient par la main.

« Voici Pam. On s'est rencontrés à la fac. »

Elle remonte ses lunettes sur son nez. Ses grands yeux marrons se mettent à briller.

« Ravie de vous rencontrer tous. »

Sue et Jason sortent de la cuisine. Sue s'écrie : « Mon bébé ! »

Reed abandonne sa copine pour étreindre sa mère. Il la soulève un peu, et elle glousse comme une petite fille.

« Oh, Reed, tu m'as manqué ! »

Il la repose au sol. Puis son père prend son cadet dans ses bras et lui tape dans le dos.

« Ça fait plaisir de te voir, mon fils.

– Toi aussi, papa. Voici Pam.

– Ravi de te rencontrer, Pam. »

Je ne m'imaginais pas ce genre de fille en pensant à la copine de Reed. Il avait plusieurs prétendantes au lycée. Mais jamais rien de sérieux.

Je dirais qu'elle est jolie, en un sens. Elle est plutôt simple. Pas moche en tout cas. Et elle a l'air encore plus calme que moi.

Rod tend une bière à Reed.

« Et voilà, tu as enfin vingt et un ans. »

Reed prend la bouteille et la décapsule.

« Et ouais ! Même si t'as souvent essayé de me tuer plusieurs fois dans ma jeunesse, je suis finalement arrivé à vingt et un ans, Rod. »

Il pose ses lèvres sur le goulot et je me suprends à les fixer, un peu trop longtemps.

Je baisse les yeux et j'ai un frisson. Si Rod me surprend en train de regarder un autre homme, il va me dépecer vivante.

Rod me prend par la main et il m'attire sur le canapé près de lui. Il me fait m'asseoir sur ses genoux. Je me sens très mal à l'aise.

« Je voulais être fils unique, » dit-il en riant.

« Moi aussi, » répond Reed sur le même ton.

Leurs parents rient aussi, et je trouve étrange leur échange de regards.

« Vous vous battiez souvent quand vous étiez jeunes ? » je demande à Rod.

« Je lui bottais le cul plutôt. Je n'appelerais pas ça se battre, » me répond Rod avec un grand sourire.

Reed prend une longue gorgée de bière et éloigne ensuite la bouteille de sa bouche. Je le vois du coin de l'œil. Je préfère ne pas le regarder.

« Jusqu'au jour où je t'ai fait manger le bitume. Tu te rappelles, Rod, de notre dernière bagarre ? »

Sue a l'air nerveuse.

« On ne va pas parler de ça aujourd'hui ! » dit-elle en prenant Reed par la main, entraînant aussi Pam derrière lui vers la cuisine. Elle ressemble à une naine puisqu'elle bien plus petite que lui.

« Aide moi à amener les petits fours ! »

Je regarde Rod et je lui demande tout bas ce qui s'est passé.

Son regard est dur. Il prend une gorgée de bière.

« Ne t'occupe pas de ça. »

Il est devenu froid tout d'un coup, et je me demande ce qui a pu se passer entre eux pour que Rod soit maintenant de si mauvaise humeur .

Rod passe ses mains sur mon dos et ses lèvres touchent mon oreille.

« On va à la salle de bain. »

Je ne pose pas de questions. Je me lève et il me dirige jusqu'à la salle de bain. Son père nous observe partir, et je ne peux pas m'empêcher de rougir.

Une fois entrés, il ferme la porte. Et il déboutonne son jean pour sortir sa queue dure. Je sais ce qu'il veut. Je me mets à genoux devant lui.

En ouvrant ma bouche,il prend l'arrière de ma tête et me fait engloutir son membre en érection. Il l'enfonce un grand coup et je m'étouffe un peu, car il touche le fond de ma gorge.

Il donne des grands coups secs, sans un bruit. Et sans prévenir qu'il est sur le point d'éjaculer, du sperme gicle et coule au fond de ma gorge. Il grogne un peu et se retire.

Il me regarde tête baissée, alors que je me dépêche de prendre du papier toilette pour l'essuyer. Il passe sa main dans mes cheveux et il murmure : « Je préfère tes cheveux blonds aux cheveux bruns tout fades de la salope que Reed a ramenée. Tes yeux verts sont plus jolis aussi. Tu es tellement mieux que ce qu'il a ramené à la maison.

– Merci, Maître, » dis-je en l'essuyant.

Il me fait me lever et me prend dans ses bras. Un geste tendre qui lui arrive rarement.

« Il y a du bain de bouche sous l'évier. Tu t'en sers et tu nous rejoins dans trois minutes, pas une seconde plus tôt. »

Il me laisse et sors de la pièce. Je ne sais pas pourquoi il y a une limite de temps, mais je commence à compter. Un... Deux... Je prends le bain de bouche, j'en verse dans l'un des petits gobelets sur le plateau de table de toilette et je me rince la bouche avec.

Je vérifie dans le miroir que je n'ai pas de traces de sperme sur le visage et j'aperçois mon reflet. Mes yeux sont ternes alors que je lutte contre cette sensation d'être utilisée.

« Il a besoin que tu fasses ça pour lui. Tu l'aimes, Jenna. »

J'écrase mes larmes et la dernière seconde s'écoule. Je sors de la salle de bain et je tombe droit sur Reed.

« Oh ! »

Sa main est au niveau de mon visage.

« J'allais toquer, désolé. »

Je me pousse en regardant le sol.

« Désolée. »

Il m'arrête en me touchant le bras.

« Jenna, tout va bien ?

– Oui, oui, » je réponds, doucement.

Il me lâche.

« OK. »

Et il entre dans la salle de bain.

Je m'appuie contre le mur, dans le couloir sombre. J'ai ressenti comme un courant d'électricité dans tout le corps quand il m'a touchée.

Pendant la pipe que j'ai faite à Rod, je n'ai pas ressenti la moindre excitation. Reed m'a à peine touchée, et ma culotte est trempée.

Qu'est-ce qui me prend ?

« Jenna, » appelle Rod depuis le salon.

Je hâte le pas dans le couloir, entre dans la pièce et le rejoins.

« Oui ? »

Il me serre contre lui.

« Tu faisais quoi, là-bas ?

– Rien. » Je baisse les yeux et de sa main et il me prend par le menton pour que je le regarde.

« Tu es toute rouge, » dit-il en me regardant avec curiosité.

Je souris et je murmure.

« C'est toi qui me fait ça, Maître »

Il me sourit et m'embrasse sur la joue.

« Gentille fille. »

Sans ressentir aucune fierté, je m'appuie contre Rod et me dis qu'il fait tellement pour moi que je devrais être plus reconnaissante. Je ne devrais pas regarder d'autres hommes. Surtout pas son frère.

Je ne devrais pas me sentir excitée comme ça en voyant son petit frère !

Rod attrape un petit roulé à la saucisse et le pose sur mes lèvres. J'ouvre la bouche et le mâche.

« T'aimes ça ? »

Je hoche la tête. Il en prend un autre sur le plateau. Je le mange. Il en prend un autre et je lève la main pour refuser.

« Je peux avoir quelque chose à boire ? »

Il prend sa bière sur la table, en boit une gorgée puis me la tend.

Sa mère a les yeux rivés sur moi alors que je prends la bière de sa main.

« Je ne devrais pas. Je n'ai pas encore l'âge, Rod.

– Tu peux, si tu as mon autorisation. Et je te la donne. »

Sa mère me prend la bière des mains et me donne un soda à la place.

« Voilà, ma puce. On ne va pas te forcer à faire quelque chose si tu ne te sens pas prête, pas vrai ?

– Merci, madame. »

Je prends une gorgée de soda en évitant le regard de Rod. Alors que sa mère s'éloigne, ll la regarde les yeux plissés.

« J'ai bien envie d'aller faire un tour, moi. »

Il prend ma main et me tire jusqu'à la porte. Puis il regarde en arrière. Reed est revenu dans le salon.

« Tu viens avec nous au bar de Stacy, petit frère ? »

Reed regarde Pam.

« Ça te dit ? »

Elle acquiesce, et ils nous suivent. Sue nous arrête : « Jenna pourrait rester avec nous. Elle est trop jeune pour aller dans un bar. »

Rod passe son bras autour de mon cou.

« Je m'occupe d'elle, maman.»

Il resserre un peu plus son bras quand Reed dit : « Je ferai attention pour elle, ne t'en fais pas maman. »

Alors que nous marchons dehors, je sens que le corps de Rod est tendu. Il ouvre la porte côté passager de son vieux fourgon Ford et dit : « Monte. »

Je me glisse à l'intérieur et m'asseoie au milieu, à la place où il préfère me voir. Reed et Pam prennent leur voiture. Rod entre, et me regarde. Puis il démarre le fourgon.

Nous roulons sur l'autoroute, Pam et Reed sont derrière nous.

« Ta mère est vraiment gentille, Rod.

– Un peu trop gentille. »

Il me regarde.

« On dirait que ma famille pense que je ne suis pas capable de prendre soin de ce qui m'appartient.

– Je ne pense pas que ça soit ça. Je pense qu'ils sont vraiment gentils c'est tout. »

Je pose ma main sur le haut de sa cuisse et il la regarde.

« Je t'ai donné la permission de faire ça? »

Je retire ma main.

« Désolée, Maître. Non, tu ne m'as pas donné la permission.

– On dirait que tu fais ressortir le côté protecteur de ma mère et de mon frère. Pourquoi, à ton avis ? »

Il appuie sur l'accélérateur et on commence à rouler très vite.

« Parce que je suis jeune, je suppose. »

Je vois le compteur de vitesse s'emballer. J'attrape la ceinture.

« Tu ne me fais pas confiance, Jenna ? Il regarde droit devant.

– C'est pas ça. C'est la loi, Rod. Rien d'autre. N'y vois rien d'autre s'il te plait. On va passer un bon moment, ce soir. C'est rare que je t'accompagne quand tu sors. J'aimerais en profiter un peu. Tu danseras avec moi ? »

J'attache ma ceinture. Il freine d'un coup sec et tourne brusquement sur la droite.

« On verra. Il y a des femmes bien matures là-bas, bébé. Je veux que tu voies comment elles s'occupent d'un homme. »

Il sort un paquet de cigarettes de derrière le volant. Il me tend le paquet avec un briquet dedans.

« Allume-m'en une ! »

Il sait que je déteste faire ça, et je ne vois pas pourquoi il me demande de le faire. Et je ne sais pas ce qu'il voulait dire par là. Mais si je lui demande, je vais avoir des ennuis donc je fais ce qu'il me demande. J'allume la cigarette, je tousse, et je la lui tends.

Il rit en portant cette chose infâme à sa bouche.

« Ce soir, je veux que tu en fumes une entière. »

Mon corps se raidit, et je baisse la tête.

« Je ne ferai pas ça, Rod. Mon grand-père est mort d'un cancer du poumon. Je te l'ai dit un millier de fois.

– Personne n'a encore prouvé que c'est à cause de la cigarette. »

Je lui tends le paquet, où il est écrit exactement que fumer provoque le cancer. Il me regarde de travers. Et il me souffle la fumée au visage.

Je repose le paquet où il l'avait laissé, je tourne la tête et je tousse encore.

On entre dans le parking et on se gare. Il sort et fait le tour de la voiture pour m'ouvrir la porte en me tendant la main. Nous attendons et Reed arrive sur le parking. Pam sort du coté passager.

Elle agite sa main à travers le nuage de fumée que Rod vient d'expirer.

« Personne ne t'a jamais dit que fumer est très mauvais pour la santé, Rod ? »

Il rit.

« Ouais, Jenna vient juste de me faire la morale en me disant la même merde. C'est quoi le problème avec les femmes de nos jours ? »

Je hausse très haut les sourcils.

Il croyait que je lui faisais la morale ?

Reed arrive, il prend Pam par la main et nous nous dirigeons tous vers l'entrée du bar.

« Ils vont la laisser entrer, Rod ? demande-t-il.

– Je suis un habitué. Ils m'accordent des faveurs. Je fais entrer qui je veux, petit frère. »

Il me tient par la taille et me sert contre lui.

« Ma femme est la bienvenue partout où je vais. Tant que ça me bottera. »

Reed se tourne vers moi et me regarde.

« Tu viens souvent ici avec lui ?

– Non, c'est la première fois qu'il m'amène ici. Il vient tout seul d'habitude. »

Il regarde son frère en fronçant les sourcils.

« Tu viens ici, et tu la laisses toute seule à la maison, Rod ?

– Et alors ? » répond Rod en ouvrant la porte.

Une fumée épaisse s'échappe de la porte. Nous nous engouffrons à l'intérieur et je tousse à nouveau.

Une grande blonde mince regarde Rod.

« Quatre shooters et quatre bières, Rod ? »

Il sourit.

« Tu vois comment on me traite, ici ? »

Il nous amène à une table dans un coin un peu sombre. À peine assis, une autre femme arrive avec nos verres. Elle place les verres devant chacun. Puis elle s'assoit sur les genoux de Rod et elle passe son bras autour de son cou. Je grimace.

« Ça fait une semaine qu'on t'a pas vu. Tu faisais quoi, tombeur ? »

Elle l'embrasse sur la joue de ses lèvres rouges, et il sourit.

Il lui fait un clin d'œil.

« C'est les vacances, poulette. La patronne m'a retenu à la maison pour faire des trucs pour la maison à la con. Pas eu le temps de m'amuser. Mais c'est le Nouvel An, je vais avoir un peu de temps. »

Elle me regarde.

« Alors c'est elle, la chieuse?

– Oui, c'est ma femme, Jenna. »

Reed se racle la gorge.

«Hé, et voici Reed Manning, le beau gosse le plus sexy que cette ville ait jamais laissé partir.

Comment ça va, l'étudiant ?

– Mona, ravi de te revoir. Ça faisait des années que je ne t'avais pas vue sur les genoux de mon frère. »

La colère monte en moi quand je la regarde.

« T'es une de ses ex ? »

Elle sourit. Son maquillage à la truelle et ses rides sont révèlatrices d'un visage qui a sucé son lot de cigarettes ou de bites.

« Je ne dirais pas que je suis son ex. »

Rod la pousse pour qu'elle se lève.

« On n'est jamais vraiment sortis ensemble, Jenna. »

Elle rit en se levant, mais garde une main sur son épaule.

« Non, on n'est jamais vraiment sortis ensemble. Mais quelle fille peut dire qu'elle est sortie avec Rod Manning, le légendaire mauvais garçon ?

– Moi, oui, » je lui réponds en m'envoyant le verre de whiskey, la regardant droit dans les yeux.

Rod passe son bras autour de mes épaules et ses lèvres touchent ma tempe.

« Calme, bébé. Elle n'est pas une menace. », grogne-t-il dans mon oreille.

Je repose le verre vide sur la table, elle sourit.

« Je t'en apporte un autre, miss. »

Puis en roulant des hanches elle s'en va. Et je vois Rod qui la regarde.

« Rod ! Il me regarde maintenant.

– Quoi ? »

Il prend son verre et le bois d'un coup, puis se tourne vers son frère.

« Et alors, t'attends quoi garçon ? Bois ! »

Reed me regarde, et j'aperçois une certaine tristesse dans ses yeux bleus. Il prend son verre, et le lève dans ma direction.

« À la fille pour qui mon frère s'est enfin poser. »

Il boit son verre d'un coup et le frappe sur la table une fois vide. Puis il jette un regard lourd à son frère.

Rod rit et il prend sa bière.

« Je ne dirais pas ça.

– Oui, j'ai peut-être parlé un peu vite, » dit Reed sans rire.

La serveuse revient avec la tournée suivante et elle se penche vers Rod pour lui dire quelque chose à l'oreille. Il la regarde, puis il se tourne vers moi.

« Quelqu'un me défie au billard. Ça te dérange pas hein, bébé ?

– Bien sûr que non. »

Je prends une gorgée de bière pour calmer ma colère.

Rod se tourne vers son frère.

« Surveille ma femme, Reed. Ne laisse aucun connard l'embêter, OK ? »

Reed fait un signe de tête. Alors que Rod s'éloigne, il me regarde.

« T'as entendu ce qu'il a dit. T'attends quoi pour être un peu plus maline, Jenna ?

Quoi ? » je demande, confuse.

Je suis du regard Rod allant vers une autre femme qui se colle à lui, et l'embrasse sur la bouche.

Je détourne le regard et Reed en se retournant voit ce que son frère est en train de faire.

« Je me souviens que t'étais une fille intelligente. Tu ne donnais pas des cours de catéchisme le dimanche, non ? Qu'est-ce qui t'es arrivé bon Dieu, Jenna ?

– Je n'avais aucune idée que tu savais ça. »

Je tourne ma chaise pour ne plus être juste en face de Rod.

« Qu'est-ce que tu fous avec Rod ? » dit-il en tapant sur la table en face de moi pour que je le regarde.

« Il me drague depuis que j'ai seize ans. Je suppose qu'il m'a eue à l'usure. »

Je prends une autre gorgée et du coin de l'œil je vois Rod s'allonger sur la table de billard avec une femme dans les bras pour tirer un coup. Il presse sa queue contre elle et mon sang est en train de bouillir.

Reed et Pam se tournent pour observer Rod faire ses pitreries, puis à nouveau vers moi. La fille me regarde avec des yeux noirs tristes. Et Reed me regarde comme si j'étais idiote.

Je me sens terriblement mal et je n'ai qu'une envie, c'est de rentrer à la maison. Et maintenant que je sais ce qu'il se passe quand il vient ici, je sais que j'aurai une boule au ventre à chaque fois qu'il sortira.

Avant, j'imaginais Rod sortir avec ses potes, boire des bières et jouer au billard. Je n'ai jamais pensé qu'il y avait des filles.

Que je suis naïve !

Reed et Pam finissent leurs verres, et il jette un dernier regard vers son frère qui est avec une femme. Il l'embrasse, aggripe de ses mains ses fesses, et il frotte son sexe contre elle.

« Viens, Jenna, on te ramène à la maison, c'est vraiment pas cool. »

Ils se lèvent. Mais je reste à ma place.

« Je ne peux pas rentrer avec vous. Mais merci quand même. »

Pam me regarde.

« Allez, viens. Si tu veux, on peut te déposer chez tes parents, ou chez les parents de Rod, si tu ne veux pas rentrer chez vous. Je n'irais pas, si j'étais à ta place.

– Ça va, merci. Je dois rester pour attendre Rod. »

Je bois le deuxième verre de whiskey.

Reed s'approche et pose sa main sur mon épaule. Malgré l'étourdissement dû à l'alcool, je sens un courant d'électricité passer à travers mon corps une fois de plus. Je me sens frémir.

Je regarde droit dans ses yeux bleu foncés et il me dit : « Jenna, viens avec moi. »

Rod apparaît tout d'un coup, derrière son frère.

« Bas les pattes, frérot. »

Reed retire sa main et se tourne vers Rod.

« Je ne la touchais pas vraiment, Rod. Et tu devrais peut-être arrêter tes conneries et t'occuper un peu d'elle, puisque tu l'as amené ici. Tes histoires de putes, c'est un peu trop d'après moi. Je n'aime pas voir une personne aussi gentille que Jenna se faire traiter de la sorte.

– Occupe-toi de tes affaires, frérot. »

Il me prend par le bras.

« On va danser, bébé ! »

Il me fait passer autour de Reed, et nos corps s'effleurent. Je ressens à nouveau ce courant électrique. Je manque de tomber par terre.

« Merci, à bientôt, » lui dis-je en me faisant traîner par Rod et en regardant Reed en tournant la tête en arrière. Ses yeux ont un air triste, lui et Pam sortent du bar.

Rod me serre contre lui.

« Ça t'a plu de me voir avec cette fille ?

– Non, » dis-je très vite, puis je me souviens que ce mot peut me faire punir.

Il s'arrête de danser et me regarde. « Dans ce cas, je veux que tu suives cette salope aux toilettes quand elle y va et que tu la défonces pour ce qu'elle me faisait.

- C'est toi qui faisait ça, ce n'était pas vraiment de sa faute. Il commence à bouger en rythme avec la musique. C'est à toi de couper court pour ce genre de truc. Ce n'est pas ce que tu me dis de faire pour les autres hommes ?

– Hé, je suis un homme et j'ai des besoins, bébé. Elle était au bon endroit, au bon moment. Si ça te fait te sentir mieux, ton corps est bien mieux que le sien, et je préfère frotter ma bite contre toi. »

Il nous fait tourner, puis pose sa bouche sur la mienne.

J'ai envie de le repousser, mais je sais qu'il va frapper mon cul si je le fais. Et sûrement devant tout le monde. Il arrête d'un coup ses baisers appuyés et desserre ses bras d'autour de moi.

« Elle vient d'y aller. Vas-y et apprends-lui à garder sa chatte loin de moi ! »

Il me fait tourner, et me met une claque sur les fesses. Je commence à m'éloigner, sans savoir trop quoi faire.

Je ne me suis jamais battue. Je n'ai jamais cherché la bagarre non plus. Cette femme doit avoir au moins cinq ou six ans de plus que moi, et elle a l'air costaude.

Poussant la porte des toilettes, je me tourne pour fermer le verrou derrière moi. Elle sort de la cabine, je la regarde en pensant à ce qui m'arriverait sûrement si elle sortait d'ici en bon état.

Je prends une grosse inspiration.

« J'aime pas trop ce que je t'ai vue faire avec mon mec, salope ! »

Elle se lave les mains et attrape une serviette en papier pour s'essuyer les mains. Puis elle dit, en me regardant dans le miroir : « Ce mec est une grosse salope, ma petite. Si ça n'avait pas été moi, ça aurait été une autre. Il est probablement en train de niquer une fille en ce moment même. Ne le prends pas pour toi. Mais Rod Manning est un chien qui aime frotter sa queue sur tout ce qui bouge. »

D'un coup, j'explose. Je l'attrape par les cheveux et j'envoie sa tête contre le rebord de l'évier en porcelaine.

Du sang gicle sur mon bras. Elle a le front ouvert. Je la lâche en voyant le sang et mon corps se met à trembler.

« Reste loin de mon mec toi et ta chatte dégueulasse, sale pute ! »

Je déverrouille la porte et je me dépêche de sortir. Rod est dans les bras d'une autre femme. Je passe devant eux en allant vers la sortie.

D’un coup il m’attrape et me porte jusqu'au parking.

« C'est du sang ? »

J'acquiesce et je sens les larmes monter. Il me pose par terre et ouvre les portes du camion. Il se tourne et me regarde.

« Entre, Rocky ! »

En montant dans le camion, je me mets à pleurer. Il entre, démarre et sort à toute vitesse du parking. Il me regarde avec un grand sourire.

« Putain ! Je ne veux pas te voir pleurer ! » Il fronce les sourcils en voyant les larmes. T’as compris?

– Oui, Maître, » je dis en essuyant mes larmes et en prenant sur moi.

« Je suis fier de toi. C'est le truc le plus « femme » que je t'ai vu faire. Tu fais ce qu’il faut pour devenir la femme dont j'ai besoin. Une putain de meuf qui ne se laisse pas faire par une autre salope ! Si c'était l'inverse, je péterais la gueule du premier connard qui pose sa main sur toi.

– « Mais tu as dit que je devais accepter que tu couches avec d'autres femmes, Rod. Je ne comprends plus. » dis-je en le regardant confuse.

– Peut-être de temps en temps. J'aimerais que tu te défendes, c'est tout. »

Cet homme me déroute complètement..

4

JENNA

Une année passe, et Rod et moi allons chez ses parents pour le rendez-vous annuel de Noël. C'est une première pour moi. Sue est passée me prendre dans l'après-midi. Rod nous rejoint plus tard.

Je n'ai aucune idée de ce qu'il fait. Il ne travaillait pas aujourd'hui. Il m'a juste envoyé un message pour me dire d'y aller avec sa mère. J'espère qu'il est en train de m'acheter un cadeau. Et pas en train de faire de vilaines choses...

Sue se retourne après avoir enfourné la dernière tournée de cookies. Elle a du sucre glace sur les joues.

« Jenna, tu peux les surveiller un peu et les sortir du four quand le minuteur sonne ? Je vais prendre une douche avant que tout le monde n'arrive.

– Bien sûr, Sue. Pas de souci. »

Je m'installe sur un tabouret et j'ouvre un magasine de cuisine.

« Prends tout ton temps, Sue. »

Elle m'embrasse la joue et alors qu'elle s'éloigne, je lui fais un grand sourire.

Sue est un peu comme ma maman. Elle est vraiment très gentille.

Et ça n'arrange pas le comportement de Rod. Il dit qu'elle est intrusive et il me demande de ne pas trop parler avec elle.

Moi je l'aime bien, et je ne la vois pas du tout comme ça. La porte de derrière s'ouvre. Je vois Reed entrer et mon cœur s'arrête.

« Salut, Jenna, je ne pensais pas te trouver là, je n'ai pas vu le truck de Rod.

– C'est ta mère qui est passée me prendre. »

Je regarde à nouveau le magazine et je me rends compte que mes mains agrippent les pages.

Je savais que j'allais le voir. Je ne sais pas pourquoi je réagis comme une adolescente amoureuse.

Il s'approche de moi en ouvrant les bras.

« C'est la tradition, dans la famille, on se prend dans les bras pour Noël. Et si on se croise sous le gui dans le salon, on ne peut pas refuser un baiser, même si c'est l'oncle Lou. »

Il rit, les bras toujours ouverts. Je descends du tabouret et je le laisse m'étreindre. J'essaye de penser à autre chose qu'au contact de nos corps, l'un contre l'autre. J'inspire profondément.

Il sent la sève de pin et la noix de muscade. Ça sent trop bon, et je ne devrais pas autant aimer ça. Je ne devrais pas non plus avoir envie de rester accrochée à lui.

Je m'écarte, enfin, et je le surprends en train de me regarder. Il passe sa main dans mes cheveux.

« J'ai toujours trouvé que tu as les plus beaux cheveux de la ville, Jenna. »

Je souris en rougissant.

« Merci. Je dois avouer que j'ai toujours trouvé que tu as une très jolie teinte blonde de cheveux. »

Il s'assoit sur un tabouret à coté du mien. Il prend le magazine et le pousse hors d'atteinte sur la table.

« Alors, comment ça se passe ? T'as réussi à calmer un peu mon frère ? »

Je ris doucement.

« Je ne pense pas que ça soit possible. Il est têtu comme une mule.

– Et c'est un gros con, » dit-il en riant.

« Vous êtes encore sortis ensemble?

– Non. Je n'aime pas trop sortir de toute façon.

– Tu m'étonnes, si c'est pour le voir agir comme une merde à chaque fois. Quand penses-tu que tu en auras assez et deviendra raisonnable? »

Ses doigts tapotent la table. Ils sont longs. Ils ont l'air puissants. Rod aussi a des doigts puissants. Mais ceux de Reed sont propres.

« Je l'aime, que puis-je y faire ?

– Tu l'aimes ? Alors, c'est pour quand le grand jour ? Il t'a demandée en mariage ? »

Il se lève et il ouvre le frigo. Il sort deux bouteilles d'eau et il m'en tend une.

« Il ne veut pas se marier. Il ne croit pas au mariage, » je dis en essayant d'ouvrir la bouteille.

Je n'y arrive pas. Il la prend et me l'ouvre.

« Et du coup, c'est quoi le plan ?

– Ben, c'est juste ça. On vit ensemble. »

Je prends une gorgée et je remarque qu'il me regarde.

« Jenna, tu es celle avec qui on se marie. Pas celle qu'on baise. »

Il boit un coup.

Je sens mon visage devenir chaud. Je dois être toute rouge.

« Je suppose que je dois te remercier de dire ça.»

Il pose la bouteille et il me regarde, l'air sérieux.

« Et alors, l'université ? Tu y as pensé ? Je me rappelle que tu avais des bonnes notes à l'école. »

Il pose sa main sur mon épaule. Je suis tétanisée par le courant que je ressens passer entre lui et moi.

« Qu'est-ce que t'en sais, des notes que j'avais, Reed ? »

Je me lève pour qu'il ne me touche plus.

Le minuteur sonne. Je vais sortir les cookies et je les dispose sur un plateau. Quand je me relève, je le surprends en train de regarder mes fesses sa tête penchée sur le côté.

« Alors, mes notes, Reed ? Comment tu sais ça ? » dis-je pour qu'il ne les regarde plus. Même si ça me plaît, au fond.

« J'aidais certains profs à remplir les bulletins, et je me souviens que tu avais de très bonnes notes. Du coup, les études ? Qu'est-ce qui t'intéresse dans la vie, Jenna ? »

Il se lève pour prendre un cookie. Mais il le lâche rapidement.

« C'est super chaud !

– Ah bon tu penses? » dis-je en riant.

Ses joues deviennent toutes roses. Je dois regarder ailleurs tellement j'ai envie de les toucher. Je mets le plateau sur la cuisinière et quand je me retourne, je vois qu'il me tourne autour, littéralement.

Je prends ma bouteille d'eau et je pars dans le salon.

« Voilà, c'était la dernière fournée. »

Je m'assois sur le canapé, et il me suit. Il s'assoit juste à coté de moi.

« Alors, quel genre d'études tu aimerais faire ?

– Reed, vraiment, je ne sais pas. Et toi, comment ça se passe en Californie ? Rod ne parle jamais de toi. »

Je m'installe contre le dossier. Ses yeux s'illuminent. « Et bien je m'en sors pas mal. Je suis dans l'immobilier. Si tu veux faire des études, je peux t'avoir des bourses avec mon entreprise, ça ne coûterait rien du tout.

– Ton entreprise ? Celle pour qui tu travailles ? »

Il pose son bras sur le dos du canapé. Ses doigts sont à quelques centimètres de mon épaule. Je sens des étincelles.

« Non, celle que je possède, Jenna. »

Le bout de ses doigts me touchent. Je me sens devenir toute chaude.

« J'aimerais bien me servir de cet argent pour payer tes études. Alors, que veux-tu faire ?

– J'ai toujours voulu être institutrice, avec les touts petits. J'adorais enseigner le catéchisme aux enfants. Mais Rod ne veut pas que je travaille. »

Il retire ses doigts de mon épaule et la chaleur se dissipe.

« Et bien, Rod pourra bien prendre sur lui, non ? »

Rod ne prend pas sur lui, non.

La porte s'ouvre et le voici !

« Et ben, ça va, vous êtes à l'aise ? »

Reed se lève et se dirige vers Rod, les bras ouverts.

« Hé ! Grand-frère, câlin de Noël ! »

Rod me regarde avec insistance par-dessus l'épaule de son frère. Puis il regarde Reed.

« T'es arrivé quand ?

– Il y a un petit moment. Jenna m'a tenu compagnie. »

Il se retourne pour aller se rasseoir. Et je me sens mal car Rod me regarde, l'air dur.

« Apporte-moi une bière, bébé, » aboie-t-il.

Je m'empresse de me lever et d'aller vers le frigo.

Je suis tétanisée quand Reed m'attrape le bras.

« Reste là, Jenna. Pas la peine de courir. Je vais y aller, je suis plus près de la cuisine. »

Je regarde Rod mais il ne m'indique pas ce qu'il veut que je fasse. Reed me lâche le bras et il part vers la cuisine. Je vais m'asseoir auprès de Rod.

Il a l'air énervé.

« Jenna, tu m'expliques ? »

Avant que je n'ai eu le temps de répondre, Reed revient de la cuisine avec une bière pour son frère.

« Rod, Jenna a cette bizarre impression que tu ne veux pas qu'elle fasse des études ou qu'elle travaille. Dis-lui que c'est faux.

– Non, c'est pas une impression. Je l'entretiens, elle n'a pas besoin de plus.

– Quand penses-tu l'épouser ? Reed est debout devant lui.

– Assieds-toi, frangin.

– Alors, c'est pour quand ?

– C'est pas comme si ça te concernait, déjà. Mais je ne crois pas au mariage. Jenna et moi avons parlé de ça, et on sait ce qu'on veut. Et on le fait. »

Il me regarde, puis revient à son frère.

« À moins qu'elle ne t'ait dit autre chose ?

– Non ! » je m'exclame, mais je me tais aussitôt car il se tourne vers moi.

Reed nous regarde, les yeux plissés.

« Elle n'a rien dit, Rod. C'est moi qui ai parlé de ça. Quand est-ce que tu comptes faire d'elle une honnête femme?

– Pourquoi ? » demande-t-il en passant sa main sur ma jambe.

Il prend l'ourlet de ma robe et le tourne entre ses doigts, comme pour signifier qu'il me possède.

Sue entre dans la pièce et je pousse un soupir de soulagement.

« Hé ! Sue ! Les cookies sont prêts. Tu veux que je t'aide à faire le glaçage ?

– Oh, oui ! » dit-elle, l'air enjoué.

Je me tourne vers Rod.

« Rod, je peux y aller ?

– Bien sûr. »

Je remarque que Reed le regarde de travers.

Alors que je quitte la pièce j'entends qu'il demande : « Elle a besoin de te demander la permission pour tout, Rod ?

– Si elle veut sauver son cul, ouais, elle demande. »

J'entre dans la cuisine, ça suffit d'espionner.

Je mets le colorant rouge dans le glaçage que Sue a préparé.

« J'adore Noël, » dit-elle.

Reed arrive.

« Je peux vous aider? »

Sa mère, qui chantonne une chanson de Noël, répond : « Bien sûr, mon bébé ! Tu nous mettrais un peu de musique pour nous mettre dans l'ambiance ? »

Il allume la télé dans la salle à manger, trouve des chansons de Noël et il revient vers nous.

« Où est Rod ? » je demande.

« Il est parti acheter de la bière, il a dit qu'il en avait pas pour longtemps. »

Et Reed revient se placer à coté de moi. Sue pose un bol de glaçage devant lui et elle verse du colorant vert dedans.

« Reed, mon chéri, apporte-nous des tabliers, veux-tu? »

Il y va et quand il revient, je sens son corps juste derrière moi. Il passe ses bras autour de moi pour me mettre le tablier. Sa main effleure mon ventre alors qu'il le place puis il me l'attache dans le dos.

Je dois faire un effort pour ne pas me coller à lui. Une envie irrésistible. Je me sens légère, je ne sais pas comment il arrive à me faire ça.

C'est une sensation bien meilleure que tout ce j'ai pu ressentir avec Rod. Et je me sens horrible d'avoir ces pensées. Je secoue la tête pour les chasser.

« Merci, Reed. »

Il se penche un peu plus près, et voici que ma culotte est humide. Ses lèvres effleurent les cheveux autour de mon oreille alors qu'il dit d'une voix rauque:

« De rien, Jenna. »

Il se recule un peu pour mettre le sien. Je suis toute tremblante. Puis il en met un à sa mère. Et il revient juste à coté de moi, son épaule me touche. Je dois bouger un peu pour stopper le contact.

« Je reviens, » dis-je en quittant la pièce pour aller vers la salle de bain.

J'entre et je m'effondre contre la porte en la fermant. Je ne comprends pas comment je peux être autant attirée par lui. J'aime Rod.

C'est vrai, je l'aime !

Je me passe de l'eau froide sur le visage pour me calmer. En sortant, je trouve Rod, juste sous le gui, sourire aux lèvres.

« Salut, bébé ! » dit-il avec sa voix douce.

Il ouvre les bras et je me blottis dedans. Puis il m'embrasse tendrement. Un baiser tendre, pas dur, ni appelant au sexe. Juste tendre. Et je fonds.

Ses bras m'entourent et il me fait chavirer. Puis il me regarde, je remarque que ses yeux bleus possèdent une teinte argentée brillante.

C'est ce genre de moment qui fait qu'il aura toujours une place spéciale dans mon coeur. Je ressens de l'amour, et lui aussi. Même s'il ne l'avouera jamais.

Je pose mes mains sur ses joues. Il m'attrape la main droite et il l'embrasse. Ça sonne à la porte. Il me relâche, un peu à contrecœur. Il me prend la main et me tire avec lui pour aller ouvrir la porte. Tous les membres de sa famille sont là.

Un de ses cousins, A.J. a une bouteille de Jack Daniel's à la main.

« T'es prêt à te mettre ta race, cousin ?

– Grave ! » répond Rod, et je lève les yeux au ciel.

« Ça, c'est l'esprit de Noël, » dis-je, sarcastique.

A.J nous suit jusqu'à la cuisine et il s'arrête sous le gui dans le couloir.

« Hé ! Jenna ! Regarde où je suis. »

On se retourne avec Rod et il dit : « Oh non, mec ! Arrête de rêver ! »

Puis il me tire à lui et se penche pour me murmurer à l'oreille : « Avec personne d'autre que moi, compris bébé ?

– Oui. »

Je remarque que Reed nous regarde et il s'approche de nous.

« T'étais avec nous en train de faire le glaçage, et puis hop, tu as disparu, Jenna. Je suppose que c'est Rod qui t'a attrapée. » Il jette un regard à son frère.

Rod me lâche la main, et met son bras autour de mon cou en me tirant à lui.

« Ouais, et je l'attrape tous les soirs, des fois l'après-midi et le matin aussi. Pas vrai, bébé ? »

Je lui tapote légèrement le torse. Et je sens mon visage devenir rouge de honte.

« Rod, mon dieu ! »

Il colle sa bouche sur ma tempe en riant.

« Quoi, bébé ? Je suis fier que tu sois à moi. C'est tout. »

Sue se retourne, elle secoue sa cuillère pleine de glaçage rouge.

« Rod, arrête ça ! Tu sais que je déteste quand tu parles d'elle comme d'un objet qui t'appartient. Jenna est une personne. Pas un objet que tu possèdes ! »

Il m'attrape les fesses d'une main et il me pince la joue.

« Si seulement elle le savait, » murmure-t-il.

A ces mots, je ressens comme une sorte de chaleur et un peu d'excitation. Je n'arrive pas à dire ce que ça me fait de savoir que je lui appartiens. C'est bizarre. Je pense que cela me ramène des années en arrière dans le mouvement de libération des femmes. Mais je trouve ça excitant.

Reed se remet à décorer les cookies. Il a les sourcils froncés, je suis triste pour lui.

Alors que la nuit tombe, et que Rod et ses cousins sont complètement ivres . je me trouve dans un coin tranquille du salon. Une pièce rarement utilisée par la famille Manning.

J'aime la cheminée, en fait. Le bois a presque entièrement brûlé, et la lueur dorée des braises illumine la pièce.

Je me laisse absorber par le rougeoiement. J'entends un raclement de gorge.

« Je peux me joindre à toi ? »

Sans bouger, je réponds : « Bien sûr, Reed. Tu es chez toi, après tout. »

Il y un fauteuil et une causeuse. Je suis sur le fauteuil, il s'affale sur le petit canapé, me jette un regard, puis se tourne vers le feu.

« Quelle soirée, n'est-ce pas ?

– Oui, c'est très, festif. »

Je souris en me disant que c'est très différent de la façon dont on fête Noël chez moi. Dans cette famille c'est avec de l'alcool et des blagues graveleuses.

Ma famille est plutôt traditionnelle. On fête Noël dans l'après-midi, après la messe. Je dois y être demain et Rod sera en train de dormir.

« Ton mec en tient une bonne couche. Il ne pourra pas conduire. Tu devrais lui suggérer de passer la nuit ici. Dans son ancienne chambre. Maman garde nos chambres en l'état depuis qu'on est partis. C'est un petit lit mais en se serrant bien, ça devrait aller. »

Et il me fait un clin d'œil.

« Ou tu peux prendre la chambre d'amis, dans le couloir, juste à coté de ma chambre. Tu peux passer si tu veux parler ou quoi. »

Je me tourne vers lui. Dans cette lumière dorée, on dirait un mannequin. La lumière fait ressortir certaines parties de ses cheveux blonds particulièrement brillants. On dirait que ses yeux dansent avec les flammes. Ses lèvres sont pulpeuses et accueillantes.

Je sens le magnétisme de son corps qu'il exerce sur le mien. Je suppose que c'est naturel puisque je suis très attirée par son frère Rod, de ressentir la même chose pour Reed.

Je suppose que c'est naturel...

« Je veux que tu saches que tu peux tout me dire, Jenna. Tout. Si tu as besoin d'aide, je suis là pour toi. Tu devrais repenser à cette histoire d'université. Tu peux prendre des cours par correspondance. Je peux t'aider. Je veux t'aider. Tu es vraiment heureuse avec mon frère ? »

Je me tourne vers le feu.

« Bien sûr que je suis heureuse.

– Tu seras heureuse qu'il t'entretienne pour toujours ? »

Le fait d'avoir vingt ans me fait penser à mon avenir. Mais Rod a bien insisté sur le fait que je devais être disponible à n'importe quel moment. Sinon il va se trouver une autre femme qui le sera. Et je ne peux pas supporter cette idée.

« Je crois que oui. On est ensemble pour toujours, » je me tourne vers lui.

Il sourit.

« Pas de mariage. Pas de bague. Je crois que tu fais trop confiance à mon frère, Jenna. Tu ne le connais pas aussi bien que moi. »

Je détourne le regard et je me dis qu'il ne connaît pas Rod comme moi je le connais.

Il se lève, il s'approche de moi et se penche. Mon corps devient chaud et j'ai les lèvres tremblantes. Mais au lieu de m'embrasser ou de me prendre dans ses bras, il attrape le téléphone sur mes jambes, il entre son numéro et l'enregistre.

Il le replace doucement puis il se rassoit dans le canapé.

« Voilà, tu as mon numéro. Tu m'appelles si t'as besoin de quoi que ce soit. Vraiment. »

Je regarde son nom et son numéro, un grand sourire aux lèvres.

« OK, merci.

– Bébé ? » dit Rod, ivre.

J'éteins le téléphone.

« Oui, Rod, je suis là. »

Il se tient dans le cadre de la porte.

« Vous faites quoi tous les deux ? »

Reed se redresse.

« On discute, et toi?

– Je suis prêt à ramener ma femme à la maison et à bien la baiser à l'ancienne pour fêter Noël,. »

Je saute du fauteuil et viens rapidemment à lui.

« Rod ! Mon dieu ! »

Je le prends par le bras pour l'emmener. Reed se lève et il m'aide.

« T'es bien bourré, frérot. Tu devrais rester ici cette nuit. »

Il m'attrape par le cou maladroitement et il dit : « Non, avec ce que je vais lui faire, elle va crier mon nom. On peut pas rester là. »

Reed plonge sa main dans la poche de Rod. Et il sort ses clés de voiture. Il me les tend.

« Laisse-la conduire, au moins. »

Rod sourit.

« Tu veux conduire, bébé ?

– Oui, » je réponds en le traînant.

« Oui, qui ? »

Je le regarde dans les yeux.

« Tu te rappelles où nous sommes, Rod ? Dans ta famille ! Ton frère est juste à coté. Il nous entend.

– Oui, quoi ? » demande-t-il.

Je me penche et je murmure : « Oui, Maître. »

Il sourit et Reed me regarde. Je pense qu'il m'a entendue même si je l'ai dit tout bas. Il ne dit rien. Il se contente de : « Au revoir, à demain.

– Au revoir Reed. Joyeux Noël. »

Rod s'appuie de tout son poids contre moi et je lutte pour l'emmener jusqu'à la porte.

Reed nous suit et il m'aide à le faire rentrer dans la voiture. Il lui met la ceinture puis il fait le tour de la voiture pour me rejoindre.

« S'il s'endort, laisse-le dans le camion. Ça sera pas la première fois.

– Merci, Reed. »

J'entre et Rod est déjà en train de ronfler. Reed a un petit rire.

« On dirait bien qu'il ne te fera pas crier ce soir. »

Je baisse les yeux et je deviens toute rouge.

« Bonne nuit, Reed. »

Il ferme la porte, et je rentre à la maison.

J'éteins le moteur et Rod se réveille d'un coup. Il me regarde avec de grands yeux.

« Vous faisiez quoi tous les deux ? Tu faisais quoi toute seule avec un autre mec? »

Je fais le tour du camion pour l'aider à sortir, mais il a l'air sobre à présent. Il sort en claquant la porte. Je cours vers la porte d'entrée et j'ouvre.

Il entre en claquant la porte, et il ferme à clef.

« Réponds-moi !

– Je regardais le feu, et il m'a rejoint. On a discuté un peu, de rien d'important. Et c'est ton frère, Rod, pas n'importe quel mec ! »

Je me tourne pour marcher vers la chambre.

« Très bien, comme tu étais seule avec un autre homme et je n'ai aucune idée de ce que tu faisais et bien je serai seul avec une femme et tu ne sauras pas ce qu'on fait. »

Je m'arrête pour le regarder.

« Sérieusement ? C'est ton frère, Rod ! On ne veut pas te faire de mal. Et ne me menace pas comme ça !

– Si, il me ferait du mal. Il l'a déjà fait. Et je ne te menace pas, Jenna. Je vais faire des trucs avec une autre fille. Sache-le. Et joyeux putain de Noël ! »

Il tombe sur le canapé, et dans un état comateux.

Je claque la porte de la chambre et je m'effondre sur le lit pour pleurer.

Joyeux putain de Noël, bien sûr !

5

REED

C'est le premier lever de soleil de l'année et je suis assis tout seule, dans le jardin de mes parents.

Je verrais bien une piscine, là.

Je m'en occupe avant l'été. J'ai un secret à propos de ma situation financière que je cache à toute ma famille. Mais mon affaire dans l'immobilier marche vraiment bien.

En fait très bien. Je suis devenu milliardaire avec les ventes et les investissements. Mais je ne l'ai encore dit à personne.

Mes parents, Rod, ça va encore. Mais le reste de la famille est remplie de vautours. Et je vois déjà le reste du clan Manning débarquer comme si j'étais un distributeur.

Et ils viendraient me voir en Californie. Ils s'installeraient dans ma maison. Je les vois bien arriver avec leurs gros quatre-quatre pourris dans mon quartier. Les voisins seraient ravis.

J'entends la porte de la baie vitrée glisser. C'est ma mère qui sort. Il émane un nuage de vapeur de la tasse de café qu'elle a à la main. Ils ont fait la fête toute la nuit.

« Bonjour, beauté, » dis-je doucement parce qu'elle a sûrement la gueule de bois.

« Bien dormi ? »

Elle se pose sur la chaise longue à coté de la mienne. Après une gorgée de café, elle répond :

« Non. »

Je lui souris.

« Maman, quand vas-tu dire non aux shots à ton âge ? Tu devrais en rester au vin et laisser l'alcool fort à Rod et ses cousins. »

Elle esquisse un sourire.

« Tu appelles toujours ces voyous les cousins de ton frère. Mais c'est jamais les tiens. Pourquoi ?

– Parce qu'on ne se ressemble pas. Eux, c'est tous les mêmes. Partisans du moindre effort. Ils dépensent toujours tout leur salaire. Ils en boivent la moitié le jour de paye. Ils sont dans un cercle vicieux. »

J'ai la lumière dans les yeux alors que le soleil se lève là où j'ai décidé que se trouverait la piscine.

« C'est ta famille, mon fils. Tu t'es toujours tenu à l'écart. Tu devrais essayer d'apprendre à connaître tes cousins maintenant que tu es plus vieux. Il n'y a plus de rivalité. »

Je la regarde boire son café à petites gorgées et je me force à ne pas froncer les sourcils.

Pour réussir, j'ai appris à me lever tous les matins avec des pensées positives. Essayer de me trouver des points communs avec les hommes de ma famille éloignée n'est pas quelque chose que je considère positif.

« Maman, je vais faire venir quelqu'un pour installer une piscine ici. J'aimerais qu'il y ait une piscine avant cet été. Une belle grosse piscine. Vous faites tellement de fêtes. Et je pense que ça irait bien dans ce grand jardin.

– Reed, ça serait bien. Mais ça coûte trop cher. Je ne pense pas qu'on puisse se le permettre. On est à la retraite tous les deux. Merci en tout cas.

– Maman, je peux la payer. Et je peux aussi embaucher quelqu'un pour l'entretenir. Ça ne vous coûtera rien. Et au fait, j'ai trouvé une facture d'électricité. Je les ai appelés pour faire le virement depuis mon compte. Ne vous inquiétez pas si ne vous recevez plus de factures. Je m'en occupe.

– Je ne peux pas te laisser faire ça, Reed. Annule ça.

– Non, je n'annule rien, maman. Et j'ai été chez Doug Autophlex. J'ai déposé de l'argent. Allez là-bas dans la semaine avec papa, et prenez-vous une voiture neuve chacun. Prenez celles qui vous plaisent. C'est mon cadeau de Noël. »

Elle se tourne lentement vers moi pour me regarder.

« Reed, combien gagnes-tu exactement en Californie ?

– Assez pour tout ça. »

Je passe mes bras derrière ma tête et je m'allonge.

« Je vais prendre soin de vous maintenant. Si vous avez besoin de quelque chose, vous m'appelez. Je vais vous laisser une carte bleue. Je vous ai ouvert un compte. Ça devrait arriver dans la semaine. Vous pouvez l'utiliser tout le temps. Compris ? »

Elle pose sa tasse sur la petite table. Elle a encore la marque de l'oreiller sur ses cheveux. Ses boucles argentées applaties forment des cercles sur sa tête.

Maman a les yeux bleu clair. Avant ils étaient plus foncés, mais ils se sont éclaircis avec l'age.

« Reed, combien est-ce que tu gagnes ? Dis moi la vérité. »

– Beaucoup, maman. T'as pas besoin d'en savoir plus. Et tout est légal. »

Je lui souris et je me lève.

« Je vais préparer le petit-déjeuner pour toi et papa. Tu veux une autre tasse de café ? »

Elle secoue la tête

« Je viens avec toi. Tu pars tout à l'heure, et je veux profiter un peu de toi. »

Je pousse la porte en verre de la véranda qui fait du bruit. Il faudra la remplacer. Et puis je pense à autre chose.

« Pourquoi est-ce que vous ne vous prenez pas un beau terrain avec papa ? Je vous l'achèterai et vous construirez une belle maison dessus.

– Non, je ne pense pas, Monsieur Je-suis-plein-aux-as. Ton père a acheté cette maison trois ans après notre mariage, et je pense qu'on va finir nos jours ici. »

Elle s'asseoit au bar et remplit sa tasse de café.

« OK. Mais je vais faire venir quelqu'un pour réparer et remplacer quelques trucs. Et une double porte vitrée, là ? En plus avec la piscine, ça sera joli. »

Elle regarde la porte et elle acquiesce.

« Oui, ça serait joli. »

Je sors mon téléphone pour envoyer un message à Rod lui demander si lui et Jenna veulent nous rejoindre. Avant même de le ranger dans ma poche, Rod m'a répondu avec un très court : -va te faire mettre, je dors-.

Je pose le téléphone sur la table, au cas où il changerait d'avis dans cinq minutes. Rod est toujours de mauvaise humeur au réveil.

Et puis je pense à Jenna. Je me demande comment elle va ce matin. Elle était tellement discrète hier soir pendant la soirée. Et Rod était tellement ivre.

Je me demande pourquoi elle pense qu'elle doit rester toute sa vie avec Rod. J'observe ma mère qui regarde un peu partout. Sûrement pour faire une liste des petites choses à réparer.

« Maman ? Tu penses que Rod s'occupe bien de Jenna ? » je demande en mettant du bacon à griller sur une poêle.

Elle baisse les yeux.

« Ton frère est un dur. Tu le sais. Peut-être que Jenna arrive à le calmer. Il a l'air de tenir à elle. Il la protège, tu sais.

– Il a l'air possessif, c'est ce que je vois surtout. Elle a l'air anxieuse quand il est là. Je l'aimais bien au lycée. C'était une fille gentille avec plein d'amies. Elle n'a pas parlé du tout de ses copines.

– Non, c'est vrai. Elle ne parle pas beaucoup tout court. C'est vrai que quand je l'avais en classe au lycée, elle avait tout le temps plein de copines. Elle traînait beaucoup avec une fille en particulier, Patty Slater. Elles étaient proches. Mais ses parents ont déménagé, je crois.

– Tu crois qu'il lui fait du mal ?

– Non ! Mon dieu, non ! Ton père ne le laisserait pas faire ça ! Tu le sais.

– Et si c'était vrai. Et que Jenna n'ose le dire à personne ? Rod était méchant, rappelle-toi. Tu te souviens quand il punissait les animaux ? Le petit chien qui avait fait pipi dans la salle de bain. »

Je tourne le bacon.

« On l'a retrouvé pendu avec un ficelle de store. Rod m'avait crié dessus quand je l'ai détaché. Il devait encore rester dix minutes d'après lui. Sinon il n'apprendrait pas à ne plus aller dans la salle de bain. Et après il a donné la fessée au chiot jusqu'à ce qu'il estime qu'il avait retenu la leçon. »

J'ai un frisson en repensant à tout ça. Je me rappelle qu'une fois, ma mère m'avait demandé de poser du linge sur son lit. Il m'avait mis un coup de poing au visage et il m'a enfermé dans son placard. Pour m'apprendre à ne pas rentrer dans sa chambre.

J'étais là, en sang, je pleurais. Ça m'a paru une éternité, le temps que maman me trouve et me libère. Je lui ai raconté. Et il lui a expliqué que c'était pour m'apprendre à ne pas rentrer quand il n'était pas là.

Ça a toujours été son truc, apprendre aux autres. Mais pas de la bonne façon !

« Elle lui demande la permission avant de faire quoi que ce soit, maman ! »

Je sors le bacon du poêle et je le pose sur du papier pour absorber un peu le gras. J'entends le camion de Rod qui se gare. La porte d'entrée s'ouvre et je l'entends crier : « Alors, c'est prêt ?

– Non ! Pas encore. Je croyais que tu dormais ? » je crie en retour.

« Donc tu n'en as pas fait assez?

– Si, si, j'en ai fait plus qu'assez. »

Jenna est derrière lui, toute sage. Elle regarde le sol, l'air pâle.

« Bonjour, Jenna. Tu pourrais m'aider à mettre de la pâte sur la plaque et enfourner ça ? Mes mains sont un peu prises tout de suite là.»

Elle murmure : « Je peux y aller, Rod ? »

Avant qu'il ne réponde, je lance : « Bien sûr. Viens là. »

« Vas-y, » dit-il d'une voix bourrue.

« Apporte-moi un café d'abord.

– Oui, bien sûr, » elle répond calmement, sans regarder personne.

Maman me regarde pour me dire de ne pas me mêler de ça, mais je ne peux pas.

« Alors, vous avez fait quoi tous les deux, ce matin ? »

J'attrape la tasse de café avant Jenna et je l'apporte à mon frère. Il me lance un regard dur.

« Pas grand-chose. On dirait que ça fait un moment que vous êtes levés. Douchés et habillés. Jenna s'est levée aux aurores aussi bordel. Elle m'a bien cassé les couilles, à faire un boucan pas possible à sortir et rentrer dans la maison. Pour regarder le lever de soleil de merde. »

Il prend son café et se lève pour aller au salon. Et il allume la télé.

Je me tourne vers Jenna et je la trouve baissée avec le plateau de biscuits. Je touche son dos par accident avec mon bras.. Sans dire un mot, elle sursaute violemment et recule d'un mètre.

« Désolé, Jenna. Je t'ai fait mal ? »

Je lui touche gentiment l'épaule.

Sans me regarder, elle répond : « Non, ça va. Tu m'as fait peur, c'est tout. »

Rod crie du salon : « Plus de café ! »

Jenna s'empresse d'enfourner le plateau, puis elle prend la cafetière et court presque pour remplir la tasse de ce trou du cul.

« Sale feignant, » je dis tout bas.

Ma mère se lève.

« Bon, et ben je vais aller prendre ma douche et m'habiller avant le petit-déjeuner. Je réveille votre père aussi. »

Jenna revient dans la cuisine. Elle remet la cafetière en place et elle prépare une autre tournée.

Je pose une bouteille d'eau de source sur la table.

« Utilise ça, ça fait du meilleur café. »

Elle me fait un signe et remplit la cafetière avec.

« Merci. »

Je m'assure que Rod n'entende pas et je demande tout bas : « Tout va bien, Jenna?

– Oui. »

Elle vérifie la cuisson.

« Tu veux que je sorte les œufs ?

– Ça serait gentil, merci, » je réponds.

J'essaye de ne pas trop la regarder alors qu'elle ouvre le frigo.

« Tu peux les casser dans un bol, s'il te plaît ? »

Elle essaye d'atteindre le placard où se trouvent les bols et je la vois grimacer.

Il y a quelque chose qui ne va pas. Je m'approche d'elle, pose ma main sur son épaule et je soulève légèrement son T-shirt. Elle prend peur et fait un bond. Pour la calmer, je l'attrape par le poignet, et elle grimace encore une fois.

Je regarde, elle a le poignet tout rouge. Je regarde l'autre, qui l'est aussi.

« Qu'est-ce qui s'est passé ?

- Rien, rien. La routine. Je préfère ne pas en parler, Rod va se mettre en colère.

Je la laisse partir et me retourne.

– C'est des traces de menottes ?

– Non, non, » répond-elle, en regardant le sol.

J'attrape un bol et je le pose sur la table.

« Alors, c'est quoi ? » je demande en prenant un fouet dans le tiroir.

« Une corde élastique. Tu sais, du bondage. Rien d'anormal. »

Elle rougit, les yeux toujours fixés sur le sol.

« Je ne pense pas que c'est censé être aussi serré car tu as des marques, et puis ça te fait mal. »

Je vais pour sortir les saucisses de la poêle, je pose la poêle vide dans l'évier et j'en attrape une autre pour les œufs.

« Ça ne fait pas mal. Et puis les marques s'en iront dans quelques heures. »

Elle casse les œufs. Je prends le fouet et je commence à les battre.

« Vous faites ce genre de truc souvent ?

-Non, » répond-elle en remuant la tête.

« Les grandes occasions, je suppose ? »

Je regarde par-dessus son épaule et j'essaie de voir le bas de son dos. Je suis sûr qu'elle a des marques là aussi.

Elle me regarde et ses lèvres s'entrouvrent. Puis elle les referme et baisse les yeux.

« Oui, de temps en temps. Tu sais, c'est normal, pour s'amuser. Rien de bizarre. »

Elle dit un peu trop que c'est normal , alors j'essaye d'en savoir plus.

« Tu as mon numéro, si tu as besoin de quelque chose. Je vais t'envoyer des infos sur la faculté d'Arizona. Tu n'es pas obligée de le dire à Rod. Tu peux étudier quand il est au travail. »

Elle va jeter la boîte à œufs puis reviens près de moi.

Elle murmure : « OK merci. »

Puis elle s'en va. En me laissant un peu déstabilisé.

Elle revient avec la tasse de Rod pour la remplir à nouveau. Je tente un coup, un peu risqué. Je me mets derrière elle et je passe ma main de ses épaules jusqu'à ses bras en me rapprochant d'elle.

« Ça sera notre secret, d'accord ? »

Sans se retourner, elle répond : « OK, merci. »

Je me recule. Elle sort de la cuisine. Je ressens des fourmis dans la main. La douceur de sa peau me fait quelque chose.

Mon corps réagit au sien comme jamais. J'ai tellement envie d'elle. Je dois un peu remettre mon jean en place car j'ai eu une érection en la touchant.

Pourquoi est-ce qu'elle sort avec mon frère ?

6

JENNA

Je sens la porcelaine froide contre ma joue. Rod me prend contre l'évier des toilettes de son travail. Il m'a appelé il y a une demi-heure en me disant qu'il allait baiser la nouvelle standardiste si je ne venais pas.

Ce mec est prêt à mettre sa bite dans tout ce qui bouge. J'ai vu la nouvelle, elle est grosse et super moche.

Il me tient la tête contre l'évier d'une main et par la taille de l'autre main. Il me rentre dedans très fort. Je ne sais pas ce qu'il a, mais il avait l'air de mauvaise humeur et il ne voulait pas parler.

Il ne voulait que baiser !

J'ouvre les yeux un instant et je le vois en train de se regarder dans le miroir. Il a les dents serrées et il grogne à chaque coup de queue.

Il a l'air plein de colère pour une raison que j'ignore, et ça me rend triste pour lui. Je ferme les yeux pour essayer de prendre un peu de plaisir.

Je devrais être en train de jouir, normalement. Mais je n'éprouve aucun plaisir. Je me concentre sur ses gémissements et sur le mouvement de sa queue en moi.

Nos peaux claquent l'une contre l'autre. Il descend sa main le long de mon dos pour m'attraper les fesses. Ma jupe est relevée, et il a arraché ma culotte. Elle est dans la poubelle à l'entrée des toilettes.

Il me met trois claques sur les fesses. Je sais qu'il va éjaculer, et mon corps frissonne car il sait qu'il va jouir. Et il doit jouir en même temps que lui.

Et il se penche sur moi. Il me mord le cou.

« Ça te plaît petite pute ? Tu aimes ma grosse queue dans ta petite chatte serrée ?

– Oui, Maître.

– Tu as eu raison de venir, sinon cet anaconda serait en train de défourailler la grosse chatte de l'autre coté de la porte. C'est ça que tu veux ? »

Il mord mon cou plus fort et il aspire ma chair. Je sais que ça va me laisser une marque violette.

« Non, Maître, je ne veux pas ça. »

Mes jambes commencent à trembler. Je ne sais pas pourquoi, mais mon corps prend du plaisir quand il me parle comme ça.

Je sens son souffle chaud contre mon oreille et sa langue mouillée dedans.

« Quand je te dirai de jouir, je veux que tu cries mon nom aussi fort que tu peux. Je veux que tout le monde sache que je te baise ici. »

Mon corps se raidit. C'est trop humiliant. Je secoue la tête.

« Ça n'est pas dans le contrat. Ne me demande pas de faire ça. »

Sa joue est appuyée contre la mienne. Sa barbe me gratte.

« Si tu ne fais pas ce que je dis, je te fouette le cul pendant trois heures quand je rentre ce soir. J'ai acheté des pince-tétons et un nouveau collier. Un gros collier. Je te laisserai pendue pendant trois heures ce soir, t'entends ? Maintenant tu fais ce que je te dis. Et déjà saches que quand je rentrerai à la maison ce soir, je te mettrai sur mes genoux et je te fesserai en te doigtant parce que tu m'as répondu !

-Oui, Maître. »

Je ferme les yeux et j'essaye de me détacher de mes pensées pour pouvoir faire ce qu'il me demande.

« Et puis je vais baiser Shamu quand tu pars, si tu ne le fais pas.

Cette salope me fait de l'œil depuis qu'elle est arrivée il y a trois jours. Il faut qu'elle sache que tu t'occupes bien de moi, OK ?

– Oui, Maître, » je réponds alors que de la bile remonte dans ma bouche.

Il y va plus vite et plus fort, son corps se raidit.

« Jouis ! »

Je me laisse aller et je crie : « Rod ! Oh mon, dieu, oui ! Baise-moi, Rod ! Tu es fantastique !

– Ça suffit ! » dit-il en se retirant.

« N'en fais pas trop ou ils vont penser que tu simules. »

Je simulais !

Je me relève et je remets ma jupe en place. Il remet son pantalon en regardant dans la poubelle. Il me regarde.

« Prends ta culotte, et tu la jettes dans la poubelle du bureau de cette salope en partant.

– Rod, je ne suis pas ce genre de fille. S'il te plait.

– Tu es le genre de fille que je veux que tu sois. Et j'utiliserai le gros collier et les pinces ce soir quand je te fesserai à cause de ton insolence ! »

Je prends la culotte déchirée et je la mets en boule dans ma main. On sort des toilettes.

Il y deux mécaniciens dans la salle d'attente. Au moins il n'y pas de clients. La grosse secrétaire nous regarde avec insistance derrière son bureau plein de papiers.

Alors que je suis Rod jusqu'à son bureau, je jette ma culotte dans sa poubelle en passant et je n'ose pas la regarder. Rod penche légèrement la tête pour vérifier que je le fais bien. Puis il me prend la main.

Devant la porte vitrée de l'entrée, il me retourne et il s'appuie contre moi pour m'embrasser brusquement.

Sa main descend sur ma jambe et soulève un peu ma jupe alors qu'il frotte sa queue contre moi. Puis il pose ses mains sur ma taille et finit son baiser. Il pose son front contre le mien.

« Merci pour le déjeuner, bébé.

– De rien, » je murmure.

Puis il m'ouvre la porte, et quand je passe il me donne une grande claque sur les fesses.

« On se voit à la maison, bébé ! »

Je lui souris, puis je m'en vais, sans culotte, en tenant le bout de ma jupe pour que toute la ville ne voit pas mon cul au premier coup de vent.

Je vois flou à cause des larmes.

Ce n'est pas moi. Je ne suis pas cette personne.

Les escaliers en bois grincent dans notre petite maison. La peinture des volets est fatiguée à cause des fréquentes tempêtes de sable.

Je me retourne et regarde un peu le quartier. Je ne vois que des petites maisons en bois. Toutes vieilles, qui auraient bien besoin d'être rénovées. C'est assez déprimant.

En entrant, j'entends le bip du sèche-linge. Je vais sortir les vêtements. Ce sont les vêtements de travail de Rod. Je les pose en tas sur la machine et je sors le fer à repasser.

Je vais prendre une douche pour me changer les idées. J'allume juste l'eau froide. Ça me fait du bien, surtout sur la joue où sa barbe m'a gratté.

L'odeur du shampoing à la pomme, le seul que Rod m'autorise à acheter, me fait du bien. Ça me fait oublier l'odeur des chiottes de son garage.

L'urine et l'huile de moteur ne sont pas des fragrances très excitantes !

Je me rince les cheveux. J'arrête l'eau. J'attrape une serviette et je l'enroule sur ma tête. Je vais dans la chambre. J'enfile une culotte toute propre et une nouvelle robe.

Je ne porte jamais de soutien-gorge, à part quand je sors, comme Rod me l'a demandé. Je vais repasser ses fringues et j'attends qu'il rentre.

J'ai le cœur un peu serré et j'ai mal au ventre. Il tient toujours parole. Je vais me faire punir ce soir. Je ne sais vraiment pas pourquoi je ne sais pas me taire.

Ce n'est pas comme si les gens de cette ville ne voyaient pas comment Rod se comporte avec les femmes. Pourquoi serait-il différent avec moi ? Je vis avec lui après tout.

Mais ça reste embarrassant. Je ne supporte plus le regard triste que me balancent les gens.

Une fois les vêtements repassés et étendus, je m'installe sur le canapé avec la pile de chaussettes et sous-vêtements pour les plier.

Et ça commence. Un flot d'émotions me submerge. Les larmes commencent à couler sur mes joues. Je renifle.

Je pleure régulièrement, et je passe le dos de ma main sur mes joues et sur mon nez pour essuyer les larmes. Rod dit que c'est bien que je pleure. Il dit que je commence à apprendre.

Et pourtant il voit ça comme une faiblesse, et lui-même refuse d'écouter ses émotions.

On frappe à la porte. J'arrive à dire d'une voix rauque : « Qui c'est ?

– C'est Sue, ma chérie. »

Je me dépêche d'essuyer mon visage et je me mouche dans une chaussette. J'ouvre la porte et je la vois, un peu confuse.

« Entre donc. »

Elle entre et elle me prend dans ses bras.

« Qu'est-ce qui ne va pas, mon cœur ?

– Quoi ? » dis-je en passant mes doigts sous mes yeux.

« Ah, rien,. »

Elle me prend par la main et me pousse à m'asseoir sur le canapé.

« Jenna, tu as pleuré ? »

Elle pousse la pile de chaussettes et de sous-vêtements sur le côté et me regarde en prenant mes mains dans les siennes. Je ne sais pas quoi lui dire.

Est-ce que je lui dis que je me sens sale parce que j'ai baisé avec son fils dans les chiottes de son boulot, pour éviter qu'il se tape la nouvelle standardiste ? Est-ce que je lui dis que j'appréhende déjà le moment où il va rentrer à la maison, et me donner ma punition pour ne pas avoir voulu crier son nom et jeter ma culotte dans la poubelle à côté de cette fille ?

Je regarde ses yeux. Ils me rappellent ceux de Reed. Ils sont plus clairs maintenant, mais ils étaient bleu foncé avant, comme ceux de Reed.

« Je vais avoir mes règles, je suis toujours un peu bizarre à cette période-là.

– Ah, oui, je vois. Aucune autre raison ? »

Je remue la tête. La porte s'ouvre. Et Rod la claque derrière lui.

« Maman ? Qu'est-ce que tu fous là ? »

Elle se lève et le prend dans ses bras.

« Bonjour à toi aussi, mon fils. »

Il me regarde froidement. Puis il pousse sa mère.

« Bière, Jenna. »

Je saute sur mes pieds et je cours vers la cuisine.

« Désolée, tu es en avance de deux heures. »

Sue se rassoit et demande à Rod pourquoi je suis désolée.

« Elle est désolée parce qu'elle n'avait pas une bière prête pour moi quand je suis rentré. »

Je reviens vite vers lui avec une bouteille que j'ai décapsulée.

« Voilà, mon chéri. »

Il s'assoit.

« Prends mes bottes. »

Je m'agenouille et je défais les lacets de ses chaussures. J'essaye de ne pas faire attention à Sue, qui me regarde bouche bée.

« Rod ! Je pense que tu peux le faire toi-même !

– Ça fait partie du contrat, maman. Je travaille dur pour nous faire vivre et elle s'occupe de la maison, et de moi. »

Il prend une grosse gorgée de bière.

« Qu'est-ce qui t'amène ici sans prévenir ? »

Il me regarde.

« Ou alors elle t'avait prévenue et tu m'as rien dit, Jenna ? »

Avant que je ne puisse répondre, Sue vole à mon secours.

« Rod, je ne lui avais rien dit ! Seigneur, mon fils ! Je ne peux pas passer dire bonjour? J'étais dans le coin, je suis passée donner un plat à tante Betty. Elle est malade, elle habite deux rues à côté. Et je me suis dit que j'allais passer voir Jenna. Ça te pose un problème ? »

Je retire ses chaussures.

« Oui, ça me pose un problème. J'aime bien rentrer à la maison et être au calme.

– Mais qu'est-ce que ça veut dire ? » demande-t-elle en attrapant la pile de linge.

« Laisse-la faire ça, maman. »

Il me regarde et je retire le linge des mains de Sue.

« Je suis sûre qu'il met ça dans le tiroir du haut, comme à la maison. »

Elle s'y accroche mais j'arrive à lui enlever.

« Non, il les met ailleurs. Je vais m'en occuper. »

Elle se serait évanouie en voyant ce qu'il y a dans le tiroir du haut. Les colliers, les bracelets en cuir et tout le reste.

« On a des choses à faire avec Jenna. Je suis sûr que papa a besoin de toi à la maison.

– Très bien ! J'y vais. À bientôt, Jenna ? »

Je reviens vers elle et la prends dans mes bras pour lui dire au revoir.

« Au revoir, Sue. »

Elle regarde son fils.

« Au revoir, Rod. J'appellerai, la prochaine fois.

– Oui, voilà. Au revoir, » dit-il en prenant une gorgée de bière.

J'accompagne Sue jusqu'à la porte.

Elle me regarde juste avant que je ferme la porte. Je souris.

« On se voit dimanche pour le petit-déjeuner, Sue ? »

Elle me fait un signe affirmatif et retourne vers sa voiture toute neuve. Je retourne à l'intérieur et trouve Rod en train de me regarder.

« Ferme la porte ! »

J'obéis et me tourne vers lui.

« Je suis désolée de t'avoir répondu tout à l'heure. C'était difficile pour moi, mais maintenant j'ai compris, je ne le ferai plus. OK ? Je ne pense pas qu'une punition soit nécessaire. »

Il pose la bouteille sur la table à côté de moi et tapote ses jambes. Je m'approche de lui et il me tire pour m'assoire sur ses genoux. Il attrape une mèche de mes cheveux et la fait tourner.

« Donc t'as compris ? »

J'acquiesce et il passe sa main sous ma jupe. Il dégage ma culotte et il me met un doigt. Il me regarde en le remuant. Il vient appuyer sur mon point G.

Je m'aggripe à ses épaules et je prends une grande inspiration car mon corps veut jouir. Il me regarde dans les yeux.

« Non ! »

Son doigt remue et je ressens des vagues de plaisir.

Je plante mes ongles dans sa chair en essayant de retenir l'orgasme. Il agite son doigt encore plus vite, je ne peux plus me retenir et je jouis. Toute essoufflée, je lui dis que je suis désolée.

« Pourquoi t'es désolée ? » répond-il en sortant son doigt pour le mettre dans sa bouche.

« C'était pas bon ?

– Si, mais tu ne m'as pas donné la permission. »

Mon cœur bat fort dans ma poitrine. Je ne sais pas ce qu'il va faire.

« Cette pute ne m'a plus embêté après que tu sois passée. Je l'ai entendue parler au téléphone. Elle disait que tu lui avais fait peur et qu'elle ne voulait pas d'embrouilles avec toi. Elle a dit qu'elle allait s'attaquer à un autre mécano. »

Il remonte sa main sur mes cuisses en relevant ma robe.

« C'est très bien, alors, » je dis en passant mes mains dans ses cheveux.

« Oui, c'est bien. Je t'apprends à être une femme, Jenna. Et je veux te montrer à quel point je suis fier de toi. Je suis même fier que tu me tiennes tête. C'est ça que je veux. Je veux que tu deviennes une femme forte, la femme dont j'ai besoin. »

Il se lève et m'emmène dans la chambre. Je déboutonne son bleu de travail tout sale qui porte son nom brodé de blanc sur le côté supérieur. Il me caresse la joue.

« Tu es belle, Jenna. »

Il pose ses lèvres sur ma joue.

Je déboutonne son jean et le tire jusqu'à ses chevilles. Puis je fais descendre son caleçon, je prends sa main et l'emmène vers la douche.

Je fais couler l'eau pour qu'elle devienne chaude. J'enlève ma robe et ma culotte. Puis je l'attire à moi dans la douche.

Je mets du shampoing dans ma main et lui masse les cheveux. Puis la barbe. Il me regarde de ses beaux yeux bleu acier.

Je vois de l'amour dans son regard. Il n'a pas besoin de me le dire. Je le vois dans ses yeux de temps en temps.

Je penche doucement sa tête en arrière pour le rincer. Et quand je ramène sa tête en avant, il m'attrape les poignets et m'attire à lui. Il pose doucement sa bouche contre la mienne et il me pousse sur le côté pour me presser contre le mur.

Je caresse son dos musclé alors qu'il carresse mes fesses. Sa queue glisse en moi et j'enroule mes jambes autour de lui.

Il bouge doucement en m'embrassant. Nos langues se caressent, lentement.

C'est ce genre de moment qui nous lie aussi fort l'un à l'autre. C'est quand il laisse sa douceur s'exprimer, et qu'il me montre qui il est vraiment.

Ses mouvements sont de plus en plus rapides. Il s'arrête de m'embrasser pour pouvoir respirer, haletant. Il est bien dur, et il accélère le rythme. Puis il murmure : « Jouis quand tu veux, bébé. »

Je l'aime de tout mon cœur. Je commence à lui lécher le cou. Quand je sens qu'il commence à se raidir, je me laisse aller et je jouis en même temps que lui.

J'ai tellement envie de lui dire que je l'aime. Je ne le ferai pas, évidemment. Ça gâcherait tout.

Une fois que sa queue a fini de se décharger, il me lâche et sort de moi. Je sais qu'il m'aime, je le vois dans ses yeux.

Et c'est pour ça que je reste...

7

JENNA

Il y a deux semaines, j'ai reçu un ordinateur portable d'un expéditeur anonyme. Il a été envoyé chez mes parents et ma mère m'a appelée pour que je vienne le chercher.

J'ai appelé Reed et il m'a avoué que c'était lui. J'ai juste eu à cliquer sur une icône qui s'appelait Arizona State et tout s'est configuré tout seul.

Il m'a inscrite à la fac. Et à plusieurs cours en ligne qu'il a réglés avec le compte de son entreprise.

Du coup, je suis mes cours et je fais les exercices tous les jours. Et je cache le PC au-dessus de l'armoire avant que Rod ne rentre du travail.

J'adore prendre des cours à nouveau, j'utilise mon cerveau pour la première fois depuis mon bac, il y a trois ans.Comme je vais bientôt avoir vingt et un ans, j'ai l'impression de faire quelque chose pour moi. De travailler pour mon avenir.

Et je remercie Reed Manning de tout mon cœur !

J'ouvre mon cours de maths et je vais regarder les résultats de mon test de la semaine dernière. J'ouvre le dossier de notes. J'ai eu vingt sur vingt. Je saute de joie du canapé et je fais une petite danse en me dandinant.

J'envoie un texto à Reed. -Juste pour te dire que j'ai eu un vingt sur vingt au test de maths. Merci énormément ça me fait beaucoup de bien.

Je n'ai pas le temps de reposer le téléphone que je reçois une réponse. -Jenna, je suis heureux de l'apprendre. Tu m'appelles si tu peux ?-

J'appelle aussitôt. Mon cœur bat la chamade et je me mets à faire les cent pas.

« Salut, princesse ! » dit-il de sa voix douce.

J'ai une petite douleur au ventre.

« Salut, Reed.

– Bien joué pour le test de maths. Les autres cours se passent bien ? »

J'aime sa voix, profonde et douce, et tellement sexy. J'ai des frissons et je commence à être excitée. J'essaye de chasser cette envie.

« Oui, oui, je m'en sors bien dans toutes les matières. Je fais de mon mieux pour ne pas te faire regretter d'avoir payé les cours. J'aimerais que tu sois fier de moi.

– Tu ne pourras jamais me décevoir, ne t'en fais pas. Et sinon, comment va la vie ?

– Bien, bien. »

Je vais à la fenêtre car j'entends quelque chose et fermele rideau aussitôt. Je vois Rod en train de se garer dans l'allée.

« Merde !

– Que se passe-t-il, Jenna ?

– Rod est rentré du travail plus tôt. Je dois cacher l'ordinateur. Je t'enverrai un message plus tard. Merci encore, Reed. »

J'attrape le PC en panique.

« Efface l'appel et le message dans le téléphone, Jenna, vite, à bientôt ! »

Je me dépêche de suivre ses conseils. Rod ouvre la porte, je pose le téléphone à coté de la machine à café. Mais ses yeux sont fixés sur le pc.

« C'est quoi, ça ? » demande-t-il en le pointant du menton.

« Oh, ça, c'est rien. Mes parents me l'ont offert. C'est rien. Je regardais un peu cette histoire de réseau social. J'ai parlé avec de vieilles amies du lycée, tout le monde est dessus. On s'est donné un peu des nouvelles. »

Je le prends et commence à l'emmener dans la chambre. Il m'attrape par l'épaule et me tire vers lui.

« Fais voir. »

Il me parle sèchement et je tiens le pc tout contre moi.

« Rod, c'est très fragile. »

Ses yeux sont suspicieux.

« Fais-moi voir. »

A contrecoeur, je lui tends et il l'ouvre.

« Je ne veux pas que tu ailles sur les réseaux sociaux. Il n'y a que de la merde dessus. Ça n'apporte rien de bien, jamais. »

Il ouvre l'écran jusqu'à ce qu'il se casse et que l'ordinateur soit en pièces. Je tombe à genoux et en pleure devant lui.

« Rod ! Pourquoi tu as fait ça ? C'était à moi, ça vaut cher ! »

Je pleure de plus belle en regardant les morceaux de l'ordinateur sur le tapis.

« Arrête de pleurer, Jenna. Sinon je vais te donner une raison de pleurer ! »

Il part s'asseoir dans le fauteuil et il hausse le ton. Je ramasse les morceaux de ce qui aurait pu être mon avenir.

« Bière, Jenna ! Vite ! »

Je me lève avec les morceaux de l'ordinateur et je vais dans la cuisine et les jette dans la poubelle. Je n'essaye même pas d'arrêter de pleurer.

C'en est trop !

Je prends une bière et je lui apporte. Dans son fauteuil, il regarde au loin. Je lève la bière et je lui jette en pleine tête.

Il arrive à l'éviter. Il se lève et vient m'attraper par les cheveux en criant : « Qu'est-ci qui te prend ?»

Je lutte mais il me traîne dans la chambre. Il arrache ma robe, puis ma culotte. Je me débats. Il ne lâche pas mes cheveux et il part chercher les cordes dans le tiroir.

Il me force à baisser la tête sur le lit, s'assoit sur moi, et il noue mes mains derrière ma tête. J'essaie de lui mettre des coups de pieds. Il attache mes mains avec la corde. Puis il me tire vers le mur et il me pend au crochet sur le mur.

Je donne des coups de pied en arrière. J'essaye de me décrocher.

« Arrête de chialer ! » crie-t-il alors que la ceinture fouette l'air et atterit sur mon cul.

Je crie plus fort sous le coup mais je n'arrête pas de pleurer. Je ne pleure pas de douleur mais de colère. Je pleure de rage.

Je crois que je n'ai jamais été autant en colère de ma vie.

« Va te faire foutre, Rod ! »

Il me frappe de plus belle.

« Arrête de pleurer, Jenna ! »

Puis mon corps s'affaisse contre le mur et je pleure comme jamais. Je n'arrive presque plus à respirer et il me frappe encore et encore en me criant d'arrêter de pleurer.

Je ne ressens pas la douleur. Mon corps est complément engourdi. Mon cerveau est engourdi, et je m'arrête enfin de pleurer.

Je ferme les yeux. Il me porte et me jette sur le lit. Il sort de la pièce et revient avec de la crème. Il l'étale sur mes fesses.

Ça ne sert à rien, je ne ressens plus rien de toute façon. Je suis là, allongée sur le lit. Je ne peux plus vivre comme ça.

Et puis j'entends un bruit que je n'ai jamais entendu avant.

Je me retourne, Rod est à genoux, contre le lit, il se tient la tête dans les mains et je crois qu'il pleure.

Je m'assois. J'ouvre et ferme les yeux. Je n'en crois pas mes yeux.

« Rod, qu'est-ce tu que fais ? »

Alors qu'il découvre son visage, je vois pour la première fois des larmes couler le long de sa joue. Mon cœur se brise en mille morceaux.

Qu'est-ce que j'ai fait ?

Je vais vers lui le prendre dans mes bras et il fond en larmes.

« Jenna, je ne sais pas ce qui ne va pas chez moi. »

Il se lève et me pousse. Et il sort un papier du tiroir.

Notre contrat !

« Qu'est-ce tu fais, Rod ? »

Je tremble de tout mon corps alors qu'il tient le contrat en l'air. Ses yeux sont rouges, et il dit d'une voix tremblante : « Je vais le déchirer, Jenna. Tu peux partir si tu veux. »

J'ai comme un déclic. Je me lève et j'attrape le papier. Ce papier qui a dicté ma conduite ces dernières années.

« Non ! »

Il me regarde, en larmes.

« Je dois le faire, Jenna. Ça fait deux ans que j'essaye de t'apprendre. Et tu t'es jetée sur moi comme un tigre. Je ne sais pas ce que je fais. »

Il prend la feuille et il commence à la déchirer.

« Arrête ! J'ai eu tort. Je suis désolée. Je ne veux pas que ça soit fini entre nous. S'il te plaît »

Je tombe à genoux et passe mes bras autour de ses jambes.

« S'il te plaît Rod. Je ferai tout ce que tu veux. Ne me quitte pas. Je t'en supplie.

– Jenna, ça ne marche pas entre nous, et tu le sais. »

Il pose ses mains sur ma tête.

« Tu n'es pas faite pour la vie que je veux.

– Je peux l'être, Rod. J'ai réussi jusque là. Ne me quitte pas maintenant, s'il te plaît ! »

Je le regarde. Ça me tue de lui avoir fait du mal et de l'avoir fait pleurer. Il s'assoit sur le lit. Je m'assois sur ses genoux et nous tenons le contrat tous les deux.

C'est tout ce que nous avons. Pas de mariage. Pas de mots d'amour. Tout est là.

Je lui retire doucement le papier. Et je vais le reposer dans le tiroir. Je lui fais un bisou sur la joue.

« Pour toujours, Rod. Nous sommes liés pour toujours. »

Je quitte ses genoux et je lui retire ses bottes. Il regarde le sol. Il a l'air tellement triste, et comme abattu.

Après ses bottes, j'enlève son T-shirt et son caleçon.

« Viens, bébé. Je vais te donner un bain. Je vais te masser avec de l'huile et après je vais te cuisiner un pain de viande. »

Il me suit mais je sens qu'il manque quelque chose chez lui. L'arrogance, le contrôle et la force.

J'ai mal de lui avoir fait ça.

Qu'est-ce qui ne tourne pas rond chez moi ?

8

JENNA

Quelques mois ont passé depuis notre dispute. Et depuis, les choses ne sont plus les mêmes. Rod est devenu passif et j'ai l'impression que c'est bientôt la fin entre nous.

J'ai cassé quelque chose entre nous et on dirait que quoi que je fasse, je ne pourrai pas réparer ça.

J'ai dit à Reed pour l'ordinateur et il m'a conseillé d'aller à la bibliothèque pour ne pas que ça se reproduise. Il m'a dit de rester prudente, car il a peur que Rod me fasse du mal.

Il m'a dit de lui en parler si ça arrivait.

Je n'aime pas lui mentir. Il m'aide tellement, c'est pas bien.

Par contre, j'excelle dans mes études. J'ai réussi des épreuves qui m'ont fait validé des unités et je n'ai plus besoin de suivre tous les cours.

Il s'avère que je suis intelligente !

Je ferme l'onglet de mon cours d'anglais sur l'ordinateur de la bibliothèque et mon téléphone sonne. C'est Rod. Je réponds au plus vite.

« Allô, mon chéri.

– Jenna, où est-ce que tu es bordel ? » dit-il, énervé.

Je me dépêche de sortir. La libraire me regarde courir, un peu étonnée. Je l'ignore et je continue.

« J'arrive, j'étais sortie marcher un peu. Je me sentais un peu enfermée, j'avais besoin de prendre l'air. »

J'arrive au coin de la rue, il est là, il me regarde. Je mets mon téléphone dans mon sac. Il rentre le sien dans sa poche de pantalon, et il met ses bras autour de mes épaules.

« À la bibliothèque, Jenna. Tu n'étais pas en train de te promener pour prendre l'air. » Ces mots sont mesurés et limités. Tu mens, Jenna.

– Je voulais me trouver un livre à lire aussi. J'y ai pensé en marchant, Rod. »

Je ris pour essayer de détendre l'atmosphère.

« Quelqu'un, ta mère je suppose, a scotché du courrier sur la porte d'entrée. Une lettre de la fac d'Arizona. Les félicitations sont de rigueur, Jenna. Tu as réussi à valider six unités des cours pour lesquels tu es inscrite. C'est pas merveilleux comme nouvelle? »

Il s'arrête, et il me tourne pour que je le regarde.

« Je me suis inscrite à des cours en ligne. J'ai pu obtenir une bourse. J'allais te le dire. Je voulais te faire une surprise, Rod. Je voulais que tu sois fier de moi, » dis-je en parlant très vite.

« C'est mon frère qui t'as convaincu de faire ça dans mon dos ?

– Reed ? » dis-je fort, d'une voie aiguë et d'un ton strident.

« Non, je ne lui parle pas !

– Alors, c'est qui ? »

Il enlève son bras d'autour de mon cou et il passe la main dans mes cheveux quand on arrive devant la maison.

« J'ai fait ça toute seule, Rod. »

Il me soulève par les cheveux, mes pieds décollent du sol. Il me lâche tellement brusquement que je tombe. Puis il me traîne dans le jardin.

Je ne me débats pas, je ne crie pas. J'essaye de marcher comme je peux. Je sens des brûlures sur mes genoux écorchés sur le sol.

La vieille dame d'en face regarde à l'intérieur et lui crie d'arrêter.

Mais Rod semble ne pas l'entendre. Il me lâche les cheveux et je tombe au sol.

« Lève-toi, salope ! »

J'essaye de me relever mais il me repousse au sol.

« Lève-toi ! »

J'arrive à me lever et je garde la tête baissée. Je me tiens droite.

« Viens là ! » dit-il d'une voix basse et autoritaire.

Je m'approche de lui et il me pousse si fort que je vole quelques mètres en arrière et tombe sur les fesses.

Les sirènes de police retentissent dans le quartier. L'un des trois policiers de la ville se postent devant le portail. Il saute de la voiture, sort son pistolet et le pointe sur Rod.

« Allonge-toi par terre, Rod ! »

La chute sur mes fesses m'a coupé la respiration. J'essaye de reprendre mes esprits. Je regarde Rod se mettre à genoux, les mains derrière la tête. Puis il s'allonge lentement au sol, le visage dans la boue de notre jardin.

L'officier s'avance vers lui, l'arme au poing, et sort des menottes.

Je tousse, et réussis à respirer normalement.

« Non, ne lui faites pas ça ! » je crie.

Je me lève et bouscule l'officier. Il me regarde un genou sur le dos de Rod.

« Je vais l'emmener, vous avez les genoux en sang et des blessures un peu partout.

– S'il vous plaît, laissez-le partir. C'est de ma faute. Je lui ai menti. Je mérite d'être punie pour ça. »

J'implore le policier du regard.

Il secoue la tête et je vois que Rod a de la boue près de la bouche.

« Laisse-le m'emmener, Jenna. J'ai le cœur brisé. Je préfère me retrouver en prison après ce que tu m'as fait. »

Je fonds en larmes et me mets sur mes genoux ensanglantés devant lui.

« S'il vous plaît, ne l'emmenez pas, monsieur. »

Les larmes coulent de mes yeux et le policier secoue la tête. Il me regarde.

« Vous êtes sûre ?

– Oui, s'il vous plaît, monsieur, laissez-le. »

Il se lève.

« OK, Rod. Elle vient de te sauver le cul. J'espère que tu lui rendras la faveur. Si on m'appelle à nouveau, je vous embarque tous les deux. »

Rod se tourne sur le dos, et le policier s'éloigne. Je vois qu'il est en pleurs, pour la deuxième fois de ma vie.

Il ouvre les bras et je me jette contre lui.

Nous pleurons tous les deux, devant notre petite maison. Il n'arrête pas de murmurer qu'il est désolé et je lui dis aussi.

« Viens, on rentre, bébé. »

Je me lève et je lui tends la main pour l'aider à se relever. Il me prend dans ses bras et me porte jusqu'à la maison. Dans la salle de bain, je rince ses vêtements. Je nettoie la boue sur lui et il essuie la boue et le sang de mes genoux.

Il passe une crème désinfectante sur mes genoux, et embrasse le bandage sur mes égratignures. Puis il me porte jusqu'à la chambre et m'assoit sur le lit.

Il ouvre le tiroir du haut. Il en sort tous les instruments et la ceinture en cuir, et les sort de la chambre. J'entends le couvercle de la poubelle grincer. Il revient avec un tournevis et décroche le crochet du mur.

Mon estomac se serre car je pense qu'il est sur le point de déchirer notre contrat. Je ne dis rien. Il revient et touche mon menton.

« Plus de punitions.

– Comment ça ?

– ça veut dire que ton entraînement est fini. Tu as eu la tête dure et as demandé au flic de me laisser partir. Tu sais à qui tu appartiens. Tu sais comment faire pour que ma bite n'aille pas fourrer d'autres femmes. Tu sais comment me garder hors de prison et dans ta vie. C'est fini. On peut passer à l'étape suivante. »

Il grimpe sur le lit en me poussant comme il le fait souvent.

Il me chevauche et il commence à m'embrasser, doucement et gentiment. C'est différent.

Nous sentons mauvais tous les deux, couverts de sang, de larmes et de sueur. Mais je ne me suis jamais sentie aussi à l'aise avec quelqu'un. Je peux sentir le sel de ses larmes sur ses lèvres et je sais qu'il sent les miennes.

Notre relation ressemblait à l'anti-chambre pour l'enfer. Mais nous en sommes sortis et nous savourons la victoire.

Nous sommes nus à présent et peau contre peau et je me sens libérée et merveilleusement bien. Ses mains glissent sur mon corps tout naturellement.

Ses muscles ondulent à chaque coup, et il plonge sa langue aussi profondément que possible dans ma bouche comme je ne l'ai jamais vu faire. Sa queue s'enfonce en moi profondément et il empoigne mes fesses pour m'attirer vers lui.

Les petits coups créent entre nos corps une connexion comme jamais auparavant. Je commence à ressentir des vagues de plaisir alors que son corps vient appuyer sur mon clitoris.

Il va de plus en plus vite et il me met des petits coups. J'explose. Je gémis de plaisir. Il continue et je me tords dans tous les sens sous son corps.

Puis il arrête de m'embrasser et il me regarde pendant qu'il jouit. Son sperme chaud me remplit et nous nous regardons dans les yeux.

Si je ne prenais pas la pilule, je serais tombée enceinte. Sans aucun doute. Et je ne me suis jamais sentie aussi proche de quelqu'un.

Ses lèvres se tordent sur le côté.

« Tu es à moi, Jenna. Tu seras toujours à moi. »

Je pose mes doigts sur sa bouche.

« Je serai toujours à toi, Rod. »

En restant sur moi, il tend le bras et il attrape quelque chose. C'est la lettre de la fac.

J'attends de voir ce qu'il va dire, ou faire. Il me touche le bout du nez avec l'enveloppe.

« Je veux que tu saches que je suis fier de toi pour ça. Continue si ça te plaît. C'est plutôt cool d'avoir une femme intelligente. »

Je l'entoure de mes bras et j'enfouis ma tête dans son torse.

« Merci ! Tu n'as pas idée de ce que cela signifie pour moi.

– Ton bonheur est important à mes yeux, Jenna. »

Il m'embrasse la tempe et il roule sur le côté m'emportant avec lui.

Je le regarde dans les yeux et remarque quelque chose de différent et que je n'ai jamais vu dans ses yeux bleus .De la douceur.

Je pose ma tête sur son large torse. Il est toujours en moi et il me tient fort. Je ferme les yeux. Il respire plus calmement.

On s'endort l'un contre l'autre dans cette position. Ça ne s'était jamais produit.

Je me sens beaucoup mieux !

9

JENNA

Des lumières rouges et vertes illuminent le salon des Manning. Le gros sapin de Noël devant la toute nouvelle baie vitrée qui clignote est un enchantement.

Le dîner est uniquement pour la famille proche. C'est la première année que je mange avec Rod. Je suppose que je fais vraiment partie de la famille pour lui maintenant.

Depuis l'incident, c'est comme ça que nous l'appellons, tout se passe à merveille entre nous. Il ne sort plus. Il rentre à la maison juste après le travail, il enlève ses chaussures, il va chercher sa bière et il prend sa douche tout seul.

Je suis généralement en train d'étudier quand il rentre. Dans le coin du salon, je me suis fait un petit bureau, et il m'a racheté un ordinateur.

Tout est normal, un normal agréable.

Assise dans le canapé, je regarde le grand sapin et je m'imagine avoir une maison assez grande un jour pour y mettre notre propre sapin.

Pour l'instant, on a un petit arbre en plastique sur la table de la cuisine. On ne pourrait pas en avoir un plus grand.

Rod et Reed sont en train de nettoyer la table de la cuisine. Ils ont refusé mon aide. Leurs parents ont préparé un très bon repas avec des haricots, des saucisses et du maïs.

J'ai découvert que c'est le premier repas de Noël que Sue et Jason avaient pu se payer la première année de leur mariage tous les deux alors étudiants fauchés. Ils habitaient un tout petit appartement en Arizona et ils allaient à la fac ensemble.

La famille de Jason est originaire de Jerome en Arizona, ils y ont fait leurs études et ils sont venus ici pour commencer à enseigner ensuite.

Cet étrange repas est donc la petite tradition de la famille. Rod me dit qu'il aimerait bien qu'on la suive aussi quand on aura une famille à nous.

Je remarque que Reed me jette un coup d'œil quand Rod me dit ça. Il a l'air de douter. Il doit penser que Rod et moi ne fonderons pas de famille.

Mais ça me paraît ridicule. Bien sûr que nous fonderons une famille avec Rod un jour.

C'est vrai, il ne veut toujours pas parler d'amour, et il ne veut pas que je prononce le mot, mais je le vois dans ses yeux. Je le sens quand il me touche.

Il a changé maintenant. Il a vraiment beaucoup changé.

J'ai l'impression qu'il pourrait craquer et me dire qu'il m'aime à tout moment. Mais même s'il n'y arrivait jamais, ce n'est pas grave, parce que je sais qu'il y a de l'amour en lui.

Reed revient dans le salon, s'essuyant les mains avec un vieux torchon. Il me regarde avec ses yeux bleus perçants quand je m'assoie.

« Alors, Jenna, ce premier repas avec la famille Manning ?

– C'était génial. Quand est-ce que tu ramènes une copine, Reed ?

– C'est pas pour tout de suite. Je n'arrive pas à trouver la bonne. Il y en a plein avec qui je passe de bonnes nuits par contre, » dit-il en riant.

Rod arrive derrière lui et le tape dans le dos.

« Toujours à courir les jupons, frangin?

– Ben, oui pour l'instant. J'ai que vingt-trois ans. Je suis pas pressé.

Je ne suis pas encore un vieux comme toi, Rod, à 26 ans tu approches des trente ans fatidiques! »

Sue et Jason reviennent du jardin. Ils voulaient prendre un bain de nuit de Noël dans la piscine que Reed leur a achetée.

Ils portent le même peignoir blanc, avec leurs noms brodés en bleu. Ils ont l'air de deux jeunes mariés. Sue secoue la tête et éclabousse tout le monde.

« Grâce à Reed, on nage un peu tous les soirs. C'est bon pour la circulation du sang. Et elle est chauffante ! C'était une idée de génie, mon fils. »

Jason s'assoit et Sue se met sur ses genoux.

« Je ne te remercierai jamais assez, fiston. »

Reed leur sourit et Rod vient auprès de moi. Il me prend la main et il se met à genoux. Il sort quelque chose de sa poche.

Il est sur un genou, et mon cœur bat très fort. Je jette un rapide coup d'œil à ses parents. Sue a les mains sur la bouche. Jason a un grand sourire.

Reed a la mâchoire serrée. Il a l'air tendu et ses yeux sont mi-clos.

Et puis mon regard se porte de nouveau vers Rod. Le diamant de la bague brille de lumières à la fois vertes et rouges car les guirlandes de Noël s'y reflètent.

Ses mains tremblent.

« Jenna Foster, » commence-t-il, tout doucement.

Je l'entends à peine.

« Veux-tu m'épouser ? »

Je regarde Reed. Il est toujours en train de fixer son frère, abasourdi. Puis je regarde les beaux yeux bleu métallique de l'homme que j'aime..

« Oui, je le veux, Rod. »

Je tends ma main, il glisse la bague sur mon doigt et il pousse un grand soupir.

« Elle est à la bonne taille ! J'étais tellement inquiet. »

Je ris. Et des larmes coulent quand je cligne des yeux. Du coin de l'oeil, je vois Reed quitter la pièce. Je me sens mal.

Rod se relève et il me prend dans ses bras. Il me sert et il m'embrasse. Un baiser tendre qui vaut plus que tous les mots de la terre.

Il m'aime !

Une fois qu'il finit de m'étreindre, je vois que ses parents nous attendent pour nous prendre dans leur bras. Jason étreint son fils. Et Sue me prend dans ses bras. Puis on échange. J'ai l'impression de faire partie de la famille.

« C'est formidable ! » s'exclame Sue, les larmes aux yeux, en tenant Rod par les épaules.

« Tu ne pouvais pas trouver une femme plus bonne pour toi, mon fils. Depuis que tu es avec elle, tu es tellement différent de l'enfant et de l'adolescent énervé que tu étais. Elle a une bonne influence sur toi. Félicitations ! »

Ces mots le mettent en colère, ce qui fait briller ses yeux.

« C'est pas entièrement grâce à elle, maman ! »

Jason ajoute : « Je pense que c'est grâce à elle en grande partie,. »

Il rit, mais ça ne calme pas Rod.

Il se tourne vers moi.

« C'est ce que tu penses aussi? »

Je ris et je secoue la tête.

« C'est Rod qui m'a influencé d'après moi. Il a fait de moi la femme que je suis aujourd'hui. »

Il sourit à nouveau. Je suppose que tout ce qui lui importe, c'est que je le vois comme un héro.

« Merci, bébé. »

Sue tire Rod dans la cuisine.

« On va sortir le champagne rosé que j'avais pris pour le Nouvel An. Ce jour est bien plus important. »

Jason les suit et je vais dans la salle de bain pour voir si je n'ai pas de traces de mascara sur le visage à cause des larmes.

Je me passe de l'eau sur le visage, et j'enlève les traces noires de mes joues roses. Et en sortant de la salle de bain, je tombe sur Reed, adossé à la porte de sa chambre.

« Hé, » dit-il.

Il me fait signe de venir avec son doigt.

Je m'approche.

« Qu'y a-t-il ? »

Il regarde de chaque coté du couloir pour voir s'il n'y a personne.

« C'est vraiment ce que tu veux, Jenna ?

– Bien sûr, Reed. Pourquoi pas ? Tu sais, il a changé. Il est content que je fasse des études maintenant. Il a vraiment changé. Je te l'ai dit. »

Il me touche l'épaule et j'ai l'impression de me prendre une décharge électrique.

« Il a toujours été comme ça. Il va bien et il est très gentil pendant un an ou deux. Mais jamais plus longtemps. Et après, il redevient comme avant. Il a toujours fait ça.

– Mais je n'ai pas toujours été dans sa vie.

– Tu es quelqu'un de super. Mais personne n'a jamais pu l'empêcher de s'auto-détruire. Même pas un ange comme toi. »

Il retire sa main et le flux d'énergie commence à faiblir.

« Je vais essayer, Reed. »

Je le regarde dans les yeux et je vois tellement de choses qu'il ne dit pas.

« Tu verrais une autre raison pour laquelle je ne devrais pas l'épouser, Reed ? »

Il prend une grande inspiration et il passe sa main sur ma joue. Je sens mes jambes fléchir.

« Je ne le vois pas marié, Jenna. Tu me l'as dit, il ne croit pas au mariage. Je sais qu'il fait un beau geste, mais je pense que tu pourras attendre très longtemps avant que ça n'arrive pour de vrai. »

Je ne sais pas pourquoi mon corps réagit autant quand il me touche. Je sais que j'aime Rod. J'en suis sûre. Mais quand Reed me touche, je m'échauffe et je fonds à l'intérieur.

Je ne peux pas m'empêcher de regarder ses lèvres. Elles sont parfaites. La petite courbure sur celle du haut les font ressembler à un arc. Et je n'avais jamais fait attention à la fossette sur son menton.

C'est tellement mignon.

Sans réfléchir je lui dis : « J'espère qu'un de nos enfants aura cette petite fossette que tu as sur le menton. Ça vient de la famille de ta mère ? Je ne l'ai jamais vu sur d'autre personne de ta famille ici.

– C'est le père de ma mère qui en avait une. »

Je la touche du bout du doigt et je souris en sentant ce flot de chaleur m'envahir à nouveau. Mais je lutte contre cette sensation.

« Peut-être qu'un de nos enfants l'aura, alors.

– Oui, peut-être qu'un de nos enfants l'aura, » répond-il en me faisant un clin d'œil.

Sue l'appelle.

« On devrait aller fêter les futures noces, tu crois pas ? »

Il se tourne vers moi.

« Dis à ma mère que je vais me coucher.

– Reed ? »

La poignée de la porte à la main, il se retourne.

« Oui ?

– Je pense que tout va bien se passer. Je pense que tu te trompes à son sujet. »

Il sourit faiblement.

« J'espère que tu as raison, Jenna. Je déteste te voir souffrir. »

Je longe le couloir jusqu'à la cuisine et je vois Rod boire cul-sec sa première coupe de champagne.

« Beurk ! Si j'avais bu lentement comme tu m'as dit, maman, je ne l'aurai jamais terminé. »

Sue me tend un verre de pétillant rose et j'en prends une gorgée. « Je suis d'accord avec toi Rod. Burk ! »

Il sort deux bières du frigo, il en ouvre une et me la tends, puis il il ouvre la sienne et nous trinquons.

« À toi et moi, bébé !

– À toi et moi, Rod ! » Je le regarde dans les yeux.

Je le vois clairement. L'engagement. Le changement.

Reed se trompe. Je le sais. Il doit se tromper.

Rod va rester le même. On va se marier. On va fonder une famille.

J'apprendrai à contrôler mon corps et il ne réagira plus à Reed.

J'aime Rod !

Fin de l'histoire. Nous sommes faits pour être ensemble. Reed sera mon beau-frère, et rien de plus !

Rod retire la bouteille de ses lèvres.

« Où est mon frère ? »

Sue quitte la cuisine pour partir à sa recherche. Je dis :

« Je l'ai vu quand je suis allée à la salle de bains. Il est parti se coucher, Sue. »

Jason regarde sa montre.

« Il est à peine dix heures, il se sent pas bien ? »

Je hausse les épaules et je bois. Rod passe son bras autour de mon cou.

« Il est jaloux, c'est tout ! »

Mon corps se tend.

« Non ! »

Rod hoche la tête.

« Si, si. Il a toujours été jaloux de moi, bébé. C'est comme ça. Tout ce que j'ai eu, il le voulait. Mon vélo, mes G.I. Joe, ma première voiture.

– Il ne me veut pas, Rod ! »

Je bois une autre gorgée.

Il rit très fort en me tenant contre lui et je tremble alors qu'il me sert plus fort.

« Bien sûr que si ! Mais tu m'appartiens pour toujours ! »

Sue l'interrompt.

« Ne parle pas comme ça, Rod ! Ton frère ne veut pas te piquer ta copine. Il dit n'importe quoi, Jenna. Ne l'écoute pas ! Et Rod, je t'ai déjà dit quoi? Jenna n'est pas un objet ! C'est un être humain, elle n'appartient à personne ! »

Il pose ses yeux sur moi.

« Pas vrai que tu m'appartiens ? »

J'acquiesce et j'aime le sourire qui apparaît sur son visage. Il m'embrasse et je me laisse m'emporter.

Sue hausse le ton.

« Ne le laisse pas faire, Jenna ! Tu es un être humain, tu n'es pas un objet ! »

Rod me traitait comme tel, mais plus maintenant. Plus depuis ce jour, en tout cas. Et je ne pense pas qu'il le refasse.

Quand Rod dit que je lui appartiens, j'ai l'impression qu'il me dit qu'il m'aime.

Le baiser se termine.

Je regarde Sue pour lui dire : « Ne t'inquiète pas, Sue. Je sais ce qu'il veut dire quand il dit ça. »

Rod enlève son bras de mon épaule et prend ma main.

« Ça veut dire que tu m'appartiens, bébé. Comme je l'ai dit. Je pense qu'il est temps de rentrer. Ça fait quelques jours qu'on ne s'est pas reposés. J'ai un peu la gueule de bois depuis ce matin.

– Au revoir, » je lance alors qu'il me tire vers la porte.

Ses parents disent au revoir et ils font un signe de la main. Alors que nous quittons le salon, dans le couloir obscur, je vois Reed. Je le salue d'un signe de main et il fait de même.

Je ne peux pas voir l'expression de son visage. Il n'est qu'une ombre au bout du long couloir. Mais je peux ressentir une émotion d'ici.

Il est triste.

Et si Rod avait raison. Et si Reed me voulait vraiment ?

Je chasse cette pensée. Ce n'est pas grave, de toute façon. Je suis avec Rod, et je vais me marier.

Rod ne me fait pas l'effet de Reed quand il me touche. Et alors ?

Rod m'apporte autre chose. La compassion et l'empathie par exemple.

Et c'est bien aussi !

10

JENNA

Les rideaux sont ouverts et la lumière entre dans la chambre. Je ne me rappelle pas les avoir laissés ouverts. En fait je n'ai pas trop de souvenirs de la soirée honnêtement.

On a bien bu avec Rod et j'ai dormi toute la matinée, on dirait.

J'ai mal à la tête. Je me tourne pour attraper mon téléphone et voir l'heure. Je mets quelques secondes à voir clair, il est presque midi.

Je me tourne et je pose ma main sur l'oreiller de Rod. Il y a encore la marque de sa tête dessus.

Le pauvre ! Il a dû se lever pour aller au travail.

Je me tire hors du lit pour aller prendre une douche. Je me brosse les dents en attendant que l'eau chauffe. Mais je remarque que certaines choses ont disparu.

La brosse à dents de Rod n'est plus là.

Je regarde dans la poubelle si peut-être il l'aurait jeté. Rien. Je me rince la bouche. Son déodorant aussi a disparu.

J'ouvre le placard à pharmacie. La boite d'aspirine que je lui ai achetée cette semaine n'est plus là non plus.

Je commence à paniquer et je retourne dans la chambre. J'ouvre le placard. La moitié de ses vêtements a disparu. Il ne reste que ses bleus de travail. Plus de chaussures.

Je tombe en arrière et mes jambes heurtent le coin du lit sur lequel j'atterris.

Il m'a quittée !

Je reste là quelques minutes sur le lit, regardant dans le vague. Puis je reprends mes esprits. C'est pas possible. Il ne me quitterait pas comme ça.

Je vais couper l'eau de la douche. J'enfile une robe, une culotte et je mets des sandales pour aller à son travail.

Je marche à toute vitesse dans la rue. C'est à environ un kilomètre. Je n'ai pas envie d'arriver en sueur et l'air paniqué.

Il doit être là !

Je ne me souviens plus de la soirée d'hier. Peut-être qu'il devait aller quelque part pour le boulot et y passer la nuit.

Mais pourquoi aurait-il pris toutes ses vêtements personnels, et pas ceux du travail ?

Du coin de la rue, je peux voir sa vieille Ford devant le garage d'habitude. Mais elle n'y est pas.

Mes pieds accélèrent la marche d'eux-mêmes et je me mets à courir. J'arrive sur le parking, et l'odeur d'essence et d'huile me prend aux narines, mais le fourgon n'est pas là.

Un de ses collègues me voit et il sort pour me demander où est Rod.

Je suis à bout de souffle.

« Il n'est pas là ? »

Il secoue la tête.

« On l'appelle depuis ce matin. On lui a envoyé des messages. Il ne répond pas. J'allais venir chez vous à la pause pour voir qu'est-ce qu'il se passe. »

Je dois me pencher, et poser les mains sur mes genoux pour essayer de reprendre ma respiration. Mon cœur bat très fort et j'ai la tête qui tourne.

Je retrouve mon souffle. Je me relève.

« Il n'est plus là. Il est parti. Il ne vous a rien dit ? »

Ce mec que Rod ne m'a jamais présenté me regarde. Je sais qu'il s'appelle Craig. Il secoue la tête à nouveau.

« Rod est assez discret. On ne le connaît pas vraiment.

– Je dois y aller. Si je le retrouve, je vous tiens au courant. »

Je retourne à la maison. Elle me paraît vide maintenant. J'attrape mon téléphone et j'appelle sa mère.

« Salut, Jenna, » répond-elle.

« Sue, tu sais où est Rod ? »

J'espère qu'elle sait où il est.

« Non, pourquoi ?

– Ses affaires ont disparu. Il n'est pas allé au travail et il ne répond pas au téléphone !

– Vous vous êtes disputés ?

– Non, je ne pense pas. On a beaucoup bu hier soir et c'est un peu flou, mais on s'est pas disputé depuis un moment. Je ne vois pas pourquoi on se serait engueulés. Tu pourrais essayer de l'appeler ?

– Oui, je vais en parler à Jason et on va faire ce qu'on peut. On se rappelle, ma chérie. »

J'essaye de l'appeler. Je tombe sur son répondeur. J'envoie un message :

-Bébé, où es tu?-

Je tremble en reposant le téléphone sur la table de chevet et je le fixe comme s'il allait pouvoir me dire où se trouve l'homme que j'aime.

Je reste une bonne heure à fixer le téléphone. Et il sonne. Je décroche de suite.

« Rod !

– C'est Reed, Jenna. Que se passe-t-il ? Maman m'a appelé pour me dire que Rod t'avait quittée ?

– Elle lui a parlé? Il lui a dit ça ? » je demande en tombant sur le lit.

« Non. Elle m'a juste dit qu'il avait disparu avec ses affaires et qu'il ne répondait pas au téléphone. J'ai essayé de l'appeler, mais pas de réponse.

– J'étais bourrée hier soir. Je ne me rappelle de rien.

– Merde, Jenna. Je ne t'ai jamais vu boire. Vous vous êtes disputés ?

– Non, pas du tout ! Ça fait trois mois depuis qu'on s'est fiancés que tout se passe bien. »

Mes lèvres se mettent à trembler.

« Je suis perdue, Reed.

– Ne t'en fais pas, Jenna tout va bien. Ce n'est pas la première fois que Rod disparaît.

– Ah bon ? » je demande en essuyant mes larmes.

« Non. À dix-huit ans il a disparu pendant six mois. Il est parti sans rien dire à personne. À vingt ans, il est parti et il n'est revenu qu'après ses vingt et un ans. »

J'ai rencontré Rod six mois après ça. Je me rappelle qu'il avait disparu environ quatre mois l'année de ses vingt-deux ans.

« Reed, tu crois qu'il fait quoi ?

– J'ai toujours pensé que c'était une histoire de drogue. Mes parents aussi. Il prend de la drogue à la maison, Jenna ?

– Non ! Il boit, il fume des cigarettes mais c'est tout. Tu crois qu'il se drogue en cachette ? »

Je me tiens le ventre car la douleur est insupportable.

Reed a la voix tremblante aussi.

« Je crois que oui, Jenna. Je suis désolé. J'ai essayé de te faire comprendre qu'on ne peut pas compter sur lui. Tu mérites mieux.

– Mais on est ensemble depuis trois ans, Reed. Il a été stable tout ce temps. Comment peut-il me faire ça ? »

Et je fonds en larmes et je ne vois plus rien.

« Je suis désolé, Jenna. Vraiment. Continue de travailler pour tes études. Ne laisse pas cela t'atteindre ou te ralentir. Je continuerai à payer pour tout. Il faut que tu continues pour devenir la personne que tu veux être.

– Je dois te laisser. »

Je jette le téléphone et je pleure dans l'oreiller de Rod.

Ça sent le shampoing à la pomme. Je respire cette odeur pour essayer d'absorber dans mon corps et dans dans mon cœur tout ce qui me reste de lui.

Je ne sais pas comment je vais pouvoir continuer. Je ne sais pas comment vivre si je ne sais pas s'il va bien.

Comment pourrais-je faire confiance à nouveau ?

La nuit tombe. Un nouveau jour se lève. J'arrive enfin à sortir mon corps sans force du lit.

L'oreiller est trempé de mes larmes. Je ne pensais pas pouvoir pleurer autant. On toque à la porte. J'arrive à me traîner faiblement pour aller ouvrir.

C'est Sue et ma mère derrière la porte. Elles sont toutes tristes. Ma mère ouvre et elles entrent.

J'essaye de repartir mais elles m'attrapent dans leurs bras et je me remets à pleurer.

« Je n'y arriverai pas. »

Elles me caressent les cheveux et me murmurent des "ça va aller", "tout ira bien", "tu vas t'en remettre."

Je ne vais pas m'en remettre !

Jamais !

Puis la colère me prend et je me dégage de leurs bras .

« Sue, pourquoi personne ne m'a jamais dit qu'il disparaissait comme ça ? »

Ma mère me regarde, confuse.

« Jenna, c'est une petite ville. Tu savais qu'il faisait ce genre de chose. Pourquoi tu lui demandes ça ? Cet homme avait une mauvaise réputation. Tu savais qu'il faisait des trucs louches. C'est pour ça qu'on t'avait mis en garde avec ton père quand tu as emménagé avec lui. »

Sue me prend la main.

« Jenna, je t'avais dit qu'il était pas facile à vivre. Je pensais que tu connaissais son passé.

– Comment as-tu fait pour tenir quand il a disparu, Sue ? Je dois savoir comment je vais pouvoir continuer à vivre sans savoir s'il va bien. »

Ma main tremble dans la sienne.

« Je prie. Et je garde espoir. »

Elle et ma mère me font asseoir sur le canapé. Ma mère pose sa main sur ma jambe.

« Ça m'a presque tuée la première fois. Il est parti juste après sa remise de diplôme. On l'attendait pour fêter ça. On avait organisé une fête.

– Laissez-moi deviner. Il n'est jamais venu. Vous êtes rentrés à la maison et il avait pris toutes ses affaires ? »

Elle acquiesce.

« Oui, comme ça on savait au moins qu'il n'avait pas été kidnappé ou qu'il ne lui était rien arrivé. On a déclaré sa disparition à la police. Ils n'ont rien trouvé. Et un jour, la porte s'est ouverte et il était là. Quand on lui a demandé ce qu'il avait fait, il nous a dit de le laisser tranquille, sinon il repartait. Alors on a fait comme si de rien n'était.

– Je ne peux pas vivre comme ça ! »

Ma mère me tapote la cuisse.

« Et tu ne devrais pas. Même s'il revient. Tu ne devrais pas te remettre avec lui. Personne ne devrait endurer ce genre de choses. »

Je regarde Sue. Elle confirme du regard.

« Je n'aime vraiment pas l'admettre. Mais ta mère a raison. Tu mérites mieux, Jenna. Rod est destructeur. Il a toujours été difficile à gérer. Et si difficile à comprendre. Je ne peux pas tout mettre sur le compte de la drogue. Il a toujours été bizarre.

– Mais on aurait dit qu'on se comprenait. Je le comprenais. Je me sens tellement idiote. »

Je cache mon visage dans mes mains.

« Comment je vais pouvoir me montrer en ville ? Tout le monde sait qu'on devait se marier. C'était dans le putain de journal. »

Sue pose sa main sur mon épaule.

« Ça va aller, Jenna. Avec le temps, ça va aller. Tu verras.

– Viens, Jenna, rentre à la maison avec moi. Ça va te faire mal d'être ici alors qu'il est parti, » me dit ma mère.

« Je ne peux pas partir. Et si jamais il change d'avis et il revient à la maison?

– Pourquoi voudrais-tu te remettre avec lui ? Après ce qu'il a fait, pourquoi t'infliger ça ?

– Je l'aime. Peut-être qu'il a eu peur. Il a eu peur du mariage. On était pas obligés de se marier. Puisque tous les deux on est liés. »

Et puis j'y pense d'un coup.

Le contrat !

Je saute du canapé et je cours vers le tiroir.

« Non ! Non ! Il l'a pris ! Non ! »

Elles me rejoignent dans la chambre.

« Il a pris quoi, chérie?

– Notre contrat ! Le papier où il est dit qu'on sera ensemble pour toujours. Pourquoi il ne l'a pas laissé? »

Je me tourne vers elles.

« Peut-être que ça veut dire que je dois l'attendre. »

Sue me regarde, il y a tant de tristesse dans ses yeux bleus clairs.

« Jenna, tu ferais mieux de ne pas trop te faire d'illusions. Ce n'est pas bien, ce qu'il a fait. Il ne devrait pas pouvoir revenir et te récupérer. Ta mère a raison. Il faut que tu passes à autre chose. Même s'il revient. Il ne te mérite pas.

– Sue, tu sais combien je l'aime. Je ne supporterais pas de passer à autre chose. Je vais attendre. J'attendrai pour toujours s'il le faut.

– Il t'as laissé un peu d'argent, ma chérie ? » demande Sue.

Je remue la tête.

« C'est lui qui gardait l'argent. Il m'en donnait quand j'en avais besoin, mais c'est lui qui avait tout. »

Ma mère m'attrape le menton pour que je la regarde.

« Ma chérie, comment es-tu censée l'attendre ici sans argent ?

– Je vais devoir me trouver un travail. Je vais travailler et je vais garder la maison. Et quand il reviendra il saura que je l'ai attendu. Il saura que je l'aime et que je suis à lui. Et il changera. Il deviendra quelqu'un de bien. Quand il saura que je l'aime aussi fort. »

Il doit être en train de me mettre à l'épreuve, pour savoir si je l'aime vraiment !

Quoi qu'elles me disent pour que je parte, je vais rester ici et je vais garder la maison jusqu'à ce qu'il revienne. Ils verront bien. Tout le monde saura qu'il m'aime et que c'était juste une épreuve pour tester mon amour.

Ça doit être comme ça pas autrement ! C'est ce que je dois faire.

Je déglutis et je regarde ces femmes qui pensent savoir ce qui est bon pour moi. Mais Rod et moi, avons nos secrets dont elles ne savent rien.

Il a déjà testé mes limites. Ça peut paraître dur ce qu'il a fait, mais j'ai compris. Je le comprends mieux que personne.

« Je peux le faire. Ça va maintenant. Je peux me débrouiller. Ne vous en faites pas. Je peux gérer seule. »

Je vais dans le salon et je m'installe au bureau.

« On se voit plus tard. Je dois travailler mes cours. Je suis un peu à la bourre et je ne voudrais pas échouer. Rod serait déçu. Il va revenir et voir que je suis la femme indépendante dont il a besoin. »

Sue prend ma mère par la main et elles sortent.

« On va la laisser un peu réfléchir. »

Du coin de l'œil, je vois ma mère hocher la tête.

« Tu peux appeler, Jenna. N'hésite pas. Je t'aime.

– Je t'aime aussi, maman. Il va revenir. Vous verrez. Vous verrez bien tous. Et je vais réussir le test.

– Je t'aime Jenna. Je suis là si tu as besoin, ma chérie, » me dit Sue en partant.

Je secoue la tête, et je me sens mieux. Tout est clair. J'allume le PC et je me mets au travail.

Il va revenir ! J'en suis sûre !

11

JENNA

Une année est passée. Et je n'ai toujours pas de signes de vie de Rod Manning.

J'ai travaillé comme serveuse dans le petit café de Jerome, mais je n'ai pas réussi à gagner assez avec les pourboires pour payer le loyer.

J'ai passé quelques mois chez mes parents, dans ma chambre d'enfant. Et puis j'ai décidé de déménager à Tempe, pas loin de l'université, comme Reed me l'a conseillé.

Il m'appelle une fois par mois pour avoir des nouvelles et pour suivre un peu mes résultats à la fac. Il me dit toujours qu'il est fier de moi et que la bourse de sa société était un bon investissement.

À chaque fois que j'entends sa voix, je suis triste. Mais après tout ce qu'il a fait pour moi, je suis obligée de lui répondre.

Ça me fait mal à chaque fois qu'on me rappelle Rod. Je m'efforce de ne plus y penser. Mais depuis, je ne fais confiance à personne.

Pourtant, un paquet de mecs essayent de me brancher. Mais je ne leur donne aucune chance. Je n'en veux pas. Ma coloc ne comprend pas du tout.

Je n'ai parlé de l'histoire avec Rod à personne. Personne ne sait à quel point je lui ai fait confiance, tout ce que je l'ai laissé me faire. Et le fait qu'il m'ait quittée.

Au fond de moi, je sais que cet homme a des problèmes plus graves que les miens, et que je ne peux pas comprendre. Et ça m'aide à dormir.

Des fois je me réveille en sueur la nuit. Avec l'impression qu'il est revenu et qu'il veut qu'on se remette ensemble. Je fais des cauchemars où il me dit que je lui appartiens et il m'emmène avec lui.

Je pense que cette angoisse est infondée, mais elle est quand même là.

Et je me dis aussi que s'il revient et que je suis en couple, il va nous tuer moi et mon nouveau mec. Autant rester célibataire.

J'ai mes raisons de ne sortir avec personne.

La porte de la chambre s'ouvre. C'est Lane, ma coloc. On aurait dit qu'elle attendait pour entrer.

« T'as pas bougé depuis qu'on a été faire un tour avec Jeremy ! Quand est-ce que tu viens avec nous ?

– Jamais, » je dis en lui jetant un coup d'œil.

Puis je retourne à mon livre.

« Je suis ici pour étudier. Pas pour socialiser.

– Il n'y a pas que le travail dans la vie, Jenna ! » dit-elle en enlevant son T-shirt moulant.

« Je me fous de ce que les gens pensent. Je suis là pour réussir mes études et foutre le camp d'Arizona. Je veux oublier mon passé et recommencer une nouvelle vie.

– C'est quoi ton passé ? Raconte ! »

Elle enlève son pantalon, son soutien-gorge et s'assoit sur le lit.

« Non, » je lui réponds en regardant mon livre.

« C'est une histoire plutôt chiante.

– On dirait pas. Tu vis quasiment cloîtrée maintenant. »

Elle tire la couverture rouge à elle pour cacher sa poitrine. Puis elle remue sous la couette et jette sa culotte.

Elle aime dormir nue. Elle trouve ça plus confortable.

C'est vrai que c'est plus confortable. J'ai dormi nue pendant trois ans avec Rod. Mais depuis je dors en pyjama, et je dors moins bien.

Je l'ignore et je me remets à lire. Mais elle a l'air d'avoir envie de parler.

« Tu vois ce beau mec qui est avec nous en classe de développement de l'enfant, Cam ?

– Tu l'aimes bien, c'est ça ?

– Je l'ai vu ce soir. Il était déçu de ne pas te voir.

– Et alors ?

– Il m'a demandé ton numéro. Je lui ai donné. »

Je pose le livre sur mes genoux et je lui lance un regard furieux.

« Je t'ai donné ce numéro en cas d'urgence. Au cas où tu tombes sur un violeur ou que tu te fasses kidnapper. Pas pour que tu le distribues à des mecs ! Je t'en veux là !

– Tu peux parler au téléphone, non ? Il est beau gosse, gentil et il a l'air blindé. Je l'ai vu partir dans une belle voiture de sport. » Elle s'asseoit sur le lit et la couverture tombe découvrant ses gros seins comme cela arrive souvent.

Je lève les yeux au ciel.

« Lane, c'est à cause de meufs comme toi que tout le monde pense que les colocs de fac sont toutes bisexuelles ! »

Elle me regarde et je la surprends en train de se toucher les tétons.

« Tu me trouves attirante ? Ça fait tellement longtemps que ton vagin n'a pas eu de visite que je te fais de l'effet? » dit-elle en riant.

« Sérieux Lane ? Va dormir. »

Elle s'allonge en posant sa tête sur sa main.

« Allez, Jenna. Raconte-moi l'histoire de l'ex qui t'as détruite. »

Je vois le visage de Rod et des larmes commencent à couler.

« Ça te feras du bien d'en parler, Jenna. Quoi que tu en penses. »

J'efface Rod de mes pensées.

« Tu n'en a aucune idée, Lane. Je pense que ça ne ferait que rouvrir des plaies qui ont cicatrisées et saigner à nouveau. Ça me fait déjà du mal de devoir parler à son frère tous les mois. En parler me fera seulement souffrir.

– Mais qu'est-ce qu'il a pu bien te faire ? »

J'essaie de continuer à lire mais je ne vois plus les mots. Comment expliquer ce que Rod Manning m'a fait ?

Personne ne comprendrait que je suis heureuse qu'il m'ait abandonnée et que je n'ai plus à vivre de cette façon.

« Rien. Il m'a fait croire en des choses qui n'étaient pas réelles. Ce sont mes affaires. Il n'y a rien. Maintenant va te coucher. Tu commences à neuf heures demain et tu ne seras jamais en condition pour le test surprise que votre prof va vous donner comme j'ai entendu.

– Merde ! »

Elle se tourne et met la couette sur sa tête.

« Merci de m'avoir prévenue, bonne nuit !

– Bonne nuit ! »

Je ferme le livre, j'éteins la lumière et j'essaie de m'endormir.

Mais elle m'a refait penser à Rod et je ne suis pas sûre de passer une bonne nuit.

Je sens ses mains, musclées et calleuses sur mon corps. Je sens sa respiration contre ma nuque.

Et puis je me souviens qu'il me soufflait sa fumée au visage quand je lui demandais de ne pas fumer dans la maison ou dans la voiture. Je revois ses yeux bleu acier. Son regard froid, dépourvu d'émotion quand il me demandait de l'appeler Maître.

Même si nous n'avions pas fait ces trucs pendant un an, j'ai peur qu'il revienne me chercher et que tout recommence.

J'ai peur qu'il me conditionne à répondre à ses désirs. Qu'il m'entraîne à endurer la douleur qu'il m'inflige. Qu'il me frappe pour que je me soumette à nouveau.

Je frissonne, j'entends la ceinture siffler dans l'air avant de me frapper. Je n'oublierai jamais ce bruit.

Cette sensation me remplit de honte. La brûlure me procurait une sensation ambiguë de douleur et d'excitation en même temps.

Je mouillais alors qu'il me frappait encore et encore. Je me rappelle quand il me décrochait, et qu'il me balancait sur le lit ou sur le sol et me prenait comme si je lui appartenais. J'étais à lui, j'étais son objet. Et mon corps tremblait de désir.

J'aimais lui appartenir. Il était le centre de mon univers. J'aimais me donner à lui et le laisser faire ce qu'il voulait de moi.

Et je me sens honteuse.

Comment ai-je pu accepter ça?

Je n'ai pas été élevée comme ça. J'étais une fille bien, et je suis de nouveau une fille bien. Mais maintenant, je suis une fille bien avec de lourds secrets.

J'aime la douleur et le plaisir intense qui s'en suit. J'aime penser que je lui appartiens toujours. J'aime me dire que des femmes avaient envie de lui et que la plupart du temps il ne les touchait pas parce que je le laissais me faire ce qu'il voulait.

J'étais jeune. J'étais naïve et idiote et je croyais que c'était de l'amour.

C'était du contrôle, de la manipulation, et c'était malsain.

Je vois les choses clairement maintenant. L'âge et la distance m'ont aidé.

Je remercie Dieu tous les jours que Rod m'ait quittée. J'y serai toujours s'il n'était pas parti.

Quand il est parti, où que j'aille en ville, j'entendais les gens parler sur moi. Ils disaient que j'étais une fille intelligente et que je ne pouvais pas gâcher ma vie avec un type comme Rod Manning.

Je pensais que ce serait humiliant qu'il me quitte alors qu'on était censés se marier. Comme je me trompais.

J'aurai dû me sentir humiliée bien avant. J'ai entendu ce qui se disait sur moi et comment je pouvais même sortir avec lui, et ça m'a fait penser plus à moi.

C'est pour ça j'ai décidé d'affronter le monde. Je voulais faire mes études et essayer de devenir une adulte. Je m'en était empêchée jusque là, ou Rod m'en avait empêchée.

Et peut-être que Lane a raison. Je devrais peut-être sortir avec un mec. Mais ça me fait peur.

J'ai peur qu'il y ait une faiblesse en moi que je ne peux pas voir, mais que les autres voient clairement. Une faiblesse que je ne suis pas sûre d'avoir surmontée.

Je n'ai pas encore assez confiance en moi. Je ne peux pas risquer de me remettre dans une telle situation. C'est plus sûr de rester seule, pour l'instant en tout cas.

Mon téléphone vibre. J'ai reçu un message. C'est un numéro que je ne connais pas.

Je suis toute tendue.

Et si c'était Rod ?

J'ouvre le message.

-J'espère que tu n'es pas trop en colère. Lane m'a donné ton numéro. C'est Cam, on va au même cours. Je sais que tu aimes être seule et je respecte cela. Mais je veux aussi que tu saches que je suis quelqu'un de bien. Et j'aimerais bien qu'on fasse connaissance. Et si je t'amenais un café demain en classe et on discutera après les cours ? Juste discuter, Jenna. Je te promets. J'ai l'impression qu'il y a beaucoup de tristesse en toi et je la ressens. Je ne pense pas pouvoir te réparer ou quoi. Mais j'aimerais être ton ami. Je vois bien que tu essayes de tenir les gens à l'écart. Mais comme on l'a vu en cours de développement de l'enfant, rester à l'écart, c'est pas sain. Et en tant que professeurs, nous devons repérer ce genre de comportement, et aider ceux qui en souffrent. Je veux juste t'aider, Jenna. C'est tout. Pas de pression. Un café, discuter. Voilà. Dis-moi si ça te tenterait-

Je contemple ce message pendant quelques minutes. Il a raison. C'est exactement ce que nous avons vu en classe, et ce n'est pas sain.

Est-ce que je peux lui faire confiance quand il dit être un ami ?

J'ai laissé tomber mes amis pour Rod. Ils n'auraient jamais compris notre relation. Donc je les ai laissés de coté.

C'était stupide de ma part, quand j'y repense. Je réponds au message.

-Noir, avec du caramel. Je te fais confiance, soyons amis.

-Super ! À demain.

Je repose le téléphone. J'ai l'impression d'avoir fait un énorme pas en avant. Un pas de plus qui m'éloigne du foutoir que j'ai créé dans ma vie. Un pas vers un avenir normal.

Rod Manning fait partie de mon passé. Un passé que je préfère laisser dans l'ombre de ma mémoire. Je dois apprendre de mes erreurs, elles ne doivent pas m'handicaper.

Je ferme les yeux et je laisse mes souvenirs défiler dans mon esprit. C'est la dernière fois que je me laisse freiner par Rod Manning.

Son visage. Son dos musclé. Ses abdos saillants. Ses yeux bleu acier. Ses cheveux blond cendré. Son odeur, sa voix, sa présence me reviennent comme des flashs dans ma tête.

Je chasse tout ça de mon esprit. La ceinture en cuir, les colliers, les pinces à tétons, les cordes, le crochet, tout ce que j'associe à Rod. Je range tout ça dans les abîmes de mon esprit.

Je ne permettrai plus que cela soit au premier plan de mes pensées. Je jette la peur, la honte et le fait qu'il n'y aura jamais de vraie rupture avec le reste.

Il est temps de prendre un nouveau départ. De devenir celle que je veux être. Je veux être institutrice, et je dois avoir le bon état d'esprit si je veux être une bonne influence pour les enfants.

C'est une grosse responsabilité et j'ai bientôt fini mes études. Encore un an, et j'aurai mon diplôme et je serai enseignante. Je dois travailler sur moi-même, avec autant d'assiduité que pour mes études.

Je vais boire un café avec un membre du sexe opposé. Je vais laisser toute la merde de ma première relation là où elle doit être. Dans le passé.

Je vais arrêter de me considérer comme une idiote, faible, qui n'a aucune volonté.

Cette jeune fille n'existe plus. Elle a grandi, et elle va former de jeunes esprits. Avec une telle responsabilité je dois commencer maintenant, je ne dois pas attendre.

Je prends une grande inspiration. Et j'arrête de parler de moi à la troisième personne.

Je vais m'en sortir, et même très bien. Je vais m'endormir, je suis Jenna Foster, aujourd'hui. Je vais me réveiller avec une nouvelle vision des choses et adopter une nouvelle attitude.

Tous les hommes ne veulent pas me contrôler. Ce ne sont pas tous des connards. Je n'ai pas à avoir peur des hommes.

La peur n'a plus aucun pouvoir sur moi. Le contrat de Rod n'a plus aucune importance.

Quatre ans ! C'est largement suffisant!

12

REED

Les deux dernières années ont été difficiles pour ma mère. Toujours pas de nouvelles de Rod. Elle n'est plus vraiment elle-même. J'ai pris l'été pour venir la voir, et je suis chez mes parents pour rendre à nos vies un semblant de normalité.

On n'a pas fêté Noël ni le Nouvel An. Elle a dit qu'elle ne se sentait pas bien. Même les dîners traditionnels avec la famille ont été annulés.

Je leur ai payé un voyage pour Los Angeles et ils sont restés un peu chez moi.

Ils n'ont pas posé de questions sur mon salaire en arrivant à la maison, dans le quartier de Bel-Air. Je pense qu'ils ont compris pourquoi je n'en parle pas trop.

C'est le week-end et je leur prépare un barbecue. Je les ai emmenés chez le concessionnaire pour qu'ils changent de voiture.

Ils me rendent fou à vouloir garder leurs voitures aussi longtemps que possible. Je leur ai expliqué qu'on pouvait récupérer plus d'argent en changeant tous les deux ans. Mais ils ont fini par me dire qu'ils aimaient la leur et qu'ils ne voulaient pas en changer.

Je les ai convaincus en leur disant que j'avais déjà payé. Ce n'était pas vrai. J'irai payer plus tard. Mais comme le vendeur voulait sa commission, il a menti aussi pour moi.

Le petit supermarché de Jerome me donne toujours envie de faire plus pour cette ville. La viande a l'air dégueulasse. J'ai envie d'aller à Prescott pour trouver de bons steaks.

Je regarde un sac de pommes de terre, ça a l'air d'aller, mais je ne peux pas acheter de la viande ici.

Des talons rouges attirent mon attention, mes yeux remontent le long de ces jambes parfaites. Ces jambes sont dans une petite jupe noire moulante qui embrasse des courbes attirantes.

Je remarque une taille fine accentuée d'une ceinture rouge et un haut en soie blanche. Elle a une poitrine généreuse. Elle porte une croix au milieu, attachée à une chaîne en or qui pend sur ses seins magnifiques. Je commence à me sentir à l'étroit dans mon pantalon.

« Salut ! » dit d'une voix douce cette femme magnifique.

« Qu'est-ce que tu fais en ville ? »

Elle est blonde, les cheveux aux épaules et ses yeux verts ont des petites rides au coin quand elle sourit.

Je ne l'ai pas vu depuis ce fameux Noël !

« Jenna, » je dis, à bout de souffle.

« Reed, » répond-elle, et mon nom ne m'a jamais paru aussi joli que sorti d'entre ses lèvres.

Elle fait deux pas vers moi et je me retrouve dans ses bras, ou elle dans les miens. Je la respire.

Ça sent le miel et la cannelle. Son odeur est agréable.

Jenna.

Je n'en ai pas envie, mais j'interromps l'étreinte. Je la prends par les bras pour la regarder un peu.

« Oh, là, là, tu as grandi. »

Elle passe sa main sur mon épaule et je ressens cette chaleur et cette électricité que j'ai toujours ressentie quand elle me touche.

« Toi aussi. Comment peux tu être encore plus musclé qu'avant, Reed ? »

Je la lâche et je trébuche un peu. Je me sens bizarre, je regarde par terre.

« Je ne sais pas, je fais un peu d'exercice. »

Je lève les yeux vers elle.

« Et toi, tu as l'air bien mieux qu'avant.

– J'ai appris un peu sur le style. Et je suis diplômée de la fac d'Arizona, grâce à toi. Je passe mon concours en septembre pour être professeur, pour de vrai. De la maternelle au CP. »

Elle s'approche et pose ses lèvres sur ma joue.

« Merci énormément, Reed. C'est grâce à toi tout ça.

– Tu ne m'as jamais envoyé d'invitation à la cérémonie, Jenna.

– Je ne voulais pas que tu te sentes obligé de venir, je sais que tu es très occupé.

– Bien, et tu es là pour combien de temps ?

– Pour l'été. Puis je vais sur Tempe pour passer le concours et je fous le camp de l'Arizona. Je vais chercher un endroit où travailler. N'importe où, mais pas en Arizona. »

Ses lèvres ne bougent plus. Je me rends compte que je suis en train de les fixer.

Je la regarde dans les yeux.

« Je suis là pour l'été aussi. J'essaye de convaincre mes parents de déménager. Cette ville est trop loin de tout. Et maman ne va pas très bien. Elle se sent mal à chaque fois qu'il y a quelque chose à fêter. Tu sais, elle n'est plus pareil. »

Ses yeux s'assombrissent un peu et elle baisse le regard.

« Ça me paraît évident, quand un de tes enfants disparaît. Ça doit pas être facile. »

Je regrette tout de suite d'avoir parlé de ma famille, quel con !

« Je suis désolé, Jenna. On va pas parler de ça. Je voulais faire un barbecue, mais la viande ici a l'air horrible. Je vais aller en chercher à Prescott, du coup je le remets à demain soir. Tu veux venir avec moi ? »

Elle me regarde, je sens l'hésitation en elle. Et sa bouche répond :

« Oui, OK. »

Je manque de tomber en arrière de soulagement. Je n'avais pas remarqué, mais mon corps était très tendu.

« Cool ! Tu venais chercher quelque chose peut-être? »

Ses joues rougissent.

« Oui, j'ai besoin de quelque chose. On se rejoint à l'entrée du magasin ? Je peux laisser ma voiture là. Si mes parents apprenaient que je pars avec toi, j'aurai droit à leurs sermons tout l'été. »

Je pense que les miens aussi seraient choqués.

« Oui, je comprends.

– On se voit sur le parking, » dit-elle en s'éloignant.

Je la regarde marcher un peu.

Mon dieu ! Cette fille est devenue la femme la plus sexy que j'ai jamais vue !

Elle sort son téléphone de son sac et je l'entends dire : « Oui, smaman ? J'ai retrouvé une vieille amie au magasin, je vais passer la soirée avec elle. J'ai la clef de la maison, ne m'attendez pas. »

Ne m'attendez pas !

Ma bite a un petit sursaut. Je fonce à la caisse. Mon cœur bat fort dans ma poitrine. J'arrive à peine à me concentrer. Je pose mes deux articles sur le tapis. La caissière les fait biper. Je lui donne ma carte. Je reprends les patates et la salade et je vais les poser dans la voiture.

Je suis un peu étourdi. Je monte dans la voiture et je me gare devant la sortie du magasin, pour que personne n'ait le temps de voir Jenna monter dans ma voiture.

Heureusement, j'ai une voiture de location avec des vitres teintées.

Elle arrive et met son petit paquet dans son sac. J'ouvre la vitre passager et je lui fais signe.

Elle sourit et elle met ses lunettes de soleil.

« Cool. Tu as trouvé une compagnie qui loue des Mercedes, Reed ?

– Quand on leur demande, oui, » je réponds alors qu'elle boucle sa ceinture.

Je me sens vraiment bizarre. Un mélange de tabou, de danger, d'électricité, d'euphorie.

Jenna Foster est dans ma voiture !

Je mate cette fille depuis le lycée alors que ses seins commençaient à peine à pousser. Je pensais que j'étais un peu trop vieux pour elle à l'époque.

Qui aurait cru que j'étais parfaitement dans sa tranche d'âge ?

Et puis mon connard de frère lui a mis le grappin dessus et l'a embarqué dans son univers glauque. Il a failli la détruire complètement.

Je jette des coups d'œil à la dérobée, et elle a l'air de s'en être très bien sortie.

Elle est devenue une vraie femme. Elle a l'air d'avoir vraiment confiance en elle.

Elle a toujours été timide avant. Je mettais ça sur le compte de mon frère.

Il lui a mis le grappin dessus alors qu'elle avait à peine dix-huit ans. Elle n'avait aucune idée de ce qu'était une relation.

Il contrôlait tout ce qu'elle faisait. Si je ne l'avais pas poussée à faire des études... je n'ose pas imaginer ce qu'elle serait devenue.

Je me rends compte qu'on n'a pas parlé depuis quelques minutes.

« Alors, prête pour l'avenir, Jenna ? »

Je me sens bête d'avoir posé cette question.

« Ouais. Je dois te remercier, Reed.

– C'est toi qui a fait tout le travail. Je t'ai juste montré que c'était possible. »

Je dois lutter pour garder ma main sur le volant. J'ai une envie irrésistible de prendre sa main dans la mienne.

Sa main, qui a l'air si douce, posée sur son genou.

Et ma main quitte toute seule le volant pour lui caresser le doigt où il y avait la bague qu'a posé mon frère il y a deux ans.

« Qu'as-tu fait de la bague ? »

C'est sorti tout seul de ma bouche. Je me mords la langue.

« Ta mère ne t'a pas dit ? »

Je continue de lui toucher le doigt.

« Non. »

Elle retire sa main.

« Je lui ai donné avant de partir pour Tempe.

– Oh. Je n'aurais pas dû parler de ça.

– Non, ça va. Tu étais là à l'époque après tout. Ça ne me gêne pas de parler de ce temps là avec toi.

– J'étais pas là tout le temps. Est-ce que ça t'embête de m'expliquer ce qui s'est passé entre vous ? »

Je la regarde, et je me demande si elle a déjà parlé à quiconque de ce qui se passait entre eux.

Tout le monde a entendu parler de la fois où Rod l'a frappée et traînée dans le jardin et que la police est intervenue. Et on se doute qu'il a dû se passer bien pire à la maison, là où personne ne pouvait les voir.

« Reed, je me sens redevable, tu m'as payé mes études. Je t'apprécie énormément, plus que ce que je pourrais te le montrer. Mais ce qui s'est passé avec ton frère appartient au passé. Je n'ai pas envie de revivre ça. Donc j'aimerais mieux qu'on soit juste amis, toi et moi, OK ? »

Le mot amitié me fait un peu mal mais je réponds : « Oui, bien sûr. »

« Cool, » dit-elle en remettant ses lunettes.

« Alors, dis-moi, qu'as-tu fais tout ce temps, en Californie ? »

J'agrippe le volant.

« J'ai fait des affaires, j'ai gagné encore plus d'argent. Je peux être honnête avec toi ? »

Elle me regarde et enlève ses lunettes. Elle a l'air de s'intéresser vraiment à moi et ça me fait quelque chose.

« T'as intérêt à me dire la vérité, Reed. Qu'est-ce qui ne va pas ?

– La vie, c'est pas top quand tu es seul. J'ai beaucoup d'argent, mais c'est pas drôle quand tu ne peux pas partager des moments à deux. »

Je me sens à la fois soulagé et embarrassé de lui dire ça.

Par contre la réaction que cela provoque est géniale !

Elle pose sa main sur la mienne. Elle l'agrippe et m'emmène sur sa poitrine. Je ne suis qu'à deux centimètres de ses seins parfaits.

Elle parle doucement et tendrement.

« Reed, ça me brise le cœur. Comment ça se fait que tu n'aies trouvé personne ? »

Parce que je t'aime et que je t'ai toujours aimée...

« J'ai une femme en tête mais elle n'est pas en Californie. »

Elle me caresse le poing avec son pouce en me regardant. Je commence à saliver. Ma main droite est toujours près de son cœur et donc de ses seins. Je sens sa poitrine bouger avec sa respiration.

« Reed, tu es parfait. Comment ça se fait que tu ne trouves pas une copine sérieuse en Californie ?

– Je suis parfait ? » dis-je en la regardant.

Elle sourit.

« Regarde la route ! »

Je tourne la tête, avec un grand sourire.

Je crois qu'elle m'aime bien !

« Je pense aussi que t'es plutôt parfaite. Tu as rencontré quelqu'un à la fac ? Un autre homme ? »

Je la regarde, elle repose ma main sur le volant.

« Je me suis fait des amis. »

Elle croise les bras et les jambes et elle regarde par la fenêtre. Et son langage corporel me dit beaucoup.

« Des amis qui ont fini dans ton lit ? »

Je ne devrais pas demander, mais j'ai trop envie de savoir.

Elle me regarde, ouvre la bouche puis la referme. Elle sort enfin : « Non. Je n'ai laissé personne m'embrasser. Je me suis fait des amis. Je suis redevenue sociable. Et c'est tout ce que j'ai réussi à faire. »

Qu'est-ce que mon frère lui a fait ?

« Tu crois que c'est normal ?

– Non. Mais je n'ai jamais été vraiment normale. Je n'ai pas eu une enfance normale. Mon premier amour n'a pas été normal. Pas de vie sexuelle normale. Non, rien n'a été normal pour moi. »

Mon ventre se serre. Je me suis toujours demandé comment ça se passait avec mon frère au lit. Il était à fond dans le sadomasochisme et Jenna n'a pas l'air du tout là-dedans. Je me suis toujours demandé ce qu'ils faisaient.

« Il t'as fait souffrir dans tous les sens du terme, pas vrai ?

– Oui, mais c'est le passé. Je suis dans le présent maintenant. Je vis au jour le jour. »

Sans vraiment réfléchir je dis : « On croirait que tu as survécu une tragédie, Jenna. »

En regardant la route, elle répond : « Je n'aime pas voir ça comme ça, Reed. J'ai une autre façon de voir les choses. Ce que j'ai vécu m'a rendu plus forte. Et être plus fort n'est jamais une mauvaise chose. »

Je me demande si cette nouvelle Jenna est une bonne chose ou pas. Le départ de Rod a rendu ma mère faible et Jenna est devenue super forte.

Et quant à moi, mystère...

13

JENNA

Je n'arrive pas à croire que je vais dîner avec Reed Manning. Il était quasiment mon beau-frère bon Dieu.

Mais c'est juste un dîner entre amis. Rien de sérieux. Juste des vieux amis qui se donnent des nouvelles.

Je le regarde chercher une station de radio. On tombe sur de la country.

« Tu aimes bien ça, Jenna ?

– Ouais, ça va. »

Je tire sur l'ourlet de ma mini jupe.

Je ne sais pas pourquoi je me suis habillée comme ça aujourd'hui. J'allais juste au magasin acheter des tampons.

Je crois qu'au fond de moi, je ne voulais plus qu'on me regarde comme la jeune fille naïve qui s'est faite larguer par le tombeur de la ville.

Reed secoue un peu la tête au rythme de la musique.

« Je connais un super endroit à Prescott. Un super resto avec un groupe qui joue le week-end. Ça te dit ? On pourrait manger et danser un peu ?

– Ça ressemble beaucoup à un rencard tout ça ! »

Je tape mes doigts nerveusement sur ma jambe.

Il me prend la main.

« Non, Jenna. C'est pas un rencard. On passe un peu de temps ensemble, c'est tout. »

Il est tellement calme, et cool, et génial !

« Je sais. Ça a l'air sympa et on va s'amuser. Je suis partante ! »

Et voilà, ma main est dans la sienne. Je me sens chaude et j'ai des papillons dans le ventre.

Est-ce que je devrais retirer ma main ?

Non, je vais le laisser me la tenir un peu. Après tout, c'est plutôt agréable. Je suis célibataire. Et puis Reed a fait tellement de choses extraordinaires pour moi.

Ça va bien se passer !

« Et puis, tu es trop bien habillée pour ne pas en profiter. Il faut que tu te montres un peu ! »

Il me serre la main, et je suis tout mouillée.

« Merci. Toi aussi tu es bien habillé. Tu as travaillé aujourd'hui ?

– Un peu. Je suis passé à Autoplex pour négocier l'échange des voitures de mes parents. J'aime bien avoir l'air d'un homme d'affaire pour négocier. Ça fait plus sérieux. »

Il pose ma main sur ma cuisse. Il change la radio et il me reprend la main assez vite. Mon cœur s'arrête de battre un moment.

« Tu leur achètes une nouvelle voiture alors ? »

Je pose la question, uniquement pour l'entendre parler un peu plus. J'ai toujours aimé sa voix, profonde et douce.

« Oui, j'aimerais qu'ils en aient une neuve tous les deux ans. C'était pas évident de leur faire comprendre ça. Mais j'ai réussi. »

Le soleil se couche. On commence à ne plus trop y voir. Il me lâche la main et il enlève ses lunettes. Je fais de même.

Il me jette un coup d'œil. Et il reprend le volant.

Il voulait peut-être qu'on se tienne la main encore ?

Il tourne sur la gauche.

« Voilà, c'est l'endroit dont je te parlais, ça te plaît ? »

Ça a l'air joli, et bien classe pour l'Arizona.

« Ça a l'air cher, Reed. On n'a pas besoin de dépenser une fortune. Je peux me contenter d'un bon vieux resto. »

Il secoue la tête.

« Non, pas quand t'es avec moi. »

Il sort de la voiture, et il se dépêche de venir de mon coté pour me tenir la main quand je descends.

« J'entends la musique, déjà.

– Tu me dois au moins dix danses ! » dit-il en riant.

Nos épaules se touchent. Je souris.

« Dix, c'est énorme! »

Ses sourcils font un petit mouvement et je glousse.

« C'est la moitié de ce que j'avais en tête. »

Je crois qu'il aimerait me tenir dans ses bras tout au long du dîner qui est purement platonique. Nous nous regardons dans les yeux. Une serveuse brise la connection de nos regards en nous parlant.

Je la regarde.

« Une table pour deux, s'il vous plaît. Non fumeur. »

« Je ne l'ai même pas entendu merci, » me dit-il à l'oreille.

Il me lâche la main et je le précède alors que nous suivons la serveuse. Je ressens une sensation incroyablement plaisante alors que ses doigts frôlent mon dos.

Elle nous montre une table devant la piste de danse. Reed tire ma chaise, et il s'assoit au plus près de moi.

« Est-ce que vous prendrez un apéritif ?

– Deux verres de vin rouge, s'il vous plaît, » répond Reed.

Elle nous laisse dans cette lumière tamisée. Du regard, je parcours la salle, et aperçoit presque uniquement des couples.

On dirait que c'est un endroit propice aux rendez-vous amoureux.

« C'est un bel endroit. Mais ça a l'air d'être un endroit pour choper.

– Pour choper ? » répète-il en riant.

« Tu étudies tout ce temps, et tu me sors ce mot, Jenna ?

– Tu vois ce que je veux dire ! » je réponds en lui tapotant le torse.

Il prend ma main et il entrelace nos doigts. Puis il les pose sur sa cuisse.

« Je vois ce que tu veux dire. Et alors ? ça fait quoi si on dit que c'est un rendez-vous ? »

Je souris timidement.

« Et bien, ça serait mal vu.

– Jenna. On n'habite plus vraiment dans cette petite ville. On n'a plus besoin de suivre les règles de cet endroit. Nous sommes libres de faire ce qui nous plaît. »

Il lève mes mains jusqu'à ses lèvres, et les embrasse.

Je me sens molle. Je n'ai jamais rien ressenti de tel.

« Je peux te poser une question et tu me promets d'être sincère ?

– Oui, vas-y.

– Quand on se touche, est-ce que ça te fait quelque chose d'étrange ? »

Il plisse ses yeux bleus foncés en me regardant.

« Depuis toujours. Mais je ne dirais pas que c'est étrange. Je dirais que c'est magique.

– C'est bien ce que je pensais.

– Et toi ? demande-t-il.

– Oui, depuis toujours. Mais je pense que c'est peut-être l'interdit. Tu sais ? »

Je me penche en arrière pour laisser la serveuse poser les verres de vin en face de moi.

« Merci. »

Elle sourit.

« Voulez-vous des hors d'oeuvres ?

– Des huîtres au four, s'il vous plaît, » répond Reed.

« OK. Vous prendrez la demi-douzaine ou la douzaine Monsieur?

– Une douzaine, s'il vous plaît. »

Il ne m'a pas quittée des yeux.

Je regarde la serveuse et lui fait un signe de tête. Elle s'éloigne.

« Ça fait beaucoup pour deux, non ?

– Je te parie qu'on mangera tout. »

Il se lève et il m'invite à le rejoindre.

Je me mords la lèvre alors qu'il m'attire vers lui.

« Je vois que tu as envie de danser, » je lui dis.

Il se rapproche de moi. Il passe un bras autour de ma taille. Il me tient la main entre nos corps. Ses lèvres sont toute proches des miennes.

« Danser. Oui, oui, je veux danser avec toi » dit-il en se reculant pour me regarder dans les yeux.

« Mais j'avais surtout envie de te tenir dans mes bras. Et tu sais quoi, Jenna Foster ? »

J'arrive à peine à respirer. Je secoue la tête.

« C'est encore mieux que ce que j'avais imaginé. »

Il me serre plus fort contre lui et je pose ma tête sur son épaule. Je ne pensais pas que ça pouvait être aussi bon d'être serrée dans les bras d'un homme.

Nos corps se touchent à tous les endroits où ça fait du bien. Il semble que nous avons dansé ensemble toute notre vie. Tout a l'air si parfait.

Mais nous ne pouvons pas aller plus loin. Nous le savons tous les deux.

Mais pour l'instant, nous sommes ici et personne ne nous connaît. Personne ne sait que j'ai failli épouser le frère de cet homme. Personne ne sait que nos familles n'accepteraient pas notre relation. Personne n'en sait rien.

Un frisson me parcourt le dos. Parce que si Rod passait cette porte, il deviendrait fou.

La chanson se termine. Je n'ai pas envie de quitter Reed. Il laisse quand même son bras autour de moi et il me raccompagne à la table. On nous a servi. Cette jolie couleur verte d'épinard en sauce dans les coquilles d'huîtres me fait envie.

Reed tire ma chaise, il s'assoit à coté de moi et il se rapproche un peu. Il prend une huître et il la porte à ma bouche, en me regardant.

« Il faut avaler, sans mâcher. »

« Ouvre la bouche, je la fais glisser. »

J'ouvre de grands yeux.

« Reed, c'est un peu trop suggestif. »

Son autre main glisse sur ma jambe et s'arrête juste au bord de ma jupe.

« Parce que je veux que ça le soit. Allez, ouvre la bouche. »

J'ouvre la bouche et je le regarde me regarder, il fait glisser la farce de la coquille et j'avale.

« C'est trop bon !

– À toi, maintenant. »

Je pense que c'est une mauvaise idée, mais je le fais quand même. Je prends une huître et je place la coquille sur sa lèvre inférieure. Il ouvre la bouche et je la fais glisser dedans.

Après avoir avalé, il me sourit. Puis il prend mon verre de vin et il le place devant ma bouche. Je le bois. Puis il se penche en arrière et m'invite à faire de même.

Je prends son verre de vin et je le place devant sa bouche. Je tremble, je frissonne d'excitation et de désir.

J'ai tellement envie de me mettre sur ses genoux. C'est tellement fort. Il me sourit, se lève et me tend la main.

« Une autre danse, demoiselle ? »

Je prends sa main. J'ai hâte d'être à nouveau dans ses bras. Cette chanson est plus rapide et alors qu'il me fait tourner contre lui, nos entrejambes se touchent. Je suis surexcitée, je sens sa queue contre moi.

Je pose ma tête sur son épaule et je respire son odeur. Il a mis un parfum différent depuis la dernière fois que je l'ai vu.

Cette fameuse nuit de Noël !

Et mon cœur a comme une crampe alors que je me rappelle son expression quand Rod s'est mis à genoux pour me passer la bague au doigt.

Sa mâchoire était littéralement décrochée. Et quand j'ai dit oui, il a quitté la pièce. Rod avait raison, Reed était jaloux. Reed me voulait.

Quand la chanson se termine, il me tient très fort contre lui. J'ai un peu la tête qui tourne à force de tourner et d'être collée à lui.

Il me fait manger une autre huître. Puis il me tend mon verre à nouveau. Et je lui pose enfin la question que je me suis toujours posée.

« Reed, depuis quand est-ce que je te plais ? »

Ses yeux vont de droite à gauche rapidement. Il m'embrasse la main.

« Depuis que tu as quatorze ans, à peu près. »

Je secoue la tête

« Non. Non, Reed. C'est pas vrai. Tu ne m'as jamais regardé au lycée, pas une seule fois.

– Oh que si. Mais je ne me suis jamais fait prendre. Je savais que tu étais intouchable jusqu'à dix-huit ans. On le savait tous, d'ailleurs. »

Il me fait boire une autre gorgée.

« Tu es parti à la fac. Est-ce que tu aurais tenté ta chance un jour? »

Il me fait manger une huître.

« J'avais prévu de rentrer pour fêter ton bac. Je voulais entrer dans ta vie, discrètement, et te faire tomber amoureuse de moi. Et puis on aurait été à la fac en Californie ensemble. »

Il prend une bonne gorgée de vin.

« Ah ouais, tu avais élaboré tout un plan.

– Et ça allait marcher. Mais quand j'ai appelé mes parents en mai pour leur dire que j'arrivais pour l'été, je ne leur avais pas dit que j'allais lancer l'opération « Jenna Foster pour la vie ». Et quand je suis arrivé, j'ai appris que Rod louait une maison et que vous alliez emménager ensemble dès que tu serais d'accord. »

Je n'arrive pas à le regarder car je me sens très mal quand il raconte ça.

« Et tu n'as jamais rien dit à personne ?

– Non, j'ai gardé ça pour moi. Je ne voulais pas que tu te sentes trop désirée, tu ne m'aurais pas regardé, sinon. Et puis je ne pensais pas que tu tomberais sous le charme de Rod qui roulait des mécaniques. »

Il me caresse le menton.

« Je me suis trompé.

– On dirait bien, » je réponds et il se rassoit au fond de sa chaise.

« Qui aurait pensé que la gentille prof de caté du dimanche veuille du démon qu'est mon frère ? Je pensais vraiment que tu allais l'ignorer. Et que j'avais une chance cet été.

– Mais ça ne s'est pas passé comme ça. Maintenant, c'est trop tard pour nous deux. Ça ne marchera jamais. Il y a trop de passif. »

Je lève et finis mon verre.

Il ne dit rien. Il me tend la main. Je la prends, et il m'entraîne sur la piste de danse. Il me tient avec force. La musique est rapide et je suis étonnée de la facilité avec laquelle j'arrive à le suivre.

Nos corps sont collés l'un contre l'autre. Lorsque la chanson se termine, il me tient encore et il pose ses lèvres sur les miennes.

C'est le plus beau baiser de ma vie !

Je croyais avoir déjà connu cette sensation de sentir mon corps fondre. En fait, ce n'était rien comparé à ça. Je passe mon bras autour de son cou alors que nos langues dansent ensemble comme si elles s'étaient toujours connues.

Je sens mon cœur battre la chamade. Mon esprit est vide. Je ne sens que lui. Je ne pense qu'à lui et je suis dans cet instant, avec lui.

Ce baiser est extraordinaire !

Il termine ce baiser par de petits bisous tendres et il me regarde.

« Pardon, qu'est-ce que tu disais, Jenna ? »

Je le regarde. Il y a comme un halo de lumière au-dessus de sa tête. Je suis toute molle dans ses bras.

« Hein ?

– C'est bien ce que je pensais. »

Et maintenant, qu'allons-nous faire ?.

14

REED

N*otre premier baiser !*

Les yeux verts de Jenna Foster sont troubles, et je n'ose dire, remplis de désir ?

Je la ramène à table. Je la fais s'asseoir, elle est comme en train de flotter.

Vu l'homme d'action que je suis, je dois lutter contre moi-même pour ne pas dire à Jenna comment les choses vont se passer désormais.

Ça fait longtemps que je l'attends et j'ai enduré l'impensable. Elle connaît mes sentiments désormais. Et ce baiser a comme tout rendu possible entre nous. Je sais que ça a été le cas pour elle aussi.

Et je sais aussi que mon frère l'a sacrément malmenée. Je dois y aller doucement avec elle. Mais pas trop, sinon je risque de la perdre.

J'ai tout l'été !

Je peux remettre à exécution le plan que j'avais pour l'été de son bac. Sauf que, maintenant que je suis riche, je peux lui sortir le grand jeu.

« Reed ? » demande-t-elle en regardant mes lèvres.

« Oui ?

– C'était merveilleux.

– Oui, » je réponds en lui caressant la joue.

Je vois la chair de poule sur sa peau douce et bronzée. Je déplace ma chaise juste à coté d'elle. Elle pose sa tête contre mon torse.

L'odeur de ses cheveux me rend tout émoustillé. Je respire un grand coup ce parfum fleuri.

C'est exactement comme je l'avais imaginé avec elle. Un rêve. Tout simplement un rêve éveillé.

Ses doigts frôlent ma jambe et glissent de bas en haut. Elle respire fort. Je me demande à quoi elle pense. Elle ne pense peut-être à rien. Elle se laisse aller pour la première fois depuis très longtemps.

« C'est pour de vrai, Reed ? »

J'embrasse le haut de son front.

« C'est pour de vrai, Jenna. »

Elle lève la tête pour me regarder dans les yeux.

« On est censé faire quoi ?

– Ce que font les gens qui ressentent ce que nous ressentons aussi fort. »

Je touche doucement sa bouche avec mes lèvres.

Nous nous collons l'un contre l'autre. Ses seins délicats sont pressés contre ma poitrine ferme.

Je laisse mes lèvres contre les siennes. Je savoure cette sensation.

Toutes les fois où j'ai voulu faire ça, ça me rend fou d'y penser. On aurait pu connaître ça il y a tellement longtemps.

« Je vais nous commander deux steaks juteux et une autre bouteille de vin. »

Je lève la main pour appeler la serveuse.

« C'est un anniversaire de mariage ? » demande-t-elle en soupirant.

Jenna lève sa tête de mon torse.

« Non, c'est notre première soirée, » elle répond en rougissant.

La serveuse a l'air étonnée.

« Vraiment ? On dirait que vous êtes ensemble depuis des années. Comme si vous étiez déjà amoureux. »

Je passe ma main sur ses épaules et dans le creux de son cou.

« Que dis-tu de ça, Jenna ?

– C'est excellent.

– On prendra deux de vos meilleurs steaks, cuits à point et une autre bouteille de vin, s'il vous plaît »

Je passe ma main dans ses cheveux blonds soyeux.

« Oui, monsieur. » Elle tourne les talons et s'éloigne.

Jenna fronce les sourcils.

« Reed, on va devoir se cacher, tu le sais.

– Au début, un peu. Je ne veux pas que ça ma mère soit fâchée. Et je ne veux pas que tu sois ennuyée qu'elle le soit. Je vais l'annoncer à mes parents, toi tu l'annonces aux tiens. Et puis ça sera moins choquant. »

Je la prends dans mes bras. Elle repose sa tête contre mon torse. Je pourrais rester ainsi toute ma vie.

Des images de son visage paniqué me passent par la tête. Je veux qu'elle soit sûre que je ne vais pas la laisser partir.

« Jenna, ça fait longtemps que je t'attends. Je ne suis pas du genre à laisser passer une opportunité. Je te veux. Je mets cartes sur table. Ça peut te paraître brutal, mais ça ne l'est pas. Qu'est-ce que tu veux que nous fassions maintenant? »

Elle me regarde, les yeux brillants.

« Reed, je pensais à toi à l'époque. Et ça fait deux ans que je pense à toi. Tu m'as toujours attirée, mais j'ai essayé de l'ignorer. J'ai envie qu'on soit ensemble, plus que tout. Mais je pense que tes parents vont mal le vivre. Et si ton frère revient un jour... Ça ira très mal.

– Il ne me fait pas peur. C'est pour ma mère que j'ai le plus peur. Mais elle m'aime, et elle t'aime aussi, Jenna. Et si Rod revient, je me chargerai de lui. Je peux m'en occuper. Ne t'en fais pas. »

Je la regarde. Il y a de la peur dans ses yeux.

« Reed, je pensais trouver un travail très loin d'ici, pour ne plus jamais le recroiser. Si on est ensemble, on le recroisera, c'est sûr. J'en ai fait tellement de cauchemars. Je ne peux pas le revoir. »

Un frisson parcourt son corps.

« Jenna, qu'est-ce qu'il t'a fait ?

– Je ne peux pas en parler. Surtout pas ici. Sache juste que je ne veux plus jamais le revoir. J'ai fait trop de chemin pour revenir en arrière. »

Je la prends dans mes bras et je la serre fermement contre moi.

« Je ne laisserai jamais rien t'arriver. Tu es en sécurité avec moi. Je te le promets. »

Elle se détend et ses bras m'entourent.

« Je te fais confiance, Reed. On fait comme ça. »

Je souris. Et je l'embrasse à nouveau. Notre second vrai baiser. Elle ouvre les lèvres et elle me laisse entrer dans sa bouche chaude. Je n'avais exploré cet endroit qu'en rêve.

J'entends la serveuse poser les verres sur la table, et nous éloignons nos bouches. Si elle n'avait pas fait ce bruit, cela aurait pu continuer éternellement. J'aurai peut-être pris Jenna sur la table.

Jenna rougit et elle baisse les yeux en s'excusant.

« Faut pas être désolée. Si mon mari me regardait comme cet homme vous regarde, je pourrais pas m'empêcher de l'embrasser. »

Elle pose la bouteille sur la table et nous laisse tranquilles.

« Alors tu vois ? C'est évident quand quelqu'un t'aime, Jenna.

– J'avais bien vu, mais tu dois admettre que je n'étais pas en position de l'accepter à l'époque.

– Tu connais le mot rupture ? Il suffisait de lui dire que c'était un trou du cul. Et tu en étais débarrassée.

– Ce n'était pas possible. On avait signé un contrat écrit. Et on ne pouvait pas le rompre. »

Elle me sert un verre et elle m'embrasse.

C'est la première fois qu'elle prend l'intiative de m'embrasser. Mon corps sursaute. Je caresse ses bras alors qu'elle enroule sa langue autour de la mienne.

Ça se finit trop vite. Elle se rassoit, un peu essoufflée. J'aime lui faire cet effet.

« Un contrat écrit ? Mais il est parti. Ça veut dire que toi aussi tu pouvais le faire. Et c'était juste un bout de papier, de toute façon. Tu sais, tu peux aussi rompre un mariage. »

Je découpe un autre morceau de steak et je le lui donne à manger.

Sa main remonte le long de ma jambe alors qu'elle mâche. Elle s'arrête juste quelques centimètres de ma queue qui fait un petit bond pour essayer de sentir sa main.

Tout mon corps la désire!

Ma tête, mon corps et ma queue !

« On a vécu quelque chose d'intense. Mais quand j'y repense, c'était malsain, à tous les niveaux. Et j'aimerais bien savoir ce que tu vas faire car il va bien revenir vers ta famille, un jour. »

Elle me fait boire, et elle me tend un morceau de viande.

Avant qu'elle me le mette dans la bouche, je lui réponds.

« Je peux facilement le battre, Jenna. Si on en vient aux mains, je le mettrai par terre. Je l'ai déjà fait, je le referai. »

Je mange un bout.

« La fois où tu en as eu marre qu'il ne t'embête, c'est ça ? Qu'est-ce que tu lui as fait?

– Je lui ai cassé le bras. » Je regarde ses yeux pour voir comment elle le prend.

Elle ouvre grand puis plisse les yeux.

« Vous aviez quel âge ?

– J'avais dix ans. Il en avait quinze. Il me frappait en me tenant au sol parce que soi-disant, j'étais entré dans sa chambre. C'était même pas vrai. Il cherchait juste la merde, tout était bon pour être en colère et punir les autress. »

Elle acquiesce car elle sait de quoi je parle.

« Je suis devenu fou. Je me suis transformé en Hulk, » je dis en rigolant.

Elle sourit et m'embrasse le bras.

« Comment un enfant de dix ans a-t-il pu maîtriser un voyou de quinze ans ?

– Il y avait un petit dur à cuire qui sommeillait en moi. Et j'en avais gros sur la patate. Il me frappait tout le temps. Je suis devenu un animal. J'ai réussi à me mettre sur lui. Il était face contre terre, je lui tenais le bras droit derrière le dos. Il m'a dit qu'il allait me tuer. Alors j'ai tiré jusqu'à ce que j'entende un craquement.

– Oh mon dieu ! C'est horrible !

– Il a crié très fort, je l'ai laissé. J'ai été voir ma mère pour lui dire qu'il était blessé et que je ne m'excuserai pas. On est parti aux urgences. J'étais à l'arrière avec ma mère entre nous. Il disait que j'allais encore lui faire mal. Il pouvait voir ça dans mes yeux. »

Je prends une gorgée de vin.

« C'était vrai ?

– S'il m'avait cherché encore, oui. C'est la seule fois où je me suis battu. Et il a arrêté de m'embêter. C'est tout ce qui compte pour moi. »

Elle me fixe, les yeux pleins de questions.

« C'est fou. J'ai vu des photos de vous à l'époque. Il était déjà musclé, bien plus grand que toi et tu n'étais qu'un enfant normal de dix ans.

– Et maintenant je suis plus fort que lui. Donc s'il faisait des menaces ou quoi que ce soit, envers toi ou moi, je l'en empêcherai. »

Je la prends dans mes bras.

« Tu n'as rien à craindre, Jenna. Je te protégerai toujours. Je ne te ferai jamais aucun mal. Il ne t'arrivera plus jamais rien. Je ne te ferai jamais de mal, et je ne laisserai personne t'en faire. »

Ses yeux se promènent dans tous les sens, comme si elle cherchait quelque chose. La vérité je suppose. Puis elle pose sa main sur ma joue.

« Je crois que je peux te faire confiance. »

Je lui prends la main.

« Tu peux, Jenna. »

Elle se penche vers moi et m'embrasse à nouveau. C'est comme un rêve qui devient réalité. On se croirait dans un roman d'amour.

C'est comme si on était faits l'un pour l'autre.

Maintenant qu'elle est à moi, je dois la protéger de mon frère. Il est méchamment possessif, et il sera furieux en apprenant qu'elle m'appartient maintenant.

Nos bouches se séparent. Elle me regarde dans les yeux.

« Reed, comment ça se fait que je vous plais, à toi et ton frère ?

– Mon frère a toujours eu un sixième sens pour savoir ce qui me plaisait. Je me rappelle quand on était petits que je voulais un train électrique pour Noël. J'en avais parlé à personne. Je pensais que le Père Noël le saurait. Mais je ne l'ai pas eu cette année, du coup. Alors que son anniversaire arrivait, il a demandé ce même train à papa et maman et il l'a eu.

– C'est peut-être une coïncidence.

– Tu sais à quel point il aime les camions?

– Oh oui.

– Un jour je regardais un de ses magazines de voitures. Il y avait trois pick-up qu'il avait entourés. Je suis tombé sur une vieille Camaro et je l'ai adorée. Elle était noire, trop belle. Je n'ai rien dit. Je n'avais que onze ans, donc j'avais le temps.

– J'ai vu une photo de lui dans sa première voiture. Une Camaro noire ! Tu étais sur la photo aussi, en arrière plan, les sourcils froncés.

– Oui. Maintenant, tu sais pourquoi. J'étais trop content qu'il ait acheté cette voiture. Je lui ai demandé s'il pouvait me la prêter quand j'aurais seize ans, mais il a refusé. Il m'a dit qu'il préférait la jeter d'une falaise plutôt que de me laisser la conduire.

– Il t'en voulait de lui avoir cassé le bras.

– Non. Il a toujours été comme ça. Il avait un pyjama Superman et il était trop grand pour le mettre. Il l'a gardé dans son placard pendant trois ans. Quand j'ai été assez grand pour le porter, je lui ai demandé si je pouvais le prendre. »

Sa main arrive près de mon sexe. Je fais une pause et le je baisse les yeux pour la regarder.

Elle la déplace vers mon genou.

« Et ?

- Tu m'as un peu perturbé. Bref. Il m'a dit non et, et ce soir-là il l'a jeté dans la cheminée. Il a dit qu'il l'avait pas fait exprès. »

Je bois une bonne gorgée de vin.

« Il a arrêté de traîner avec des poufs quand il a vu que j'ai commencé à avoir des vues sur toi. Et je suppose qu'il a dû te trouver. Il ne savait sûrement pas ce qu'il cherchait avant qu'il ne te voie.

– J'aurai préféré que tu me trouves en premier. »

Je passe ma main sur son épaule et la serre.

« Moi aussi. »

Mais je l'ai, maintenant. Et je ne la laisserai plus jamais partir !

15

JENNA

Une semaine après le début de notre relation secrète, Reed m'emmène chez lui en Californie pour le week-end. Il a dit à ses parents qu'il avait des choses à faire et j'ai dit aux miens que j'allais voir une amie de fac.

Et nous n'avons pas encore consommé notre relation. On ne pouvait pas se permettre de passer la nuit dehors habitant chez nos parents respectifs. J'ai voulu qu'il me montre comment il vit, son chez lui. Il a réservé un jet privé et nous voilà en route pour la Californie.

Il m'a emmenée dans des endroits sublimes tous les soirs. On s'appelait après, pour s'endormir ensemble. C'est l'homme le plus généreux que j'ai connu.

Il est doux, attentionné et génial !

On se tient les mains, posées sur sa jambe pendant tout le vol. Les nuages défilent à une vitesse incroyable par la fenêtre et je prends conscience que Reed Manning est bien plus riche qu'on ne le pense.

Sa tête est posée contre l'appuie-tête et il me regarde.

« J'ai commencé à balancer des indices à mes parents hier soir. »

Intéressée, je lui demande ce qu'il leur a dit.

« Je leur ai dit que je t'avais croisée en ville et que tu étais sublime. Que tu étais plus belle que jamais.

– Et qu'ont-ils dit ? »

Il sourit et me caresse la joue.

« Mon père m'a dit que tu avais toujours été sublime, et maman m'a demandé si tu allais bien.

– C'est sympa. »

J'arrête de me mordre les lèvres car on dirait qu'ils ne me détestent pas.

Pas encore !

« Et je leur ai dit qu'on allait manger ensemble un soir la semaine prochaine. »

Je suis un peu tendue.

« Et ?

– Et maman était ravie. Elle voulait savoir quel soir, pour te préparer ses lasagnes, elle se rappelle que tu les avais aimées. Elle a commencé à faire la liste des courses de ce qu'elle avait besoin et elle m'a demandé si tu l'appréciais encore.

– Bien sûr que je l'apprécie encore !

– Voilà. Donc la première étape est lancée. Donc, tu manges ton plat préféré chez mes parents mardi soir. Note le sur ton calendrier.»

Un repas chez les Manning. Et je suis invitée par Reed cette fois. C'est complètement fou !

« Donc ça ne leur a pas paru étrange ?

– Non, pas du tout. »

Sa main serre plus la mienne.

« Je vais annoncer à mes parents la même chose lundi et voir comment ils réagissent. Tu as dit qu'on revenait lundi matin, c'est ça ?

– Oui, à moins que tu veuilles rester avec moi pour toujours à Bel-Air. »

Son sourire est contagieux et me fait sourire.

« Bel-Air ? C'est un quartier connu pour ses villas, non ?

– Plus ou moins. »

Je repose ma tête en arrière et je regarde par la fenêtre. Nos mains sont l'une dans l'autre. Ça paraît tellement naturel. J'ai souvent l'impression qu'on est faits l'un pour l'autre.

J'aime tout ce qu'il aime. Et vice versa. On est d'accord sur tout. Et ce soir, nous allons essayer d'avoir une relation physique. On verra si sur ce plan là, si l'on fusionne aussi.

Ça va être renversant à mon avis!

Vu que nous nous voyons que dans sa voiture où ne pouvons pas être très physiques, nous nous sommes juste embrassés et touchés de façon appropriée.

J'ai hâte qu'il me touche de façon inappropriée.

Comme on se connaît depuis longtemps, cette semaine m'a paru longue. Comme si on était ensemble depuis un an.

On est très à l'aise tous les deux. Je ne l'étais pas avec Rod, la plupart du temps.

Avec Reed, je n'ai pas besoin de faire d'effort. Les conversations semblent naturelles. Nous pouvons rester assis sans parler à regarder un coucher de soleil ensemble. Tout est facile. Je regrette de ne pas avoir rompu avec Rod le soir du premier nouvel an quand il draguait ces femmes et qu'il m'a demandé d'en frapper une.

Je chasse ces mauvais souvenirs de mon esprit. Je suis reconnaissante que Reed me donne une chance, après tout ce qu'il m'a vu faire et ce qu'il a dû endurer.

Le pilote annonce que nous allons atterrir. Je suis un peu tendue. Le décollage, ça allait. C'est ma première fois en avion, je suis un peu inquiète pour l'atterrissage.

C'est le plus risqué, c'est à ce moment-là qu'arrivent les accidents en général !

C'est ce que je pense, en tout cas.

Il sent que je suis tendue.

« Ne t'inquiète pas. Je prends beaucoup l'avion et il n'y a rien à craindre. C'est plus dangereux de rouler en voiture à Los Angeles que l'atterrissage en avion.

– Tu as sûrement raison. »

L'avion entame sa descente et je ferme les yeux.

« Hé , » me murmure-t-il à l'oreille.

Je tourne la tête. Il m'embrasse. Ses baisers m'emportent loin, toujours. Je passe ma main sur son cou et j'ouvre la bouche, pour l'inviter à entrer.

Il m'attrape les cheveux et sa langue me caresse. Puis sa bouche se retire. J'ouvre les yeux, il me regarde.

« Nous avons atterri ! »

Je regarde par la fenêtre et je rigole.

« C'est vrai. Tu avais raison. C'était pas si terrible !

– Merci. Je pense quand même que ce baiser valait mieux qu'un "pas si terrible". »

Il décroche ma ceinture, et il me lève avec lui. Je le prends dans mes bras.

« Mais non, je parlais de l'atterrissage. Ce baiser, et chaque baiser que tu me donnes, est indescriptible. Tout comme toi»

Ses yeux bleus brillent. Il m'embrasse à nouveau et je fonds. Je me blottis contre lui pour ne pas tomber.

C'est fou, je deviens si molle à chaque fois qu'il m'embrasse. Je me demande comment mon corps va réagir quand nous nous embrasserons allongés dans un lit.

Ça va être tellement intense !

Une limousine nous attend en bas des escaliers.

« Une limousine, sur la piste ?

– Techniquement cela s'appelle le tarmac, pas la piste. J'ai appelé pour qu'ils viennent nous chercher. Je prends rarement le taxi. »

Le chauffeur s'empresse de venir nous ouvrir la porte.

« Bonjour, M. Manning. Ravi de vous savoir de retour. Ça fait un moment que vous étiez parti.

– Je ne suis là que pour le week-end. Je dois repartir pour l'Arizona ensuite. »

Reed me regarde.

« Pete, je vous présente Jenna Foster. Si je joue les bonnes cartes, vous devriez la voir souvent en ma compagnie. »

Il me fait un signe de tête.

« Ravi de vous rencontrer, mademoiselle Foster.

– Également, Pete. »

Reed me laisse me glisser dans le siège sombre de la superbe voiture, puis il rentre à son tour.

Je dois ressembler à une vraie plouc car je regarde tous les détails de l'intérieur.

« C'est luxueux !

– Ça t'impressionne ? »

Je hoche la tête et je souris.

« Oh oui. Un jet, une limousine. J'ai hâte de voir la suite. »

Il m'embrasse la joue.

« Moi aussi. »

Je ressens une vague de chaleur. Je pense qu'il veut dire qu'il a terriblement envie de voir ce qui va se passer quand nous allons nous retrouver seuls, sans personne pour nous empêcher de nous découvrir pleinement.

À l'arrière de la limousine noire, il me caresse le ventre. Il m'attrape et il m'assoit sur ses genoux, face à lui. Son regard est intense. Je passe mes bras autour de lui.

Il sourit à moitié.

« Je ne suis pas sûr que je te laisse sortir du lit ces deux prochains jours. »

J'ai un frisson.

« Vraiment ? »

Il acquiesce en me caressant le visage. Il pose son pouce au coin de mes lèvres. Et son sourire laisse place à un air très sérieux.

« Jenna, il faut que tu saches quelque chose. Avant que je t'emmène au lit. Je respecte ce que tu as fait de ta vie.

– Je respecte aussi tes choix, Reed. »

Et il me caresse à nouveau avec son pouce. Je me sens chaude.

« Je veux aussi que tu saches que cette semaine avec toi a été l'un des meilleurs moments de ma vie.

– Moi aussi, vraiment. »

Je regarde sa pomme d'Adam alors qu'il déglutit.

« Jenna, je t'aime. »

Je suis submergée d'émotion en entendant ces mots de la bouche d'un homme pour moi. Je ne les ai jamais entendus avant.

J'ai cru que je ne les entendrais jamais. Je pensais que ça m'irait comme ça. Et maintenant, je vois ce que ça fait d'entendre ça, et de voir l'amour d'un homme dans ses yeux. C'est au delà de tout ce que je pouvais imaginer.

« Reed. »

Il pose son doigt sur ma bouche.

« Tu n'es pas obligée de le dire, Jenna. »

Je lui prends la main.

« Même si je le pense tu ne veux pas l'entendre?

– Je ne veux l'entendre que si tu le ressens vraiment.

– Je t'aime, Reed. Je ne serais pas là avec toi, sinon. Je ne couche pas avec quelqu'un que je n'aime pas.

– Je sais. Tu es un ange. »

Du coin de l'œil, je vois les immenses manoirs qu'on ne voit qu'à la télé ou dans les films.

« C'est ton quartier, Reed ?

– Oui, c'est là.

– Waouh. C'est joli. »

La limousine ralentit. Un grand portail s'ouvre et nous nous engageons dans l'allée. Reed me fait descendre de ses genoux.

« Tu es prête à voir comment je vis, Jenna ?

– Tu habites dans un quartier résidentiel ? »

Il rit un peu. Nous longeons une allée bordée d'arbres. Il y a une grande fontaine.

« Ça doit coûter une fortune d'habiter ici ?

– Oui. C'est pas donné. »

Il y a un dernier virage, et j'aperçois une énorme maison au tournant.

« Qui habite là ? Où sont les maisons normales, plus loin derrière ?

– Il n'y a pas d'autres maisons, Jenna. C'est là.

– Non ! Tu plaisantes ? »

Il sourit et la voiture s'arrête.

Le chauffeur ouvre la porte.

« Bienvenue chez vous, monsieur. »

Je regarde cet immense manoir sur trois étages. Comme maison, c'est le bâtiment le plus gros que j'ai vu de ma vie.

« Reed, on pourrait faire rentrer toute notre ville dans cette maison !

– C'est possible. »

La porte d'entrée s'ouvre. À l'intérieur, une femme plus âgée, habillée en blanc. Elle porte comme une tenue de grand chef de cuisine chic.

« Monsieur Manning, votre vol s'est bien passé ? »

Il m'amène à cette femme. Elle est brune, elle a une queue de cheval. Elle pose ses yeux marron sur moi. Reed prend ma main et l'embrasse.

« C'est elle, Maddi. »

Elle doit avoir la quarantaine. Elle soulève un sourcil.

« Ravie de vous rencontrer, mademoiselle Foster. Je suis le chef de cuisine de monsieur Manning, et la chef des employés de maison. Si vous avez besoin de quoi que ce soit, demandez-moi. Si vous voulez manger quelque chose en particulier, également.

– Très bien. Ravie de vous rencontrer aussi. »

Reed me tire par la main, je trébuche.

Il me prend dans ses bras.

« Ça change de Jerome, pas vrai ?

– Reed Manning, vous nous avez caché de gros secrets. »

On entre et la pièce est d'une beauté exceptionnelle comparable à celle d'un musée.

« Reed, c'est fou !

– C'est le hall d'entrée, ça te plaît ? »

Il m'emmène, et mes pieds ne touchent presque plus terre. J'ai l'impression de glisser à ses côtés dans un univers étranger.

« J'adore ! »

La pièce suivante sent incroyablement bon. Il y a du mobilier en cuir. Et un lustre énorme la fait briller.

« C'est le salon principal. »

Il continue d'avancer, suivi par Maddi.

Puis on arrive à la cuisine.

« Mon dieu, Reed ! »

Il y a trois fours dans le mur. Mon regard passe sur l'énorme gazinière et ses nombreux feux que je n'arrive pas à compter.

« Cette cuisine est à Maddi. C'est chez elle ici. Si tu veux te faire un truc, demande-lui d'abord. C'est une dictatrice. »

Il rigole. Maddi se tourne vers moi.

« Il exagère. Il n'a pas le droit d'entrer ici, mais c'est parce qu'il met le bazar constamment. Vous êtes la bienvenue ici, mademoiselle Foster.

– Merci. »

Elle plisse les yeux et regarde Reed.

« C'est Jenna, c'est ça ? Je l'aime beaucoup. Vous aviez raison, elle a une très belle aura. »

Il passe ses bras autour de ma taille et me serre.

« C'est un ange. »

Je rougis et je mets ma main sur son torse.

« Oh, Reed.

– Oh, Jenna ! » répond-il en m'embrassant la joue.

« Maddi, je vais lui faire visiter le reste de la maison. Enfin, pas tout, ça prendrait trop de temps. Vous avez pu avoir ce que je vous avais demandé ?

Elle acquiesce.

– Tout est dans le premier frigo. C'est prêt dès que vous avez faim. J'ai congédié le reste de l'équipe. Si vous n'avez plus besoin de rien , je vous laisse tranquille. Mais appelez-moi si vous avez besoin de quoi que ce soit.

– OK, merci Maddi, » répond Reed.

Reed nous emmène dans une salle à manger immense.

« Reed, je vais être malpolie mais je m'en fiche. »

Je m'arrête pour le regarder.

« Combien gagnes-tu ?

– Beaucoup.

– Reed !

– OK. Je n'ai pas le chiffre exact. Mais je suis milliardaire. »

Je suis bouche bée.

« Comment as-tu pu cacher ça à tout le monde ? »

Il a l'air un peu penaud.

« Tu connais ma famille, Jenna. Je me suis senti obligé. Mes parents sont au courant, ils sont venus Noël dernier. Mais personne d'autre ne sait.

– Je n'arrive pas à croire que Sue n'ait rien dit. Et toute cette semaine, tu ne m'as rien dit non plus ! »

Il me prend la main et m'entraîne dans une nouvelle pièce. Il y a plusieurs bureaux avec un ordinateur sur chacun.

« Voici mon bureau. J'ai un bureau dans un immeuble en ville mais il m'arrive de bosser à la maison. Je ne voulais pas te le dire. Je voulais être sûr que tu m'aimes, avant de te montrer.

– C'est sournois, mais je comprends. »

On prend un virage, et il y a un grand escalier. Il me montre la première porte à droite.

« Ça, c'est l'aile du Maître. »

A ce mot, ma tête fait un mouvement sec et mon cœur se met à battre très vite.

Maître ?

16

REED

Jenna a l'air épouvantée.

« Reed, qu'est-ce que tu veux dire ?

– Quoi donc ?

– L'aile du Maître ? »

Elle regarde dans tous les sens comme si elle cherchait quelque chose.

« C'est comme ça qu'on appelle la partie d'une maison utilisée par ses propriétaires. Tu sais, le mari et sa femme. Qu'est-ce qui t'arrive? »

Je la prends dans mes bras.

Elle pousse un soupir.

« Je suis un peu nerveuse, c'est tout. C'était stupide, je sais, je suis désolée.

– Tu as peur avec moi, Jenna ? »

Je sais que ça fait plusieurs années qu'elle n'a pas eu de relations sexuelles. Et que les dernières fois, c'était avec mon connard de frère, j'imagine ce que cela donnait.

Elle me regarde, un peu rassurée.

« Non, pas du tout. C'est rien, j'ai des réactions bizarres. Ça passera. Et où se trouve la chambre ? »

Qu'est-ce qu'il lui a fait, ce trou du cul ?

Je me concentre sur Jenna. Je dois lui faire comprendre que l'amour ne veut pas forcément dire perdre le contrôle de soi.

J'ouvre, et je la porte à l'intérieur.

« Et voilà !

– Mon dieu, Reed, ce lit est énormissime ! C'est trop beau. »

Je la pose sur le lit, elle s'allonge et elle étend les bras. Je ris.

« Il est doux aussi. »

Ses cheveux blonds s'étalent sur le couvre-lit couleur chocolat. Elle est encore plus belle dans mon lit.

« C'est si doux, je ne sais pas comment tu fais pour en sortir. »

J'enlève mes chaussures, puis ses talons et je m'allonge à coté d'elle.

« Je pense que maintenant que tu es là, en sortir sera beaucoup plus dur. »

Elle a les yeux qui brillent et elle passe sa main sur ma joue.

« Reed, c'est merveilleux.

– Tu es merveilleuse, » je murmure en posant ma main sur son ventre.

Ça fait si longtemps que je rêve de la voir allongée à mes côtés. Les yeux dans les yeux. C'est encore mieux que ce j'imaginais.

Elle passe sa langue sur ses lèvres roses. Son haut corail entrouvert laisse voir sa chair, et son soutien-gorge rose. Je défais le premier bouton de son haut.

Je la regarde dans les yeux en déboutonnant son chemisier. Puis je vois le haut tomber et ses seins apparaître sous le soutien gorge. Ils montent et descendent au rythme de sa respiration.

Je pense alors que nous n'avons jamais parlé de contraception. Je pose ma tête sur ma main, et de l'autre je lui caresse le ventre.

« Jenna, je dois mettre un préservatif ?

– C'est comme tu veux, Reed, je prends la pilule et j'ai passé des tests. Je savais que Rod couchait avec d'autres femmes, mais Dieu merci je n'ai rien. Mais je comprendrais si tu préfères.

– Et bien, je ne préfère pas, si ça ne t'ennuie pas.

– ça ne me dérange pas du tout. »

Elle défait les boutons de ma chemise. Ses yeux s'éclairent en voyant mon torse.

« Ça te plaît ? »

Elle hoche la tête en se mordant la lèvre.

« Je savais que tu aurais de magnifiques abdos. Et ces pecs sont en acier ! »

Elle passe sa main sur ma peau et je me sens chauffer.

Je dois y aller doucement avec elle !

Je défais son soutien-gorge libérant ses seins parfaits.

« Bon sang ! Il faut que j'y goûte. »

Elle sourit, passe sa main derrière ma tête et pousse gentiment ma tête vers elle. Je me lèche les lèvres avant qu'elles ne touchent ses seins.

Ma queue tressaille quand mes lèvres se posent sur son téton tout dur. Elle gémit mon nom, et je suis dans un état second.

J'ai pas mal d'expérience sexuelle. Mais ça, ce n'est pas du sexe. C'est de la magie. C'est plus fascinant que tout ce que j'ai pu connaître.

Je pose ma main sur son autre sein. Son téton et ma langue entrent dans une danse endiablée. Son corps se raidit, elle m'attrape les cheveux.

« Reed ! »

Elle m'offre sa poitrine. Je descends ma main le long de son corps. Je soulève sa jupe. Je la désire depuis si longtemps, et c'est encore meilleur que ce que je pensais.

Mes doigts se baladent sur sa culotte en soie, et je sens l'élastique et je le descends jusqu'au niveau de ses lèvres, chaudes, et déjà humides.

Elle a vraiment envie de moi !

Je fais entrer mon doigt et couvre son pubis avec la paume de ma main. Je le fais bouger à l'intérieur en rythme. Elle écarte les jambes pour me donner plus d'accès.

Elle passe la main sous mon T-shirt et elle me masse le dos.

« Reed, mon Dieu ! » gémit-elle alors que je continue de lui donner du plaisir.

Ses gémissements sont à mes oreilles des sons couverts de velours et me transpercent pour toucher mon âme. J'ai toujours voulu l'entendre faire ça, et c'est maintenant.

Je sens sa paroi devenir plus rigide alors que je bouge mon doigt et que je la caresse. Je continue de lui presser le clitoris. Son corps commence à trembler.

« Dis-moi quand je peux, Reed. »

Ces mots me perturbent. J'ôte la bouche de sa superbe poitrine.

« Que je te dise quoi ?

– Quand je peux jouir.

– Quand tu veux, Jenna. C'est ton corps, c'est toi qui dois savoir ça. »

Elle a l'air stupéfaite. Puis elle sourit.

« OK. »

Je suppose que ce connard lui faisait demander la permission pour ça aussi !

« Jenna, je t'aime. »

Son sourire s'élargit et ses yeux sont vitreux.

« Reed, je t'aime aussi. »

Elle me caresse la joue, et elle m'embrasse.

Je me retire d'elle. Je me remets à son niveau et je l'embrasse tendrement. Un baiser doux, et langoureux. Je veux qu'elle se sente aimée. Elle est précieuse à mes yeux. Et elle le sera toujours.

Je roule sur le lit en l'emportant avec moi pour qu'elle soit au-dessus de moi. J'aime sa légèreté sur moi. C'est mieux que ce que j'avais imaginé.

Tout avec Jenna est mieux que ce que j'avais imaginé !

J'avais peur de trop la fantasmer. J'avais peur d'être déçu de la réalité. Je me trompais.

Je n'avais pas placé la barre assez haut. Elle dans mes bras c'est comme le paradis. Elle est mon ange à moi maintenant. Et chez moi est chez elle.

Là où elle aurait toujours dû être !

Je réalise que je ne lui ai rien proposé à boire. J'arrête de l'embrasser.

« Je suis tellement impoli. Tu as faim, Jenna ? Tu veux boire un verre ? Je ne t'ai même pas proposé. J'ai à peu près tout. Qu'est ce qui te fait envie ? »

Elle rit.

« J'aimerais bien continuer ce qu'on était en train de faire, si tu veux bien.

– Oui, oui. »

Je me retourne sur le lit à nouveau, et je me mets à coté d'elle.

« Il est temps de se débarrasser de ces vilains vêtements.

– Je suis bien d'accord. »

Elle s'assoit pour se déshabiller, je la plaque sur le lit.

« Je m'en occupe.

– Je vois ça. »

Elle finit d'enlever son soutien-gorge pendant que je m'occupe de sa jupe et de sa culotte rose accordée et je m'émerveille sur son corps et le fait qu'elle soit là allongée.

« Jenna, tu es magnifique.

– Merci. Maintenant enlève ton pantalon et ton caleçon, que moi aussi je puisse te regarder. »

Je m'exécute et elle fait les gros yeux en voyant ce que je lui réserve.

« Ça ira, madame ? »

Elle acquiesce et elle ouvre les bras pour m'accueillir.

« Oui, merci, Reed Manning. Vous faites plein de cachotteries. Quel beau cadeau vous avez là, c'est impressionnant ! »

Je me mets sur elle.

« C'est à toi pour toujours, si tu le veux. »

Je mets un peu ses cheveux en arrière pour lui embrasser le cou, puis je descends sur ses épaules, sa poitrine, son ventre, jusqu'à ce qu'elle arrive au sommet du plaisir. Son corps tremble. Ma langue touche son clitoris.

« Reed ! »

Elle me tient les cheveux. Je la lèche encore et encore. Elle remue dans tous les sens et je dois l'attraper par les fesses pour la tenir et continuer. Elle est tellement chaude, je sais qu'elle va jouir plusieurs fois.

Elle gémit et pousse des petits cris, ça m'excite tellement ! Je fais de mon mieux pour lui faire plaisir.

Puis elle pousse un cri perçant. Et tout son corps se tend.

« Reed, mon Dieu, Reed ! »

Je fais entrer ma langue en elle et je sens les pulsations de son orgasme. Je me mets sur elle et je plonge ma queue qui palpite en elle. Je pousse un cri de plaisir tellement la sensation est bonne et intense.

« Jenna, oui ! C'est tellement bon. »

Je donne un coup de rein. Ses ongles se plantent dans mon dos.

« Reed, je ne peux plus arrêter cet orgasme ! »

Je fais des aller-retours avec ma grosse et longue verge en elle. Elle gémit en criant mon nom. Je m'enfonce en elle sans cesse avec un besoin que je n'ai jamais ressenti auparavant. Elle crie mon nom à chaque coup de rein.

Je brûle littéralement de désir. Le désir de lui donner du plaisir et qu'elle m'en donne. Je la désire totalement.

Elle tremble et remue autour de mon sexe alors qu'elle jouit encore. Ses parois compressent mon sexe et je n'arrive presque pas à me retenir. Mais je veux que son orgasme dure aussi longtemps que possible avant que je me laisse aller.

Ça fait tellement longtemps qu'elle n'en a pas eu, la pauvre !

En embrassant son cou, je peux sentir le goût salé de sa sueur. Elle ne peut plus s'arrêter de jouir et je ne la laisserai pas s'arrêter. J'entre au fond d'elle. C'est quelque chose qui m'a fait fantasmer depuis si longtemps.

Sa poitrine est compressée sur mon torse. Nos ventres se tamponnent quand je lui mets des coups de reins.

Elle dit mon nom en jouissant. Je ne pensais jamais entendre ça. Mais c'est bien réel. Je ne peux plus m'arrêter, je jouis, et je la remplis de mon sperme.

Mon sexe ne peut plus s'arrêter de se vider non plus. Ce qui la fait monter encore plus et ses spasmes deviennent plus forts.

« Oui ! Oui ! Reed ! Enfin !

– Jenna, » je murmure contre son cou.

« Ma Jenna. »

Son corps tremble et elle me caresse le dos.

« Ta Jenna. À toi, pour toujours, Reed.

– À jamais, Jenna.

– Oui, Reed, à jamais. »

Elle prend mon visage dans ses mains, et des larmes se mettent à couler le long de ses joues.

« Je t'aime comme je ne pensais jamais aimer personne.

– Ne pleure pas, » je réponds en lui essuyant les joues.

Elle renifle.

« Je n'ai jamais connu quelque chose d'aussi beau. »

Et je sais que c'est vrai.

« Moi non plus. »

Je lui fais un bisou sur le nez.

« Jenna, je ne peux plus jamais te laisser partir. C'est beaucoup mieux que ce que j'imaginais, je ne peux pas te laisser partir, jamais.

– Mais je ne veux pas partir. Et moi non plus je ne te laisserai jamais partir. »

Je me sens soulagé. Je regarde dans le fond de ses yeux verts et j'y vois de la lumière. Qui n'était pas là avant. J'ai allumé cette lumière dans ses yeux. Je l'ai aidée à devenir cette femme, cette belle femme.

Et je me battrai pour qu'elle reste là, cette étincelle !

Je me retire d'elle, et c'est la chose la plus difficile que j'ai jamais eu à faire. J'ai ce besoin urgent et fort de rester en elle.

Ce que je ressens me fait peur. Si je la perds, je ne serai plus jamais le même. Je secoue la tête pour me débarrasser de cette pensée.

Je ne vais pas la perdre. Elle ressent la même chose que moi. Je le sens, je le vois dans la manière dont elle me tient et je le vois dans ses yeux.

Ce n'est pas un rêve, c'est la réalité. Elle ressent la même chose. Je dois avoir l'espoir que c'est pour la vie.

« Reed ?

– Oui ?

– Ça n'était pas normal ce qui vient de se passer, si ?

– Je n'ai jamais connu rien de pareil. »

Je m'allonge et je passe le bras autour d'elle. Je l'attire contre moi, lui embrasse le front.

« Jamais.

– Je n'ai qu'un point de comparaison, et ça n'avait rien à voir. »

Je sais qu'elle parle de mon frère. Je suis un peu écœuré. Mais bon, ça n'avait rien à voir.

« C'est bon de l'entendre.

– C'est bizarre.

– Bizarre? Je n'aurais pas utilisé ce mot

– Oui, c'est pas le bon mot. C'est juste que j'ai un peu fantasmé sur cela depuis quelques années, mais c'était bien mieux que ce que je pouvais imaginer.

– J'y ai pensé plus qu'un peu, et tu as raison, c'était bien mieux qu'en rêve.

– Tu crois que ça sera toujours aussi bien ? »

Je passe ma main sur son bras.

« Oui, je crois. Et je peux te promettre que je ferai de mon mieux pour que ça soit toujours comme ça, et je veux que tu sois heureuse, toujours. Tu es mon ange, et je vais te traiter comme un ange. »

Je sens son sourire contre mon torse.

« Tu es mon prince. »

On a l'air d'être sur la même longueur d'onde tous les deux !

« Tu veux qu'on se fasse un truc à manger ?

– J'aimerais bien rester ici et m'endormir dans tes bras si ça ne te gêne pas. Je ne me suis jamais sentie aussi bien et détendue. »

Mon cœur s'emplit de joie de savoir que mes bras sont l'endroit du monde le plus relaxant et confortable pour Jenna.

« On reste ici aussi longtemps que tu le veux, mon ange.

– Cool. Je veux qu'on reste comme ça aussi longtemps que possible. Je veux que cet instant reste gravé dans ma mémoire. Je n'ai jamais été si heureuse. »

Comme moi !

17

JENNA

Alors que je suis dans les bras de Reed, à chaque fois qu'il respire je sens son souffle me caresser la nuque. Je m'endors en paix, la meilleure sensation de ma vie, et c'est grâce à lui.

Après avoir fait l'amour, je me sens plus forte pour le dire à mes parents et affronter les siens. En fait, je me sens prête à dire à tout le monde que je suis avec cet homme.

Il est comme une partie de moi. Et c'est trop bizarre. C'était la première fois que nous faisions l'amour et je suis prête à l'épouser. Je suis prête à construire une vie de famille avec lui.

Tout notre entourage va paniquer et nous dire qu'on va trop vite. Mais le fait est que quelque chose bouillonnait déjà en nous, depuis tellement d'années.

Le visage de Rod m'apparaît, je frissonne. J'arrive à le chasser rapidement de mon esprit. Mais il va devenir fou quand il va l'apprendre. Il y a très peu de chances pour que nous soyons à Jerome en même temps que lui quand il réapparaîtra.

Et puis il y a le contrat. Je ne sais pas ce qu'il pense de ça. J'y ai déjà pensé. Il pourrait aller très loin pour me contrôler à nouveau.

Je me sens en sécurité avec Reed. Pour la première fois depuis longtemps.

Et en plus, il est milliardaire. Je n'ai aucune idée de tout ce que cela implique. Pas de problèmes d'argent qui paralysent le couple. Pas besoin d'attendre la paye pour aller faire les courses. Pas de petite maison qui tombe en ruine.

Cette vie est terminée depuis que Rod est parti, de toute façon.

Reed remue un peu, il grogne. Et il m'embrasse le cou. Je pose ma main sur sa tête.

« Ça y est, tu es prêt à te réveiller ?

– Pas si c'est un rêve, » dit-il en riant.

Je me tourne vers lui. Ses beaux cheveux blonds brillent au soleil. Les petits rideaux laissent juste passer assez de lumière.

Il cligne un peu des yeux en me regardant.

« Il faut que je t'emmène quelque part.

– OK, » je réponds en lui caressant la joue.

« Il faut que tu trouves un travail ici. Il y a une école privée pas loin d'ici. Tu pourrais aller les voir. Enfin, si tu veux. Si tu ne veux pas travailler, c'est comme tu veux.

– Tu tu projettes assez vite, » lui dis-je en souriant.

« Je sais. Dis-moi si ça va trop vite. Mais ça fait tellement longtemps. J'ai envie de faire comme si on était ensemble depuis l'été de tes dix-huit ans. »

Je ferme les yeux et je revis cet été. L'été où je suis entrée dans le monde de Rod.

Ça faisait longtemps que je n'avais pas pensé à cette époque. Ce souvenir me fait un pincement au cœur.

J'ouvre les yeux.

« Où veux-tu m'emmener ?

– On prend une douche et on s'habille ? Je vais te montrer.

– Une douche avec toi, ça a l'air génial! »

Il me caresse le bras.

« Tout avec toi est génial. »

Trois heures plus tard, Reed m'emmène dans sa BMW rouge, et se gare sur un parking de Los Angeles.

« Laisse-moi t'ouvrir la porte, mon ange. »

Je le laisse faire le gentleman, ça lui fait plaisir. Et puis c'est assez agréable.

On entre par l'arrière porte dans une boutique. Et une fois à l'intérieur je remarque que c'est une bijouterie. J'hésite, il me regarde.

« C'est trop tôt ?

– Reed. »

Il m'interrompt en mettant son doigt sur ma bouche.

« Je veux que tu portes ma bague. C'est pas grave si on se marie plus tard. Je veux que tout le monde sache que tu es déjà prise.

– Je n'ai pas autant de prétendants que tu le crois, tu sais, » je réponds en riant.

« Je veux juste que tu la portes. Que tu te rappelles à chaque instant de ce que je veux construire pour nous. Une vie heureuse ensemble. C'est tout. Choisis la bague de fiançailles que tu aimes et on choisira une bague de mariage plus tard. »

Il finit sa phrase en me faisant un bisou sur la joue.

On se dirige vers une vitrine où sont exposées des bagues très chères. C'est sûrement la plus belle chose que j'aurai l'occasion de voir à mon doigt.

Une belle femme, en talons qui dégouline de diamants sort de l'arrière-boutique.

« Bonjour, puis-je vous aider ? »

Reed lui sourit.

« Oui, j'aimerais voir ce que vous avez à sa taille. »

Elle prend ma main gauche et d'un regard dit.

« Hum, c'est taille cinq ça. C'est une bague de fiançailles ?

– Oui. »

Elle revient avec une sélection.

« Toutes celles-ci sont taille cinq.

– Ça fait beaucoup de cailloux qui brillent, tout ça. Tu es sûr, Reed ?

– Plus que sûr. »

La vendeuse nous dit qu'elle peut réduire le choix en fonction du budget.

« Non, non. Et s'il vous plaît, ne nous donnez pas les prix. Sinon elle va choisir la moins chère. »

Il me connaît bien !

Elle recule un peu pour me laisser voir les bagues. J'y passe presque une heure, mais j'ai choisi. C'est cette bague. Celle qui restera toute ma vie à mon doigt.

C'est un gros et beau solitaire. C'est assez luxueux pour une femme de milliardaire et assez fin pour une fille comme moi.

On sort, Reed m'ouvre la porte de la voiture.

« Jenna, je vais trop vite ?

– On pourrait ralentir un peu, oui. Je pourrais trouver un travail et me trouver un appart par exemple.

– Tu ne pourras rien te payer ici. Même un truc de merde, c'est hors de prix. Et puis je te veux dans mon lit à partir de maintenant.

– Ah oui ? » dis-je avec le cœur qui s'emballe.

« Je veux m'endormir tous les soirs avec toi. Et je veux me réveiller tous les matins avec toi, mon ange.

– Alors je pense qu'on ne va pas trop vite. On peut rester fiancés un petit moment, disons pendant un an. Et puis on peut commencer à penser à notre mariage. Ça te paraît bien ? Ça ne nous engage pas trop. Si ça ne marche pas, je te rendrai tout simplement la bague. Et sans rancune. »

Il fait la moue et fronce les sourcils.

« Ne dis plus jamais si ça ne marche pas. Ça va marcher. Je vais tout faire pour. »

On entre dans la voiture. Ça va peut-être trop vite. Peut-être que ce sera comme une tempête qui repart aussi vite qu'elle est arrivée.

En tout cas, je veux que ça dure le plus longtemps possible.

« Reed, on doit parler toi et moi. »

Il me regarde, avec un sourire nerveux.

« Vas-y !

– Combien fait-on d'enfants ? Dans combien de temps ? Et combien d'écart laisse-t-on entre chaque? »

Il rigole.

« Je croyais que ça allait être difficile à répondre. On aura quatre enfants et on laissera deux ans entre chaque. Question suivante. »

Il démarre et sort du parking. Je le regarde, et au fond de moi, je sais que ça va marcher.

Mon premier amour n'a pas marché, mais celui-ci, je le sens bien. Mes deux amours sont frères, et alors ?

Il y a pire. J'ai vu à la télé une fois une femme qui avait fait des enfants avec son mari s'était marié avec le père de celui-ci et a refait des enfants avec lui.

Du coup, les enfants de son premier mariage étaient les frères et nièces et cousins des enfants de son second mari. Au moins je n'aurais pas d'enfants qui seront cousins.

Mais il y aura toujours un beau-frère très en colère.

Très, très en colère !

Reed se gare dans un endroit qui a l'air super cool. Il me regarde.

« Tu aimes les sushis ? »

Je secoue la tête.

« C'est du poisson cru, c'est ça ? »

Je dois faire une tête bizarre parce qu'il rigole fort.

« Pas uniquement. »

Des valets nous ouvrent la porte. Reed passe son bras autour de moi. C'est ma première expérience culinaire en Californie.

« Tu es sûr, Reed ? Je suis une campagnarde, tu sais ?

– Je suis un campagnard aussi, souviens-toi, mon ange. Si j'aime bien, je suis sûr que tu vas aimer aussi. »

Une petite femme asiatique s'approche.

« Bonjour M. Manning. Mais qui est à votre bras ?

– Voici ma fiancée, Shimota. Jenna Foster. Bientôt Jenna Manning. »

Elle ouvre grand les yeux.

« Fiancée ? Félicitations ! Pensez à nous pour le mariage. »

Elle tape dans ses mains.

« Et bien, si vous arrivez à impressionner ma future épouse, on pourrait bien vous contacter, oui. On n'a encore rien prévu. Mais on pourrait se souvenir de vous. »

Elle hoche la tête.

« Suivez-moi. Je vous place dans notre espace VIP. C'est un peu isolé et romantique. Et notre chef va vous préparer quelque chose d'inoubliable. »

On suit cette femme dans le restaurant bondé. Et elle soulève un rideau.

Il y a une petite table carrée avec deux chaises, l'une en face de l'autre. De la musique douce masque le brouhaha des autres tables et les lumières sont tamisées.

Elle allume une bougie et la pose sur la table. Elle se retourne et elle me regarde dans les yeux.

« M. Manning est notre meilleur client, et un ami depuis des années. Il nous a vendu une très belle maison à mon mari et moi pour un prix raisonnable. On le connaît bien, on l'aime beaucoup, c'est un ami de la famille. Et on ne l'a jamais vu aussi heureux. Il rayonne. J'ai hâte de vous connaître un peu mieux, Jenna. »

Je lui souris.

« Très bien. Moi aussi. Je n'ai jamais mangé de sushi, dites au chef de ne pas me préparer quelque chose de trop spécial. »

Reed tire ma chaise et je m'assieds.

« Non, ne lui dites pas ça. Cette femme aimera tout ce qu'il préparera. Elle n'a jamais goûté ce que votre chef fait, et elle est encore un peu timide. Mais nous aimons à peu près tout ce que l'autre aime. Laissez-le faire ce qu'il veut. Je suis curieux de voir ce qu'il peut nous préparer pour une occasion comme celle-là. »

Elle incline un peu la tête et Reed s'assoit à coté de moi. Il s'assoit si près que nos épaules se touchent.

« C'était un peu macho ce que tu viens de faire. »

Il passe son bras autour de moi et m'embrasse l'épaule.

« C'est pas la peine d'avoir peur de la nourriture. Et je suis un peu macho, comment tu crois que je suis devenu qui je suis ? »

Je me rassoie et je dois vraiment réfléchir pour ne pas refaire les mêmes erreurs. Il faut que je sache où je mets les pieds.

Rod m'a rendue incapable de faire confiance aux hommes qui

cherchent à me contrôler. Et là, c'est un autre Manning. Son frère, qui a été élevé de la même façon.

Et même si je n'ai jamais rien vu chez ses parents qu'un comportement dominant leur ait été inculqué, ça me paraît quand même bizarre, deux machos dans la même famille.

Je pose la question qui me taraude, sincèrement.

« Reed, tu crois que je suis la même petite fille faible que ton frère a connu ? »

Je vois la douleur dans ses yeux, et je me sens mal tout de suite. Mais je m'en empêche car c'est mon bien-être qui est en jeu.

« Jenna, non. Je suis qui je suis, mais je ne suis pas méchant. Je sais ce que je veux et quand je vois quelqu'un qui ne sait pas ce qu'il veut, je me permets de les guider. Mais pas pour leur faire du mal. »

Il me caresse la joue.

« Si je suis un peu trop dictateur, dis-le moi. Je suis un vendeur après tout.

– Oui, je comprends. L'agent immobilier qui aide les gens à trouver ce qu'ils veulent même s'ils ne sont pas sûrs de ce qu'ils veulent eux-mêmes, » dis-je en souriant.

Il appuie son front contre le mien.

« Jenna, je sais qu'on t'a forcé à faire des choses sinistres. Mais je peux t'assurer que je ne veux pas te forcer à faire ce que tu ne veux pas faire. Rien de mal. Que du bien. Fais-moi confiance, mon ange. Je veux être une personne bonne pour toi dans ta vie.

– Il faut donc que j'arrête d'avoir peur et de ne pas faire confiance ? »

Je le regarde dans les yeux.

« C'est possible. Je peux comprendre qu'il va te falloir un peu de temps avant de voir qui je suis vraiment. Un homme qui t'a aimée durant de nombreuses années. Qui a rêvé de t'épouser et de t'avoir dans sa vie. Qui ne te veux absolument pas de mal, au contraire. Et si je te fais du mal, dis-le moi, parce que ça ne sera pas intentionnel. Tu comprends ? »

Rod finissait toutes ses phrases comme ça.

Je détourne le regard et mes pensées fusent. Une serveuse arrive avec des tasses et une théière.

« Félicitations tous les deux ! Je suis heureuse de savoir que M. Manning a trouvé son âme sœur et qu'il va se marier. Vraiment heureuse. »

Reed se racle la gorge et il sourit à la jeune asiatique.

« Leelee, voici Jenna. »

Elle s'incline et je me tourne vers elle.

« Jenna, je suis enchantée de vous rencontrer. »

Je la salue à mon tour.

« Moi aussi, Leelee.

– Je reviens de suite avec des entrées. Indice, il y a du homard ! » dit-elle en tapant des mains et en repassant de l'autre coté du rideau.

Je ris.

« Elle est adorable ! »

Reed me prend par le menton.

« Je veux que tu me dises que tu comprends, Jenna. Que si un jour je te fais du mal, tu m'en parleras. Je sais que tu n'as rien eu le droit de dire quand Rod te faisait du mal et je ne veux pas que ça se répète. Tu peux tout me dire, Jenna.

– Je comprends. Et je te promets que je ne garderai rien pour moi si je suis malheureuse ou blessée. Et tu feras pareil, OK ? »

Il sourit et il porte la tasse à ma bouche.

« OK ! »

J'espère que c'est le début d'une super relation !

18

REED

Nous sommes de retour à Jerome. Nous voici sur le pas de la porte de chez mes parents. Je tiens la main de Jenna et je regarde son joli diamant.

On a annoncé nos plans à ses parents, et ils étaient étonnamment heureux. Ils ont dit qu'ils n'avaient jamais vu Jenna aussi heureuse que depuis la semaine dernière, et ils se doutaient qu'il y avait un homme derrière ça.

J'ai pu voir un peu d'inquiétude dans leurs yeux, probablement vis à vis de mon frère. Mais ils n'ont rien dit. Tout le monde se doute bien qu'il va y avoir un problème quand il va l'apprendre. Mais il n'y a aucune raison de s'empêcher d'être heureux à cause de ce qui pourrait arriver.

« Tu es prête ? » je lui demande, car elle a l'air nerveuse.

Elle hoche et secoue la tête.

« Reed, je sais que ta mère ne va pas apprécier. »

Je la prends dans mes bras et la berce un peu.

« Elle sera un peu choquée. Mais elle t'aime, Jenna. »

Elle pose sa tête contre mon torse, comme pour y puiser un peu de courage. Puis elle se redresse et elle sourit.

« Ça va bien se passer, je suppose. Mais il ne faut pas tout lui balancer d'un coup comme on l'a fait avec mes parents. Ils sont devenus tout pâle et n'ont pas su quoi dire pendant une minute ou deux. On y va un peu plus doucement, OK ? »

Je prends sa bague et je la mets dans ma poche. Elle regarde son doigt en fronçant les sourcils. Je lui prends le menton pour qu'elle me regarde.

« Je te la remets dès qu'on leur a dit. »

Elle acquiesce. Je lui prends la main et nous entrons dans la maison. Un endroit qu'elle n'a visité qu'en tant que copine de mon frère. Ça doit lui faire bizarre, et ça doit être un peu dur.

« On est là ! » je dis un peu fort pour nous annoncer.

Maman sort de la cuisine en courant et se jette sur Jenna et la serre fort contre elle.

« Jenna ! Je suis si heureuse de te voir ! »

Elle la tient par les épaules pour la regarder.

« Mon dieu, ma chérie, tu es plus belle que jamais ! »

Jenna rougit.

« Merci. Tu as bonne mine aussi. »

Elle passe la main dans ses cheveux blonds.

« Tu as fait quelque chose à tes cheveux ! »

Maman tapote ses nouvelles boucles blondes.

« Je pensais que le gris argent était un peu trop voyant. Alors je les ai teints comme ils étaient avant les cheveux gris.

– C'est joli. Ça te rajeunit bien. »

Maman rougit. Papa arrive dans le salon.

« Salut, Jenna !

– Bonjour Jason. Comment ça va ? » demande Jenna en lui tendant la main.

Il va pour la lui serrer, puis il l'attire contre lui pour l'étreindre.

« Ça va, ma fille. Et toi ? Tu as l'air radieuse. »

Il s'écarte un peu pour la regarder.

« Tout va très bien. Je suis revenue pour l'été, Reed a eu la même idée on dirait. »

Maman sourit.

« On est contents qu'il soit revenu pour un petit moment. Tu as vu les voitures qu'il nous a achetées dans l'allée ?

– Oui, j'ai vu.»

Sue prend Jenna par la main et elle l'emmène dans la cuisine.

Mon père me regarde de bas en haut.

« On dirait que t'as un truc à cacher, toi. Je peux savoir ce que c'est ce regard ? »

Je remue la tête en jouant avec la bague dans ma poche.

« Rien. Je suis content de revoir Jenna dans cette maison. »

Il me tape dans le dos et on se dirige vers la cuisine.

« Elle a l'air d'aller bien. C'est bien pour elle que Rod soit parti. Ça me fait de la peine à l'admettre, mais regarde là, elle a l'air vraiment heureuse.

– Et belle, » j'ajoute.

Il acquiesce.

« Elle a toujours été belle, mais elle rayonne maintenant. »

C'est grâce à moi!

« Oui, c'est vrai. »

Je la vois qui aide maman à préparer une salade et je marche jusqu'à elle sur l'îlot central que j'ai fait installer. Et comme à son habitude, maman jacasse à propos de sa nouvelle cuisine.

« Reed a envoyé quelqu'un pour refaire toute la cuisine et la salle de bain. Il faut que tu voies ça avant de partir. Il y a une baignoire avec des jets sur les cotés. C'est génial ! C'est Reed qui a tout dessiné. C'est vraiment un amour.

– Je sais, » répond Jenna en me regardant en coin.

« Il l'a toujours été.

– Oui, c'est vrai, » répond Sue en coupant une tomate.

Jenna effeuille la salade. Je prends un économe et je me mets à éplucher les carottes.

Je me penche vers Jenna.

« Comme au bon vieux temps, hein, Jenna ? Toi, moi et maman dans la cuisine. »

Elle retient un sourire.

« Comme au bon vieux temps, Reed. »

Maman soupire. Elle pense à Rod, et il lui manque. Mais elle n'en parlera pas en présence de Jenna. J'espère qu'elle ne dira rien, en tout cas.

« Alors, Jenna. Qu'est-ce tu vas faire maintenant que tu as fini la fac ?

– Je vais enseigner. En maternelle. »

« Super. Où ça ? Dans le coin ? »

Jenna secoue la tête. Ses cheveux se balancent sur ses épaules. Je peux sentir l'odeur de son shampoing. Ça me rappelle le bain qu'on a pris juste avant de partir.

J'ai fortement envie de la prendre dans mes bras et je n’y résiste pas. Puis je regarde ma mère.

« Elle va venir travailler à Bel-Air. »

Maman ouvre grand les yeux.

« Quand as-tu décidé ça? »

Jenna passe son bras derrière et elle me pince la jambe. Je la lâche.

« C'est Reed qui a payé mes études. C'était un secret.

– Je vois. »

Elle me regarde.

« Tu ne m'en as même pas parlé, Reed ?

– Je ne voulais pas que qui-tu-sais l'apprenne. »

Elle acquiesce en regardant au loin.

« Ça se serait très mal passé. »

Puis elle me regarde.

« Mais où va habiter Jenna ? Les logements sont très chers à Bel-Air. Elle ne pourra rien se payer là-bas. C'est une mauvaise idée. Elle peut travailler ici. Je peux l'aider à trouver un travail et elle sera près de sa famille. Et au moins ici elle peut se loger.

– Je ne veux pas rester ici, Sue. Je veux partir. »

Elle prend le saladier et va le poser sur la table que j'ai achetée pour mes parents l'année dernière.

« Très belle table, Sue.

– Encore un cadeau de Reed. »

Le minuteur sonne.

« Oh, les lasagnes sont prêtes ! »

Papa s'installe en bout de table, à sa place. Je pose deux bouteilles de vin rouge sur la table. Ma mère nous a placés l'un en face de l'autre avec Jenna. Je déplace mon assiette pour m'asseoir à coté d'elle.

Elle apporte l'énorme plat sur la table et elle s'installe en face de mon père.

Je tire la chaise près de moi et Jenna s'asseoit. Maman nous regarde rapidement, et puis son nez se plisse un peu, je pense qu'elle commence à comprendre.

« Et donc, où vas-tu loger à Bel-Air, Jenna ? »

Mon père se racle la gorge.

« C'est évident, non ? Elle va habiter chez Reed. »

Ma mère nous regarde, moi, Jenna.

« Il a une belle maison, c'est vrai. Tu es d'accord avec ça, ma chérie ? »

Jenna prend une grande inspiration.

« Sue, on a quelque chose à t'annoncer. »

Je sors la bague de ma poche. Alors que Jenna lève la main, je la glisse sur son doigt. Puis je porte sa main à ma bouche et je l'embrasse. Je regarde ma mère, puis mon père.

« On va se marier. »

Ma mère ouvre grand les yeux et la bouche. Mon père se lève et me tape le dos.

« Je savais qu'il y avait une femme derrière tes sorties nocturnes. Je n'avais pas pensé à Jenna. Mais je suis ravi de l'entendre. Vous avez l'air formidables ensemble. Pas vrai, Sue ? »

Maman hoche la tête, toujours la bouche ouverte.

« Vous avez l'air heureux. Et je vois que vous vous aimez tous les deux. »

Ses yeux se mettent à briller. On dirait qu'elle va pleurer.

« Ça me fait plaisir de te voir aussi heureuse, Jenna. Et Reed aussi, tu rayonnes de bonheur. Il n'y a rien de mal à ça, non ?

– Non, maman. C'est la meilleure chose qui me soit arrivée. »

Je prends Jenna dans mes bras.

« Ça fait des années que j'aime cette jeune femme. Et nous

sommes enfin ensemble. Je suis l'homme le plus heureux du monde. »

Ma mère fond en larmes et elle se lève, nous faisant signe de venir à elle. On se lève avec Jenna et on se prend tous dans les bras. Elle nous murmure ses félicitations.

Quand elle nous laisse partir, je vois des larmes sur les joues de Jenna. Je les essuie et j'embrasse ses joues roses.

Le reste du repas se déroule bien. Mes parents nous posent quelques questions. Sue a le regard un peu vide de temps en temps. Je suppose qu'elle pense à Rod et comment il réagira quand il apprendra.

On s'occupe de la vaisselle avec Jenna pour que mes parents puissent aller prendre leur bain de minuit quotidien dans la piscine.

« Ça s'est bien passé, non ?

– Oui, oui. »

Elle se tourne vers moi.

« Tu crois vraiment qu'on va s'en sortir indemne ? »

Je m'essuie les mains avec le chiffon.

Je la prends dans mes bras.

« Je peux gérer mon frère. Je ne te dis pas que ça va bien se passer. Mais je peux le gérer. Fais-moi confiance, mon ange. »

Je peux voir à son sourire qu'elle me fait vraiment confiance. Je viens poser mes lèvres sur les siennes. Et la chaleur m'envahit. Avec un petit gémissement, je laisse ses douces lèvres partir.

« Maintenant que tout le monde est au courant. Je nous ai réservé une chambre d'hôtel en ville. »

Elle se blottit contre moi.

« Super. C'était horrible de dormir sans toi hier.

– Pareil. Je n'arrive pas à dormir si tu n'es pas dans mes bras. »

Elle me regarde.

« Je n'arrive pas à croire qu'on soit devenus si dépendants l'un de l'autre en aussi peu de temps.

– Toute cette histoire est incroyable. Notre vie ensemble sera incroyable et c'est excitant, non ? »

Je l'embrasse sur le front. Elle soupire.

« C'est trop beau pour être vrai. »

Je la regarde un peu sévèrement.

« Non. C'est bien vrai. Et si tu n'avais pas vécu cette sale histoire, tu ne remettrais pas ça en question. Dis-toi que c'est bien vrai.

– Tu dois avoir raison. Il y a tant de forces négatives dans le monde. Et tant de bonnes énergies entre nous. J'ai juste peur que quelque chose nous arrive et que cela se termine.

– Rien ne peut nous arriver, Jenna. Ce qu'il y a entre nous est profond. Et ça fait des années que ça dure, tu le sais. »

Je cherche son regard.

« Je sais. »

Elle observe la cuisine, toujours dans mes bras.

« Je me souviens de la première fois où tu m'as touchée dans cette cuisine. Quand tu m'as mis le tablier. Et tu étais derrière moi, j'étais surexcitée.

– Je m'en rappelle. Je l'ai fait exprès. Moi aussi j'avais envie de toi. »

Je l'embrasse langoureusement. Comme je rêvais de le faire toutes ces années.

Elle me caresse la joue.

« Reed, je t'aime tant.

– Je ne me lasserai jamais d'entendre ça. Et je ne me lasserai jamais non plus de te dire que je t'aime. Tu es mon univers désormais. Je veux que tu sois heureuse pour toujours, mon ange.

– On devrait dire au revoir à tes parents et aller dans la chambre d'hôtel. J'ai envie d'être seule avec toi. Je veux sentir ton corps contre le mien.

– Moi aussi. »

Je l'embrasse à nouveau, mes mains descendent sur ses larges fesses et je les attrape par poignées.

Je l'attire contre moi et je sens sa chaleur. Elle passe ses jambes autour de moi, et je frotte mon sexe sur elle.

Nos langues s'affolent et je la déplace jusqu'à ce qu'elle se retrouve coincée contre le mur. Je me frotte contre son sexe plus fort. Elle passe ses mains dans mon dos et mes cheveux.

Ma queue essaie de transpercer son jean et elle gémit. Je lui embrasse le cou.

« Oh, Reed, mon dieu ! »

Elle dit mon nom comme si c'était l'unique mot qui lui venait à l'esprit. Et c'est exactement ce que je veux. Je veux être son monde et qu'elle laisse derrière elle ce passé sinistre, qui lui a fait des blessure émotionnelles et qu'elle n'aura jamais dû vivre.

Elle a fait un cauchemar dimanche soir. Elle s'est réveillée en criant mon nom. Je lui ai demandé ce qui se passait mais elle n'a rien dit. Elle voulait juste se recoucher.

J'ai l'impression qu'elle a toujours peur de Rod. Et qu'au fond d'elle, elle n'est pas encore à l'aise avec notre histoire. Elle doit s'inquiéter de la future confrontation entre Rod et moi.

Ça ne sera pas joli. Mais je gagnerai. Je ne perds plus. Plus maintenant.

Et cette femme est bien plus précieuse à mes yeux que tous les contrats financiers du monde. Rien ni personne ne pourra jamais me la reprendre.

Pas tant qu'elle voudra de moi et de ce que nous avons.

Et je prie pour que ce soit pour toujours !

19

JENNA

Les deux derniers mois sont passés vite. Nous quittons la ville après-demain avec Reed et nos parents ont organisé une fête de fiançailles chez les Manning.

Mais sortir de ce lit d'hôtel s'avère plus dur que prévu.

Sa bouche chaude se déplace sur tout mon corps et on ne peut plus s'arrêter de faire ce que nous faisons depuis des heures. Tous mes nerfs sont en éveil et sensibles sous l'attention de ses lèvres et de sa langue.

Sa main court le long de ma jambe tandis qu'il me lèche les seins. Je grogne.

« Reed, comment fais-tu ça ? »

Je sens son sexe gonfler alors qu'il y a à peine une demi-heure nous avons fait l'amour comme des bêtes.

Ces sensations sont exceptionnelles. Mon corps le désire si fort. Je me sens chauffer en sentant sa queue grossir contre ma jambe.

Il va bientôt me combler avec son gros membre et je meurs d'envie de retrouver cette sensation.

Sa main se place sur mon bas-ventre et il lève la tête. Ses pupilles sont dilatées, ses yeux noirs encerclés de bleu me regardent.

« On dirait que je suis prêt à remettre ça, qu'en dis-tu ? »

Je hoche la tête en me mordant la lèvre.

« J'ai les jambes qui tremblent, Reed. Viens en moi. »

Il grogne en se mettant à mon niveau.

« Une dernière fois. Après, on se douche et on se prépare pour la fête. »

Il s'allonge sur moi et je me sens bien. Je lève les jambes. Il passe son bras autour de l'une d'elles et il la lève jusqu'à ce que mon genou soit à coté de ma tête.

Il me regarde dans les yeux en me pénétrant puissamment. Je pousse un cri et je plante mes ongles dans son dos.

« Reed !

– Oui, mon ange. Dis mon nom ! »

Il met un autre grand coup de rein.

« Oh, Reed ! »

Ce que cet homme me fait est irréel. Je ne jouis pas encore mais je me sens détendue et contractée en même temps. Mon corps le désire constamment, c'est douloureux mais ça me comble en même temps.

C'est un mélange complexe d'émotions que je pensais ne pouvoir exister. Et pourtant, il me fait ça à chaque fois.

Je me tortille et je gémis à chacune de ses poussées. Il me lâche la jambe pour me prendre les mains. Il les tire derrière ma tête tout en les bloquant.

Il est rapide et puissant. Je gémis et je grogne. Je sens les vagues de plaisir monter.

« Reed ! »

Je crie. Mon corps se met à trembler autour de sa grosse verge et il continue plus vite et encore plus fort.

« Oui, vas-y Jenna. Donne-moi tout. Jouis partout sur moi. Je te veux tout autour de ma queue ! »

Je me vide de tout ce qu'il me reste de fluides sur lui. Ça le fait se contracter et il me remplit de son sperme chaud.

Si je ne prenais pas la pilule, je serais enceinte de quintuplés.

En fait, je ne suis même pas sûre que la pilule puisse faire quelque chose contre autant de jus à faire les bébés.

Une fois ma respiration retrouvée, je dis : « OK, Reed. Il ne nous reste plus qu'une heure pour nous préparer. Nous devons arrêter ça. Il faut se lever. »

Il se retire et il se met à moitié sur moi.

« OK, on sort de ce lit. »

Il se lève et me tirant avec lui. Mais je suis trop faible, j'essaye de m'asseoir mais je tombe en arrière.

En riant, il me prend dans ses bras.

« Je t'ai eue. Tu n'arrives plus à marcher ? »

Je m'accroche à lui en me reposant sur son torse, tout transpirant.

« Tu m'as eue, espèce de monstre. »

Il glousse, alors qu'il me porte à la salle de bain.

« Un monstre ?

– Oui, enfin, un gentil monstre.

– Comme Casimir ?

– Oui, comme Casimir. Mais je vais plutôt t'appeler mon monstre de plaisir.

– J'aime ça. Je suis ton monstre de plaisir. »

Il m'assoit dans la grande baignoire et entre dedans aussi. Du shampoing dans ses mains, il les passe dans ma chevelure. On se frotte les cheveux. Il me rince, en enlevant la mousse avec sa main le long de mon corps. Il me lève et il m'embrasse.

J'ai l'esprit léger. Quand le baiser se termine, je dois reprendre mon souffle.

« Allez, monstre de plaisir. Laisse-moi sortir de tes bras magiques. On doit aller à la fête. »

Il sourit.

« C'est vraiment magique, pas vrai ?

– Oui. »

Et j'espère que ça le sera toujours !

Tous les invités sont déjà là. On est en retard à notre propre fête à cause de ce qui s'est passé dans la douche !

Je ne vais pas me plaindre. Il va falloir trouver un moyen de gérer le temps que nous passons à faire l'amour et pour le reste si on ne veut pas être constamment en retard pour la suite de notre vie. Si on s'écoutait, on ne sortirait jamais de la maison.

Il y a un grand mur de lavande autour du patio, juste devant la piscine. Et un groupe de gens qui discutent. Les autres invités sont à l'intérieur.

Je suis sortie pour prendre des bières dans le frigo et appuyée sur le frigidaire, j'entends des voix d'hommes discuter et je peux sentir l'odeur de la cigarette.

J'essaie de ne pas trop y faire attention. Mais je reconnais la voix de A.J et de Lance, les cousins de Rod.

« Tu crois qu'il va faire quoi Rod, quand il va apprendre que son frère lui a volé sa femme ?

Je m'arrête de respirer. A.J. répond :

– Je ne sais pas, mais tout ce que je sais c'est que c'est pas moi qui vais lui dire. Il serait capable de s'en prendre au messager, ce type a un sale tempérament. Il sera bientôt au courant. Je l'ai vu la semaine dernière. Il m'a dit qu'il allait rentrer la semaine prochaine. »

Mon cœur s'arrête.

Lance demande : « Ah bon ? Il rentre avec le gang de motards qu'il a rejoint ?

– Hé ouais. Ils sont toujours ensemble. Il a rejoint le groupe pour se protéger de son ancien patron. Il s'était fait choper en train de vendre de la drogue devant le garage. Et son boss lui avait demandé une commission. Comme il ne voulait pas le faire, il est parti rejoindre le gang.

– Je pensais que Jenna était au courant. Enfin, je pensais qu'elle faisait l'innocente pour que personne ne sache, mais que Rod avait dû lui dire ce qu'il faisait.

– Je ne sais pas si elle savait. Si elle savait, il va tout casser en apprenant qu'elle est partie avec son frère. Après, si elle ne savait pas et qu'il la abandonnée... Je comprends qu'elle soit passée à autre chose.

– Ouais, moi aussi. Mais bon, on n'est pas Rod. Ce mec a de sérieux problèmes de possessivité. Tout ce que j'en dis, c'est que s'il lui a demandé de l'attendre, ils vont passer un sale moment elle et Reed.

– En plus maintenant il a son gang de fous avec lui! »

Il prend une pause pour tirer sur sa cigarette. J'avais presque oublié cette puanteur. Une odeur que je ne pas eu à supporter ces dernières années.

« Il va bien faire peur aux deux tourtereaux avec ce gang derrière lui, crois-moi ! »

«Salut! » me lance Reed, arrivant derrière moi.

« Tu veux de l'aide, mon ange ? »

Je me retourne, les bières à la main. Et j'entends A.J dire : « Oh oui. Elle a besoin de toute l'aide du monde. »

Et ils éclatent de rire.

Reed entend ça. Je m'empresse de le tirer avec moi dans la maison.

« Reed, il faut qu'on parle.

– Allons dans mon ancienne chambre ! »

Je m'y dirige et il me suit. Il ferme la porte et je m'effondre dans ses bras.

« Ils savent où est Rod. Il a rejoint un gang de motards.

– Qui ça ?

– Lance et A.J., je les ai entendu parler. C'est eux qui riaient derrière le patio. Ils riaient parce que Rod revient la semaine prochaine avec son gang. Il est parti parce qu'il vendait de la drogue à son travail. Son patron l'a su et il lui a demandé une part des bénéfices. Rod n'a pas voulu et il est parti. »

Reed a l'air énervé. Je suis effrayée.

« Ce fils de pute d'égoïste. Enfin, maman n'est pas une pute mais tu vois ce que je veux dire. Mais quel enculé ! »

Il me serre fort dans ses bras.

« Ne t'en fais, on sera parti depuis longtemps quand il arrivera.

– Je sais. Mais il va l'apprendre en arrivant ici. Et s'il nous cherchait ? Il pourrait soutirer des informations à tes parents pour connaître notre adresse. »

Je regarde ses yeux ; aucune trace de peur.

Mais il ne connaît pas le Rod que je connais !

Il me tient par les épaules.

« Jenna, arrête. Tu as vu le manoir ? C'est une forteresse. Et un gang ne pourra pas jamais rentrer dans le quartier. Dès leur arrivée, les gens appelleront la police. »

Je hoche la tête, je sais qu'il a raison. Mais j'ai ce sentiment horrible qu'il va se passer quelque chose de grave.

« Tu ne le laissera pas me reprendre n'est-ce pas?

– Non, jamais, Jenna. Il ne te fera pas de mal. Plus jamais. Et pas maintenant parce que c'est notre fête. Mais dès qu'on rentre, je veux que tu me racontes tout ce qui s'est passé entre vous. Tes réactions montrent que tu as peur, et pas juste à cause de la fois où la police est venue chez vous. »

Je hoche la tête, mais je n'ai vraiment pas envie de reparler de ce que je l'ai laissé me faire.

« Je n'arrive pas à croire qu'il vendait de la drogue derrière mon dos. Il aurait pu m'expliquer avant de partir. Ça m'aurait brisé le cœur mais j'aurais compris. Et pourquoi n'est-il pas juste parti avec moi ? »

Reed me prend à bout de bras et il me regarde sévèrement.

« Tu ne réalises pas la chance que tu as eue qu'il soit parti !

– Si, Reed. Mais je n'ai pas eu l'occasion de poser les questions importantes. Je serais partie avec lui s'il me l'avait demandé. Je lui appartenais. »

Je détourne le regard. J'en ai déjà trop dit.

« Mais qu'est-ce que ça veut dire ?

– Rien. Rien du tout. Tu sais, on était l'un à l'autre. C'est bête. Il faut que je pense à autre chose. A La fête, toi et moi et notre mariage. On ne peut pas laisser nos invités seuls. »

J'essaye de sortir de ses bras mais il me retient.

« Jenna ? Tu as envie qu'il revienne ?»

Ses yeux s'affaissent et ça me fait mal au coeur.

« Dis-moi la vérité, s'il te plaît ! »

Je prends une grande inspiration.

« Reed. Je t'aime plus que tout au monde. Crois-moi quand je te dis que je ne veux pas qu'il revienne. Je ne pourrai plus jamais vivre avec Rod. Je suis avec toi, pour la vie. Je te le promets, Reed. Et je ne veux pas me remettre avec Rod, que tu sois là ou pas de toute façon.

Ça n'est pas la vie que je veux, je n'accepterai plus jamais ça. Plus jamais ! »

Il a l'air un peu soulagé, mais pas entièrement.

« Promets-moi de ne jamais te retrouver seule avec lui. Quelle qu'en soit la raison ! »

Je le regarde droit dans les yeux.

« Oui ce n'est pas difficile comme promesse. Je ne serai plus jamais seule avec Rod. Je ne veux plus jamais le voir, Reed. Je ne veux plus lui laisser une seule chance de passer ses nerfs sur moi.

– Bien. Je ne lui fais pas confiance. »

Il me prend la main et nous quittons la chambre. J'ai un frisson en arrivant dans le salon. Lance et A.J sont là.

Ils nous regardent, avec un sourire étrange sur leurs visages barbus. A.J donne un petit coup de poing dans l'épaule de Reed.

« Alors, tu l'as vraiment fait ! T'as volé la copine de ton grand frère ! T'as vraiment une grosse paire de couilles Reed ! »

Reed plisse les yeux et il le fixe.

« A.J. Qu'est-ce que tu fumais là dehors ? »

Lance et lui se mettent à rire, et une assemblée de huit à neuf membres de la famille nous regarde. Reed fait deux têtes de plus que A.J. et Lance, il est aussi beaucoup plus musclé.

Je n'ai aucun doute qu'il pourrait les mettre par terre tous les deux. Mais je n'ai pas envie de voir ça pendant notre fête.

« Allez les mecs, fichez-nous la paix. Personne n'a volé personne. J'étais célibataire depuis un bon moment. »

Je tire sur la main de Reed pour qu'il me suive dehors.

Il me suit mais lance un regard à ses cousins en se retournant. Enfin, comme il les appelle toujours, les cousins de Rod. Quelque chose me dit que si c'est ce qu'ils pensent, Rod verra les choses de la même manière qu'eux.

Il va y avoir un gros problème !

20

REED

La lumière blanche de la lune est la seule dont nous avons besoin. Jenna est dans mes bras dans la piscine de mes parents à deux heures du matin. Tout le monde est rentré. Mes parents dorment à poings fermés. Et je veux passer plus de temps dans la piscine avec mon ange.

Nous sommes nus et je la tiens par la taille. Son dos est contre mon flanc.

« Quand est-ce que tu aimerais devenir Madame Manning ? »

Ses yeux verts reflètent la lune. Je les trouve tellement beau que ça me fait mal.

« Un jour ou l'autre. »

Je la retourne et je l'appuie contre le rebord de la piscine pour pouvoir appuyer mon sexe contre elle.

« Tu te rappelles m'avoir dit que tu aimerais qu'un de nos enfants ait ma fossette au menton ? »

Elle hoche la tête en rougissant.

« On aurait dit que tu parlais d'un de nos enfants. Ça m'avait fait comme une sensation bizarre quand tu as dit ces mots. Et aujourd'-hui, regarde-nous. Qui l'eut cru ?

– Moi. Je savais qu'un jour ou l'autre l'espèce de blaireau ferait une grosse connerie et que cela se terminerait.

– C'est pour ça que tu as payé mes études ? Pour me garder dans ta vie ? » demande-t-elle l'air renfrogné.

« Oui. J'avoue. »

Elle sourit.

« Reed. C'est mignon, c'est romantique. Je n'en avais aucune idée, vraiment.

– C'était un pari sur l'avenir. Je savais que ça arriverait un jour. Mais c'était pas facile avec mon frère dans l'équation. Je savais qu'un jour tu verrais qui il était. Et que tu réaliserais alors que tu n'étais pas faite pour lui. »

Je fais passer ses cheveux derrière son oreille pour pouvoir goûter ce lobe appétissant.

Elle pousse ce petit gémissement ronronnant qui me rend fou et ma queue gonfle. Elle passe ses jambes autour de moi.

« Reed, je meurs d'envie que tu sois en moi. »

Je la tiens entre mes bras et je glisse en elle. Et mon corps se retrouve satellisé là où elle seule sait m'emmener. C'est la sensation la plus magique que je connaisse.

C'est un plaisir intense. Une sensation indescriptible que je ne connaissais pas avant que je fasse l'amour avec elle. Elle est faite pour moi. Aucun doute.

Je donne un coup de rein tout en douceur.

Elle gémit mon nom.

Je souffle : « Jenna, » en mordant son cou.

Mon sexe la remplit entièrement. Il n'y a plus de place pour rien d'autre. Elle me serre entre ses jambes.

« Reed, je n'arrive pas à croire qu'on va se marier et vivre dans ton manoir. C'est comme un conte de fées.

– C'est notre manoir, » dis-je en lui mordant l'oreille.

Elle pose sa main sur ma joue et elle me fixe dans les yeux.

« C'est toi qui a gagné tout cet argent. C'est ta maison, Reed.

– C'est vrai. »

Je me déhanche un peu pour caresser toutes les parois de son vagin.

« Oh, Reed. Où as-tu appris à faire tout ça ?

– Je ne savais pas avant de te rencontrer. Ça vient tout seul avec toi. Et j'ai acheté cette maison en pensant à toi, Jenna. C'est notre maison. Depuis le début. Et maintenant ça va l'être pour de vrai. »

Je redonne un coup de rein avec mes hanches. Et son gémissement me remplit de satisfaction.

Elle plonge ses dents dans mon cou et ses ongles se plantent dans mon dos. Je vois qu'elle a besoin d'un peu d'action. Je la plaque contre le mur et je rentre en elle aussi vite et fort que je peux.

Ses petits gémissements deviennent des halètements, puis des petits cris. Son corps se met à tressaillir. J'y vais plus fort et plus vite, pour jouir en même temps qu'elle. Puis je ralentis et donne des coups plus doux alors que nos corps se détendent ensemble après ce plaisir intense que nous nous donnons.

« Je t'aime, Reed. »

Elle est accrochée à moi, par les jambes et les bras.

« Aimer est un mot qui n'est même pas assez fort pour décrire ce que je ressens. Mais je n'ai pas encore trouvé le bon mot. Je t'aime aussi, Jenna. »

Je dépose de petits baisers le long de son cou jusqu'à l'épaule.

On devrait sortir de là et rentrer à l'hôtel mais se trouver là avec elle dans mes bras est trop bon. Puis un bruit titille mon oreille. C'est celui d'une moto.

« C'est une moto ça, Reed ? » demande-t-elle en regardant aux alentours.

Mais la clôture du jardin est tellement haute que nous ne pouvons pas voir d'où arrivent les phares. Je l'embrasse sur la joue pour la calmer car son corps est tout tendu.

« C'est juste une moto, Jenna. Et rappelle-toi, il ne sera pas là avant la semaine prochaine. »

Elle hoche la tête. Le bruit a disparu maintenant. Elle s'accroche à moi très fort.

« Pardon, je suis un peu à cran. »

La lumière de la cuisine s'allume et la porte de derrière s'ouvre. Jenna essaye de voir ce qu'il se passe. On ne voit qu'une silhouette.

« Merde ! » chuchote-t-elle.

« On s'est fait attraper. »

Je la tiens par derrière et je murmure à son oreille : « C'est rien, ça doit être papa qui vient prendre l'air. Ne bouge pas et reste tranquille. »

Puis un briquet vient allumer une cigarette.

Papa ne fume pas !

Et là c'est moi qui laisse sortir un « merde » tout bas.

Il avance un peu et la lumière se déclenche à cause du détecteur. Les lumières intérieures de la piscine s'allument aussi. C'est une sécurité, qui dans notre cas nous rend vulnérables.

En une seconde je vois les yeux de mon frère braqués sur nous, remplis de haine. Il enlève son blouson en cuir où est inscrit Frères du Dragon Scarlet et il le jette au sol. Puis il jette sa cigarette.

En silence, il avance vers nous. Jenna se faufile hors de mes bras et elle sort de la piscine pour courir vers lui.

« Non, non ! Rod ! Non ! »

Je lui cours après, nous sommes tous les deux nus. J'arrive à enfiler en vitesse mon maillot. Puis je vois que Rod la pousse sur le côté et qu'elle tombe sur les fesses

Il ne détourne pas les yeux de moi. Elle se lève et lui court après.

« Jenna, non ! Va chercher papa ! »

Elle court vers la porte, s'enroule dans une serviette et court à l'intérieur.

Rod se jette à ma gorge.

« Je vais te tuer ! » crache-t-il entre ses dents.

J'arrive à éviter ses mains et je lui envoie mon poing dans le ventre. Ça le fait reculer, mais c'est comme si le coup ne lui avait rien fait.

Il lève le bras gauche, j'avance pour le bloquer, et je me prends son autre poing en plein visage. Je tombe en arrière mais je me rattrape. Je me jette sur lui pour lui faire un placage.

Je l'attrape par la taille et je cours avec lui jusqu'à rencontrer un obstacle. Il pousse un cri de douleur.

Il grogne et je le lâche. Il tombe au sol mais s'en remet vite. Je recule, mais son poing a le temps de frapper ma bouche. J'ai le goût du sang sur la langue.

Cela ne fait que m'énerver encore plus. Je le frappe encore, je vois sa joue se déchirer et le sang couler.

Nous nous saisissons l'un de l'autre et luttons pour mettre l'autre au sol. Nous nous arrêtons tous les deux quand un coup de feu retentit.

On se retourne. Mon père nous regarde, fusil à la main.

« Le premier qui lève un poing va goûter de mon joujou. »

Ma mère et Jenna sont derrière. On se regarde avec Rod, et on recule de deux pas chacun.

Jenna arrive en courant vers moi.

Rod lâche d'une voix basse et menaçante: « Réfléchis bien à ce que tu fais, bébé. Tu es à moi, quoi que Reed en pense. Et tu le sais très bien. »

À ces mots, elle devient très pâle et son corps se met à trembler. Je m'avance vers elle mais elle lève la main pour m'arrêter.

« C'est bon Reed. C'est à moi d'affronter ça. »

Sa voix tremble. Je sens qu'elle est terrorisée mais elle déglutit fort.

« Je ne suis plus à toi, Rod. Tu m'as abandonnée. Et je remercie Dieu chaque jour que tu l'aies fait. Je suis avec Reed maintenant. Tu ne peux plus rien faire contre ça.

– J'ai toujours le contrat, Jenna. Tu m'appartiens et tu le sais. Tu vas avoir besoin de reprendre un peu d'entraînement pour te remettre dans le droit chemin, mais je t'aurai. Et tu le sais. »

Il se tourne vers moi et il crache dans ma direction.

« Je ne veux plus écouter cette merde ! »

Je m'avance vers Jenna et je lui tends la main.

« Viens, mon ange, on s'en va. »

Elle se traîne derrière moi et j'entends Rod s'approcher de nous. Un autre coup de feu est tiré.

« Tu la laisses tranquille, mon fils.

– C'est ma femme ! crie Reed. Et vous deux comment avez-vous pu laisser faire ça ! Vous savez très bien qu'elle est à moi ! »

Maman intervient calmement.

« Rod. Tu l'as laissée toute seule. Sans rien lui dire. Elle a le droit de passer à autre chose.

– Non, elle a pas le droit ! Et elle le sait ! »

Je tire Jenna à l'intérieur et mon père braque Rod qui ne bouge pas.

Je tourne la tête pour dire à mère que nous partons le lendemain matin. Sue hoche la tête d'un air compréhensif.

J'installe Jenna dans la voiture, je verrouille la porte et je cours pour entrer de mon côté. Je démarre et je pars aussi vite que possible. En espérant que mes parents ne le laissent pas nous suivre. Sinon, on va devoir appeler la police.

J'ai la tête qui tourne. Jenna s'effondre contre la vitre et elle pleure sans pouvoir s'arrêter.

Qu'est-ce qu'il a bien pu lui faire, ce bâtard ?

Je me gare sur le parking de l'hôtel. Je la porte jusqu'à notre chambre. Elle continue de pleurer contre mon torse nu.

Je m'assois sur le lit, et je la pose sur mes genoux. Je caresse ses cheveux mouillés.

« Jenna, ça va aller. On s'en va tout à l'heure. Ça va aller. Il sait maintenant, et il va s'en remettre »

Elle remue la tête.

« Ça va prendre beaucoup de temps avant qu'il ne s'en remette. Et il va tout faire pour nous arrêter. Je l'ai vu dans son regard. Je suis à lui, Reed.

– Putain ! Tu n'es pas à lui, Jenna. Tu n'appartiens à personne ! Même pas à moi ! Tu es une personne ! Ne laisse jamais personne te dire le contraire ! »

Je lui fais un baiser sur la joue et goûte ses larmes sâlées.

« Ça faisait longtemps que j'avais pas pleuré comme ça. Je ne sais pas pourquoi, il a ce pouvoir sur moi, de me rendre faible et terrifiée. »

Elle prend une grande inspiration pour essayer d'arrêter ses larmes, mais elles reprennent de plus belle.

« Je le déteste, Reed ! »

Je suis en train de me demander si elle n'a pas besoin de l'aide d'un professionnel pour l'aider à surmonter ce qu'il lui a fait. J'ai envie de le tuer.

« Tu as le droit d'être faible là. Je suis avec toi. Il t'a jetée par terre, tu t'es fait mal ? »

Je l'allonge sur le lit. Elle pleure toujours.

Je soulève sa robe de chambre et elle a les fesses égratignées. Je vais chercher de quoi les désinfecter.

Je trouve de la pommade et un gant de toilette. Dans le miroir, je vois que ma lèvre est ouverte, avec une grosse croûte mais je dois m'occuper d'elle d'abord.

Je retourne dans la chambre. Elle ne pleure plus. Je crois qu'elle dort. Je passe le gant sur ses fesses, elle ne bouge pas.

J'étale la pommade et elle tourne sa tête d'un coup.

« Oh, c'est toi Reed !

– Qui veux-tu que ce soit ?

– Rod faisait ça après. J'ai cru que c'était lui.

– Rod faisait ça après quoi, Jenna ? »

Mon corps est plus tendu que jamais et je ne suis pas sûr de vouloir connaître la réponse.

« Peu importe, Reed. J'ai sommeil. »

Elle ferme les yeux.

Je la positionne correctement sur le lit puis je pars dans la salle de bain pour me nettoyer les lèvres.

Je me demande comment tout ça va finir. Rod n'est pas du genre à se calmer et à la jouer fine.

Jamais !

21

JENNA

J'ai mal partout. Le jour se lève. Reed est en train de prendre une douche. Le bruit de l'eau s'arrête.

La porte de la salle de bain s'ouvre. Reed me sourit.

« Salut, petite marmotte. »

Il vient m'embrasser le cou.

« Je voulais aller chercher le petit-déjeuner. Ça te dirait des croissants ?

– Oui, ça a l'air parfait. Encore quelques bisous et je suis prête à me lever. »

Je m'étire un peu et il m'embrasse.

« Je reviens d'ici une heure, je vais aller mettre de l'essence aussi. Dors encore un peu, mon ange. »

Il part en verrouillant la porte. Je me rendors.

Je sens sa main dans mon dos.

« T'es déjà revenu ? Ça ne fait pas une heure que tu es parti. Je viens de me rendormir. »

Je me retourne doucement et je crois mourir.

« Rod ! »

Je m'assois en tirant la couverture pour me couvrir.

« Comment t'es entré ici ?

– Je connais la réceptionniste, elle m'a donné la clé. Il faut qu'on parle, toi et moi. »

Il se lève et sort son portefeuille.

Je le regarde et j'ai peur pour ma sécurité, ou celle de Reed. Il sort un papier, il le déplie et il me le tend.

« Tu te souviens du jour où tu as signé ça ? »

Je prends le contrat et le pose sur le lit en le regardant dans les yeux.

« Oui. J'étais une adolescente, et une idiote. J'ai changé. Et d'ailleurs, tu ne m'aimerais pas aujourd'hui. Alors sois content que je ne veuille plus de toi. »

Il grimace. Il a une grosse barbe, des tatouages partout et les cheveux longs, rasés sur les cotés.

J'ai du mal à le reconnaître.

« On sait tous les deux que je peux te faire redevenir la femme que je veux. »

Il s'assoit au bord du lit.

« C'est pas un problème, ça. Pourquoi tu as quitté notre maison ? »

Je le fusille du regard.

« Comment j'étais censée la garder ? Et donne-moi une raison de vouloir la garder ! Tu es parti sans rien dire ! Pas un mot, pas un message ! Pourquoi serais-je restée là-bas ? Pendant deux ans !

– Parce que tu es à moi. Je savais que tu allais partir à la fac. Et ça m'allait. Je pensais que tu allais revenir, trouver un travail et m'attendre. Tu es revenue, comme je le pensais. Je voulais revenir et t'emmener avec moi. Mais tu as trouvé mon petit frère ! »

Il me caresse le visage.

Je recule et je pousse sa main.

« Non ! Tu ne me touches pas ! Tu ne me touches plus jamais ! Tu m'as fait du mal ! Tu n'as aucune idée de ce que j'ai enduré quand tu es parti ! Je ne savais pas si tu étais vivant. Je me suis posé tellement de questions pendant une éternité. Et puis un jour, j'ai commencé à t'oublier. Ça m'a pris du temps, mais j'ai fini par ne plus du tout penser à toi.

– Pourquoi t'as fait ça ? J'ai pensé à toi tous les jours. J'attendais de pouvoir venir te chercher, et je pensais à ça tous les jours. Je veux t'emmener avec moi, sur la route avec le gang. »

Il sourit.

« Ça va être dur au début. Les femmes sont des gros durs chez nous. Mais je sais que tu vas te faire respecter. Tu es forte et tu n'as peur de rien maintenant. »

Je secoue la tête.

« Qu'est-ce qui te fait croire que je veux faire partie d'un gang de motards ? Je veux être institutrice, Rod ! Je ne suis pas une bikeuse !

– Tu es ma femme, et tu seras ce que je veux que tu sois. Alors tu fais ce que je dis, et tu t'adaptes à mon mode de vie ! »

Il essaye de me toucher de nouveau. Je le repousse.

« Tu devrais t'en aller avant que Reed ne revienne.

– Tu es à moi. Je vais lui prouver. »

Il m'attrape le poignet et me tire à lui.

Son visage est tout proche du mien. Je peux sentir le tabac froid et la tequila.

« Si tu crois que tu peux m'avoir par la force je te préviens que je porterai plainte pour viol, je te le promets ! Tu m'entends ? »

Il me lâche puis se relève en riant.

« Tu vois. Tu es forte. Il faut juste qu'on passe un peu de temps ensemble et tout rentrera dans l'ordre.

– Je vais épouser Reed. Je ne vais pas passer du temps avec toi pour voir si je veux toujours être à toi, parce que je ne veux pas ! Et pour être honnête, je n'ai jamais voulu de cette vie avec toi ! J'ai accepté parce que j'étais jeune et stupide ! En y repensant, je ne comprends pas pour quelles raisons j'ai vécu avec toi ! Tu étais violent et dangereux. Aucune femme ne veut de ça dans sa vie ! Pas moi, en tout cas ! »

Je recule dans le lit et je me rends compte que je ne porte pas de sous-vêtements. Je me sens un peu vulnérable, mais j'essaie de ne pas le laisser transparaître sur mon visage.

« Maman m'a donné la bague que je t'avais offerte quand je t'ai demandée en mariage. Et tu avais dit oui ! Tu peux m'expliquer pourquoi tu la lui as donnée ?

– Parce que j'en avais fini avec toi ! Je t'ai attendu pendant un mois à la maison. Et deux mois chez mes parents. Et puis j'ai décidé de partir à la fac, et de laisser tout ça derrière moi ! Alors j'ai donné la bague à ta mère. Je pensais que c'était mieux que de la balancer ! Et à mon avis, t'en avais rien à foutre de toute façon ! »

Je m'enveloppe dans la couverture.

Il sort la bague de sa poche.

« Je suis là pour enlever la bague à ton doigt et mettre celle-ci à sa place.

– Et tu crois que je vais te laisser faire ! »

Je le regarde droit dans les yeux.

« Reed va revenir dans pas longtemps. Il va te défoncer s'il te voit ici. Et je ferai tout mon possible pour l'aider. »

Je laisse ma main gauche levée bien en vue près de mon visage.

« Alors ? Viens la chercher, essaye, tocard ! »

Ses yeux bleus s'ouvrent grand.

« Ouah ! Tu vois que t'es forte ! Et c'est moi qui t'ai faite comme ça. Tu pourrais me remercier, non ?

– J'ai des problèmes de confiance à cause de toi ! A cause de toi, je fais des cauchemars dans lesquels je suis attachée et tu me frappes jusqu'à ce que je pleure et que je te supplie d'arrêter ! »

Il esquisse un sourire.

« Ce n'était pas un cauchemar, c'est vraiment ce qui s'est passé. Et pas qu'une fois. Mais je me souviens que tu étais d'accord pour ça. Et je me rappelle que ta chatte était toute mouillée et tremblait après ça. Je me rappelle que tu me suppliais de me sucer après ça. Et toi, de quoi te souviens-tu, Jenna ?

– Je me rappelle me sentir faible. Je devais te rendre heureux parce que tu ne l'étais pas. Je me rappelle d'essayer de faire en sorte que tu te sentes aimé. Parce que je croyais que ça pouvait te calmer. Et à la fin de notre relation, tu étais apaisé. Pas encore totalement, mais tu n'étais plus comme au début. Mais tous ces trucs que tu m'as faits, Ça m'a fait plus de mal que les coups que tu me donnais ! »

Ses yeux se referment un peu. Il regarde le sol.

« Si les choses allaient mieux et que je ne ressemblais plus à l'homme que tu voulais, pourquoi es tu passée à autre chose ? »

Je soupire.

« Parce que même l'homme que tu étais devenu n'est pas celui que je voulais. Quand j'avais dix-huit ans et qu'on s'est mis ensemble, je ne savais pas ce que je voulais. Je voyais juste que tu me draguais depuis deux ans et pour la petite fille naïve que j'étais, ça avait l'air cool.

– Donc tu n'as jamais voulu de moi ? »

Il me regarde, triste.

Et ce regard m'a eue plus d'une fois. Mais il ne m'aura plus.

« Non, ça serait mentir que de dire ça. Je voulais te rendre heureux. Et c'est pour ça que j'ai enduré tout ça. Et toi tu allais baiser ailleurs ! Tu es parti sans rien dire ! Mon cœur s'est endurci. J'ai appris à être dure en toute circonstance grâce à ton entraînement, Rod. Maintenant, tu récoltes ce que tu as semé ! Tu voulais que je sois forte, je le suis !

– Et tu t'es retournée contre moi. Ton propriétaire. Et si tu crois que tu vas t'en sortir comme ça, tu te trompes. Je vais m'en aller pour ne pas avoir à affronter Reed aujourd'hui. Mais toi et moi, on en a pas fini. »

Il reprend le contrat et s'en va. Avant de fermer la porte il ajoute : « À bientôt, bébé. »

Je sens toute mes forces me quitter d'un coup. Je commence à trembler. Je me lève et je vais verrouiller la porte, et aussi le loquet intérieur pour qu'il ne puisse plus rentrer même s'il a la clé.

Je m'en suis sortie indemne. Mais il s'en est fallu de peu. Il a dû voir dans mes yeux qu'il ne m'aurait pas eu aussi facilement.

Je ne sais pas et je n'ai pas envie de savoir si j'aurais pu le maîtriser.

Je prends le téléphone pour appeler la réception. Une voix aimable me répond : « Bonjour, Hôtel D'Arizona, que puis-je pour vous ?

– C'est toi l'abrutie qui a donné les clefs de ma chambre à Rod Manning ? » je hurle en essayant toutefois de garder mon calme.

« Non, » répond-elle et elle raccroche.

J'appelle l'autre numéro affiché sur le téléphone.

« Siège social des Hôtels d'Arizona bonjour. Que puis-je pour vous ?

– Bonjour, Jenna Foster. Mon fiancé a loué une chambre dans l'un de vos hôtels à Jerome. Et la réceptionniste a donné la clef à un homme qui est entré dans ma chambre. Je suppose que c'est très mal vu dans votre métier, non ?

– Oh mon dieu. Vous allez bien ?

– Ça va, oui. Mais l'homme à qui elle a donné les clefs est quelqu'un avec qui avons un lourd passif. Il me battait. J'ai eu très peur. Je ne souhaite à personne ce qui m'est arrivé. Je compte sur vous pour régler la situation sans que je n'ai à appeler les autorités. C'est possible ?

– Bien sûr ! Je vais appeler le directeur immédiatement, et cette personne sera licenciée immédiatement. Et bien sûr, votre séjour est offert. N'en parlez pas autour de vous. Ce serait dommage que toute notre réputation soit entachée à cause d'une personne incompétente.

– J'irai voir le manager de l'établissement pour m'en assurer avant de partir. Merci, au revoir.

– Au revoir madame. »

Je raccroche en me sentant un peu mieux.

En ce qui concerne Rod je ne me rabaisserai pas à jouer des poings. Je vais retourner contre tout ce qu'il fait d'illégal ou de dangereux.

S'il croit que je vais me laisser faire !

Que je sois avec Reed ou pas, je ne rentrerai plus jamais dans son jeu, celui de Rod ou de n'importe quel autre homme !

Plus jamais !

Le téléphone de l'hôtel sonne.

« Oui ?

– Mademoiselle Foster. Je suis Lynn Jones, la directrice de cet établissement. Je suis avec Trisha Steen, à l'accueil. Elle dit n'avoir jamais donné la clef de votre chambre à qui que ce soit. »

Je fronce les sourcils et je deviens folle.

« Et vous la croyez plus que moi ?

– Je ne vois pas quoi faire d'autre, mademoiselle Foster.

– Combien de clefs de la chambre avez-vous ? »

Elle réfléchit un peu.

« On vous en a donné deux. Et nous en gardons une, il y en a trois.

– Vous pouvez vérifier si elle est bien là où vous la gardez ? »

Je l'entends demander à la réceptionniste si la clef est là.

« J'aimerais que vous regardiez, vous-même, sinon elle va vous dire qu'elle y est, évidemment.

– Ah oui. Ne quittez pas. »

Elle pose le téléphone.

« Je vais regarder, Trisha. »

Elle ouvre quelque chose.

« Trisha, non !

– Tante Lynn, je ne lui ai pas donné. Je ne sais pas où est la clef !

– Comment as-tu pu faire ça ? Tout le monde est au courant pour Rod Manning et Jenna Foster ! »

J'entends Trisha bafouiller.

« Il m'a forcée. Il m'a dit qu'il allait me donner une bonne leçon si je ne lui donnais pas. »

Elle me fait de la peine. Mais ça n'est pas pour ça qu'elle doit s'en sortir sans punition.

Lynn reprend le téléphone et elle s'excuse.

« Je sais qu'il peut être très intimidant. J'ai entendu ce qu'elle a dit et je la crois. S'il vous plaît voyez si vous ne pouvez pas prendre des mesures pour lui apprendre et aux autres employés à gérer ce genre de situation. Peut-être simplement leur apprendre à dire qu'il n'existe pas plusieurs exemplaires des clés de chambre.

– Oui, très bien. Merci. Votre séjour ici est offert.

– Nous sommes restés presque deux mois.

– Je sais. Et merci de votre visite. Mais compte tenu de l'événement, ça me paraît être un minimum. Ma nièce est vraiment désolée aussi.

– Merci. Je suis désolée pour elle. »

Je raccroche et je me sens un peu coupable qu'il ait fait ça pour me voir.

Il n'a donc aucune limite ?

22

REED

J'arrive à l'hôtel. La porte est verrouillée de l'intérieur.

Jenna demande : « Reed ?

– Oui, c'est moi ! »

Elle vient ouvrir et elle manque de s'écrouler dans mes bras.

« Dieu merci !

– Tu as vraiment faim, toi ! »

Je ris et elle me prend dans ses bras.

Elle tremble en me serrant fort.

Je pose le sac et je la serre.

« Qu'est-ce qui ne va pas, mon ange ?

– Rod. »

Et elle se remet à pleurer.

« Jenna, il faut que tu arrives à te maîtriser ! Tu ne peux pas le laisser avoir de l'emprise sur toi toute ta vie.

– Il était là, Reed. La fille de la réception lui a donné la clef et il est...

– Bordel ! Je vais faire virer cette salope !

– Je l'ai déjà signalé et nous n'aurons rien à payer pour notre séjour. Et elle lui a donné parce qu'il lui a fait peur. Mais ils vont changer les procédures pour empêcher ce genre de situations. »

Elle replonge sa tête contre mon torse.

« Il t'a fait quoi ? »

Je la tiens serrée dans mes bras, mais je n'ai qu'une envie : aller tuer mon frère.

« Rien. Il ne m'a rien fait. Il m'a juste dit qu'il voulait me récupérer. »

Elle frissonne.

« Et après ? Il n'est pas venu ici juste pour te dire ça ! »

Je la force à me regarder.

« Je dois tout savoir, Jenna. Qu'est-ce qui s'est passé entre vous ? Tu dois tout me dire. »

Son regard me fait mal au coeur. Je sais que ça ne doit pas être joli et qu'elle ne veut pas revivre ça, mais il faut que je sache.

« Reed. Tu ne me respecteras plus si je te dis ce que je l'ai laissé me faire.

– Tu étais jeune, Jenna. Je te promets que quoi que tu me dises, je te respecterai de la même manière. Je respecte la personne que tu es aujourd'hui. Tu n'es plus cette jeune fille naïve. Et je ne veux pas te poser des questions, mais je ne veux pas que Rod pense que tu gardes le silence sur ce qu'il t'a fait. »

Je me mets sur le lit et je lui accorde toute mon attention.

Elle se mord la lèvre inférieure en regardant la moquette.

« Peu de temps après notre emménagement, Rod m'a demandée de signer un contrat. Un contrat entre maître et esclave. Quand je l'ai signé, je lui appartenais. »

J'ai un haut le coeur, je manque de vomir.

« OK. »

Elle garde les yeux au sol.

« Je ne voulais pas signer au début. Vraiment. Mais il avait donné rendez-vous à une autre femme. Elle était à la porte et elle était prête à signer, elle. Alors je l'ai fait. J'ai signé et j'ai dit que je lui appartenais.

– Ça n'est même pas légal. Mais je comprends. Et ce contrat est à vie, c'est ça ? »

Je dois me retenir de ne pas avoir la nausée.

« Oui. Il instaurait des règles et des punitions. Et mon corps devait être conditionné à accepter la douleur. »

Je lui caresse la jambe à travers la couette. Elle regarde toujours le sol.

« Jenna, qu'est-ce qu'il t'a fait ?

– Juste après avoir signé le contrat, il m'a attachée au mur. Il y avait un crochet. »

Elle ferme les yeux. Des larmes commencent à couler.

« Je sais que c'est dur. »

J'essuie ses joues.

Elle rouvre les yeux mais elle se refuse à me regarder.

« Il a sorti une ceinture en cuir. Et je n'avais le droit de demander d'arrêter que quand la douleur me ferait pleurer. J'ai pu encaisser cinq coups. Et il en était ravi. »

Mon cœur se met à battre très vite. J'espère que c'est tout ce que cet enculé lui a fait ! Mais je me doute qu'il y a pire encore.

« Après il m'a baisée. J'étais toujours accrochée au mur et je pleurais. »

Elle referme les yeux.

« Ce n'est pas le pire qu'il m'ait fait. Ça c'était juste la première fois. C'est pour ça que je m'en rappelle bien, je suppose.

– Il te frappait souvent ? »

Elle hoche la tête.

« Les premiers mois du contrat, c'était tous les jours. Pour mettre mon corps en condition, disait-il. Et quand je ne respectais pas les règles, c'était pire. Il utilisait des pinces à tétons, des colliers de chien. Ça me faisait mal.

– Et il t'attachait quand il faisait tout ça ?

– Oui. Pour que je ne puisse pas lui échapper. Tu te rappelles de la soirée du Nouvel An, au bar, qu'on a passé ensemble ?

– Oui, » dis-je en prenant sa main et entrelaçant nos doigts.

« Quand vous êtes partis. Il m'a demandé d'aller dans les toilettes en même temps que la femme qu'il tripotait en jouant au billard. Je devais la frapper. J'ai frappé sa tête contre l'évier. Je ne me suis jamais sentie aussi mal. Mais il était fier de moi. Il me disait qu'il allait faire de moi une femme forte et qui n'a peur de rien. Le genre de femme dont il avait besoin.

– Quoi d'autre ?

– On a couché ensemble dans des lieux plus ou moins publics. La salle de bain de tes parents. Les toilettes de son travail. Le café de la ville. Derrière l'épicerie. Je ne travaillais pas pour qu'il puisse m'appeler quand il le voulait pour le satisfaire. Si je ne pouvais pas, il disait qu'il irait voir ailleurs, et je ne voulais pas ça. C'est pour ça que je restais disponible pour ses moindres désirs.

– Il est vraiment cinglé ! »

Elle acquiesce.

« Après la dispute dans le jardin, j'ai demandé à la police de ne pas l'emmener. Il avait beaucoup changé. Il avait jeté tous les accessoires qu'il utilisait pour me faire mal. Il avait arrêté de m'utiliser. Il me laissait prendre mes cours sur internet. Puis il m'a demandée en mariage et tout se passait super bien. »

Elle croise mon regard.

« Mais pas un seul instant aussi extraordinaire, qu'entre toi et moi. Mais c'était super pour Rod et moi. Et puis il a disparu. Il m'a brisé le cœur. J'étais une esclave sans maître. Le contrat était présent dans mon esprit, toujours en arrière plan de notre relation.

– Tu lui appartenais vraiment, dans ta tête ?

– Oui. Et chaque jour, cette idée de lui appartenir disparaissait un peu plus. La réalité de la vraie vie a peu à peu fait sens en moi. Partir à la fac a été la meilleure idée que j'ai eue de ma vie. J'ai rencontré un mec là-bas, Cam. Il m'a aidée à prendre conscience que j'étais complètement renfermée sur moi-même. Je rejetais les gens. Je ne faisais confiance à personne. Grâce à lui, j'ai quitté la carapace que je m'étais mise avec Rod.

– Tu es sortie avec lui ? »

Je suis tiraillé par la jalousie.

Elle secoue la tête.

« Non. C'était juste un ami. C'était important pour moi d'avoir un ami. Je me suis rendu compte que tous les hommes ne sont pas comme Rod. Tous les hommes ne veulent pas contrôler les femmes. Tous les hommes ne donnent pas des punitions. Les hommes ne sont pas tous là pour nous faire souffrir, physiquement et mentalement.

– Je suis content que tu t'aies fait un ami. Il a réussi à te faire changer. Je devrais lui envoyer une carte de remerciement, » dis-je en souriant.

Elle lève la tête et me regarde.

« Je peux être honnête avec toi ? »

J'ai un pincement au cœur. J'ai peur qu'elle me dise qu'elle a encore des sentiments pour Rod. Mais je dois l'entendre, si c'est le cas.

« Si tout cela s'ébruite, Rod donnera des détails très intimes sur ce que nous avons fait. Quand il me fouettait, j'étais excitée et je mouillais. Je ne sais pas pourquoi. J'étais dans tous mes états quand il me prenait après. Je ne me l'explique pas. Et j'en avais honte. J'avais l'impression d'être horrible à cause de ça.

– Il faut que tu puisses en parler à quelqu'un, Jenna. Il faut que tu te pardonnes, car tu ne contrôlais pas la situation. Tu étais jeune. Il a profité du fait que tu ne connaissais rien aux relations amoureuses. Tu ne savais pas ce qui était normal et ce qui ne l'était pas. »

Elle remet de l'ordre dans ses cheveux d'une main tremblante.

« Tu as raison. Ça serait bien si j'en parlais à quelqu'un à qui s'est arrivé. J'aimerais savoir pourquoi j'ai réagi ainsi et pourquoi je ne suis pas partie. Je pouvais retourner chez mes parents. Mais je ne l'ai jamais fait. Tu m'avais dit de t'appeler si j'avais besoin d'aide. Il y avait des gens autour de moi prêts à m'aider. Mais je ne demandais pas d'aide. Je ne voulais pas partir. Et même quand il a disparu, je ne voulais pas le quitter. »

Je la prends dans mes bras.

« Je suis vraiment désolé qu'il t'ait fait ça. »

Elle attrape mon T-shirt, je lève les bras pour qu'elle puisse me l'enlever. Je lui ôte sa chemise de nuit et je fais tomber mes chaussures.

Je me lève pour enlever mon jean, puis je me mets sous la couette. Elle respire fort et je la trouve tellement belle. Je ne comprendrai jamais comment mon frère a été capable de lui faire de telles horreurs.

C'est un ange. Personne ne devrait jamais lui faire de mal. Je passe ma main sur son ventre, elle frissonne.

« Reed, » dit-elle en un souffle.

« Je t'aime, Jenna. »

Elle me caresse la joue.

« Je t'aime. Tu m'as rendue plus heureuse que tout ce que je pouvais imaginer. »

La nausée qui m'a pris en écoutant son histoire commence à s'en aller. Ses caresses me font me sentir mieux. J'espère que je lui fais le même effet.

« Toi aussi, tu me procures un bonheur inimaginable. »

Je me mets sur elle alors qu'elle lève et écarte les jambes. Ses pieds dans mon dos, elle me tire vers elle et je la pénètre, délicatement.

Je bouge doucement et je l'embrasse doucement. Je laisse une traînée de baisers, de son épaule à sa joue.

« Tu es parfaite. »

Elle gémit mon nom alors que je la pénètre plus profond.

Ses tétons frottent contre mon torse. Je sors, je rentre, tendrement.

Je veux qu'elle ressente mon amour. Je la respecte, je l'adore. Elle doit comprendre que son passé est bien passé, et loin derrière.

Ses mains créent des petits courants électriques tout le long de mon dos. Je nous fais rouler sur le lit et la voici au-dessus de moi. Je peux la regarder.

Elle s'asseoie et prend ma main qu'elle porte à sa poitrine. Je les prends dans mes mains et les malaxe au rythme de ses mouvements.

Je passe mes mains autour de ses hanches pour accompagner son corps sur ma queue. Elle me caresse le torse, en suivant les lignes de mes abdos.

Son corps est parfait et voluptueux. Sa peau est de couleur pêche. Ses joues sont rouges de désir.

Cette femme est exceptionnelle et plus personne ne touchera un cheveux de sa jolie tête.

Le soleil fait briller ses cheveux blonds dorés. Elle me donne plus de plaisir qu'il est permis d'en ressentir sur cette planète.

Mais j'y suis autorisé pour je ne sais quelle raison. On m'a autorisé à l'avoir. Je suis l'homme fait pour elle.

Ensemble, nous construirons notre vie, loin de ce que mon frère avait prévu pour elle.

On vivra ensemble dans notre immense villa. Rien à voir avec le taudis dans lequel elle habitait. Elle sera une femme respectable, à mon bras. Pas à l'arrière d'une moto sur les routes du pays avec un gang de motards.

Je la traiterai comme une déesse, au lieu de son esclave.

Ses lèvres commencent à frémir et je sens son corps trembler autour de moi.

« Reed. » murmure-t-elle au moment de jouir.

Son vagin se contracte et je ne peux plus me retenir. Mon amour la remplit entièrement.

Elle ouvre les yeux et nous nous regardons alors que je me vide en elle.

« Jenna, tu es merveilleuse.

– C'est toi qui es merveilleux, » dit-elle en s'allongeant contre moi.

Je remercie Dieu qu'elle m'ait donné une chance !

23

REED

Alors que Jenna s'endort dans mes bras , la tranquillité qui m'avait envahi après que nous ayons fait l'amour laisse place à la colère que je ressens envers mon frère.

Je me rhabille. Je vais aller rendre une petite visite à ce dégénéré !

S'il pense qu'il va s'en tirer comme ça sans que je lui botte les fesses, il se trompe !

En arrivant devant chez mes parents, je ne vois pas leurs voitures. Il y a une petite voiture rouge et sa Harley à la place.

J'entre. Il n'y a personne. Je vais dans sa chambre. Il dort nu a côté d'une femme aux cheveux teints rouges.

Je vais chercher un verre d'eau glacée dans la cuisine et je lui jette à la figure.

Ils ouvrent les yeux.

« C'est quoi ce bordel ? » crie-t-elle en tirant le drap pour se couvrir.

Il ne dit rien. Il se jette sur moi mais je l'arrête en lui mettant un coup sur le torse, qui le rallonge sur le lit.

« Non, non. Tu restes allongé, que je t'explique bien les choses. Jenna m'a tout raconté. Le contrat d'esclave, les coups que tu lui mettais, et la manière dont tu la baisais après ! Je suis venu te dire qu'elle est à moi maintenant. Tu ne la toucheras plus jamais, tu m'entends ?

– Elle est à moi. J'ai un contrat qui le stipule. Je vais la récupérer et tu ne la reverras plus jamais. Une fois que je la reprendrai, on ne refoutra plus jamais les pieds ici. »

Il sourit, passe ses mains derrière la tête et s'allonge, sans même couvrir son anatomie.

« Si tu l'aimes tant, qu'est-ce tu fous avec cette traînée dans ton lit ? »

Elle me lance un regard noir, je soutiens son regard et elle détourne le sien Rod me regarde sans comprendre.

« J'ai des besoins, et Jenna n'est pas très compréhensive en ce moment. Et puis ça ne te regarde pas, de toute façon. Mais il faut que t'y fasses. Jenna est à moi. Elle l'a toujours été. Je l'ai dépucelée, et donc selon la Bible, c'est ma femme. »

Je ris.

« Tu n'a jamais ouvert la Bible, Rod ! Laisse Dieu en dehors de tout ce qui te concerne, s'il te plaît. Après ce que tu lui as fait, ton seul ami c'est Satan. »

Il me fait un petit sourire d'un air suffisant.

« Tu es prêt à parier ? Laisse-moi une heure avec Jenna et je la récupère. Je parie que tu n'es tellement pas sûr de toi que tu vas refuser.

– Tu crois que je vais laisser faire ça, tu es taré ! Et ce que tu as fait à l'hôtel, c'est criminel, tu sais.

– Je ne lui ai pas fait de mal.

– Tu es entré dans une chambre privée sans y avoir été invité ! »

Il sourit.

« Comment sais-tu qu'elle ne m'a pas laissé entrer, Reed ?

– Je le sais. Elle a peur de toi. »

Il m'observe pour voir si je vais changer d'avis.

« Et si elle m'a laissé entrer ? Et si elle a envie de me parler ? Tu serais assez sûr de toi pour la laisser le faire ?

– Elle ne t'a pas laissé entrer. Elle ne veut pas te parler. Et je suis un homme qui fera tout pour protéger la femme qu'il aime. Je ne la laisserai jamais seule avec toi. Même si elle me supplie. Tu lui as retourné le cerveau et je vais devoir l'envoyer voir quelqu'un pour l'aider à comprendre pourquoi elle t'a laissé lui faire ça.

– Et maintenant, qui la contrôle? » Rod jette un regard en coin à la femme dans son lit.

« On dirait bien que c'est lui.

– Vraiment, tu veux mêler cette pute à cette histoire, Rod ? »

Je lève les yeux au ciel.

« Jenna ne veut pas te parler. Je ne vais pas te laisser l'occasion de l'intimider de nouveau et lui faire croire qu'elle veut te parler.

– Je vais la récupérer. Et son cul sera rouge un bon mois pour la punir de m'avoir fait ça. C'est très humiliant. Et je n'aime pas trop être humilié, petit frère. »

Il se lève en prenant sa queue dans sa main. Il commence à se palucher. Ça me rend malade.

« Tu vois ça ? Je l'ai mise en entier dans cette femme. C'était sa première fois, et ça sera sa dernière. Et tu ne peux rien y faire.

– Arrête ça ! » je hurle. Il continue de se masturber.

Il est en érection et il se tourne vers elle.

« Suce-moi. »

Sans hésiter, elle attrape son sexe et le met dans sa bouche.

« Rod ! Putain !

– Tu peux rester pour regarder me faire pomper. Ou partir. Dans tous les cas, cette conversation est terminée, p'tit frère. »

Je me retourne pour partir.

« Nous partons aujourd'hui. Si jamais tu te pointes en Californie pour nous rendre visite, tu seras arrêté. Je vais alerter la police de Bel-Air et demander une ordonnance contre toi. Ne viens pas nous faire chier.»

Je claque la porte. Il est tellement répugnant que j'ai envie de prendre une douche.

J'entends mes parents arriver. Je vais à leur rencontre.

« Il faut qu'on parle. Votre fils a fait des choses horribles. Vous devez être au courant. »

Ma mère secoue la tête.

« Reed, non, s'il te plaît. Je ne veux pas savoir. Je me doute bien, mais je ne veux pas de détails. »

Mon père la regarde. Et il se dirige vers la terrasse.

« Viens, on sort. Sue, il faudra bien regarder la vérité en face un jour. »

Une fois, sur le patio, ils s'assoient et je reste debout tellement je suis furieux.

« Rod a fait signer un contrat BDSM à Jenna. Juste après qu'ils aient emménagé ensemble. Il la frappait. »

Ma mère lève la main, comme à l'école. Je lui fais un signe de tête.

« Si elle a signé le contrat, c'est qu'elle était d'accord qu'il lui fasse ça, non ? »

Mon père la regarde avec un air désapprobateur.

« Sue, tu le défends ? »

Elle secoue la tête.

« Pas du tout ! Mais ce que je dis, c'est que Jenna l'a autorisé. Je suis passée les voir un jour. Elle lui enlevait ses chaussures et elle lui apportait ses bières. Je lui ai dit de ne pas le faire, mais elle le faisait quand même. Certaines personnes aiment ça. Elle est restée avec lui même après que la police soit intervenue quand il l'a frappé dans le jardin.

– Maman. Elle était jeune, il a profité d'elle. Elle ne pouvait pas imaginer ce que ce contrat voulait dire. »

Je commence à marcher en rond. Je ne m'attendais pas à ça de ma mère.

« Elle avait beaucoup de monde autour d'elle pour la sortir de ça. Elle aurait pu partir quand elle voulait. Mais elle ne l'a pas fait. Tu dois l'admettre, Reed. On ne peut pas tout mettre sur le dos de Rod. Elle l'a laissé faire.

– D'accord. Rod est entré dans notre chambre d'hôtel pendant mon absence pour essayer de la récupérer. C'est de sa faute ça, ou pas ? »

Je commence à crier très fort.

Mon père me regarde. Il essaye de me dire de me calmer.

« Fils, tu lui as pris sa fiancée. Tu pensais qu'il allait bien le vivre ? Tu croyais qu'il ne voudrait pas lui parler ? Sérieusement ? »

Génial !

« Il lui a fait du mal, papa. »

Ma mère me coupe.

« Elle était d'accord !

– Vous savez quoi. C'est de votre faute s'il est complètement taré ! Quoi qu'il fasse, vous n'avez jamais essayé de le corriger. Il est comme ça, il a mauvais caractère, il faut pas faire attention ! Il ne faut surtout pas essayer de changer ça ! Quand j'étais petit, il me martyrisait ! Et vous avez fait quoi ? Vous m'avez conseillé de ne pas rester en travers de son chemin ! Et maintenant je vous dis qu'il frappe des femmes ! Et tout ce que tu trouves à dire c'est qu'elle l'a autorisé ? »

Je me retourne et je passe ma main sur mon visage totalement exaspéré.

« Reed, » reprend mon père.

« Je vais lui parler. Je peux essayer de lui faire comprendre que ce genre de choses ne se fait pas. »

Je fais demi-tour.

« Et tu crois que ça suffira ? C'est un adulte maintenant ! Réveille-toi, on ne le changera pas ! J'attendais un peu de soutien de votre part. Dites-lui de nous laisser tranquille. »

Ma mère secoue encore la tête.

« Comme s'il allait nous écouter.

– Dites-lui c’est tout! Il n'a nulle part où aller. Vous n'avez qu'à lui dire que vous ne l'hébergerez plus s'il l’ennuie encore. »

Je les regarde tous les deux tour à tour. Ma mère secoue la tête.

« Non, Reed. C'est notre fils, et ça fait de années qu'on ne l'a pas vu. Je ne lui ferai pas ça. J'aime Jenna, tu le sais. Mais je ne mettrai pas mon fils à la porte parce qu'elle l'a laissé faire des horreurs.

– Elle a raison, Reed. On ne peut pas le mettre à la porte. Et il faut que tu assumes les conséquences de tes actes. Tu lui as pris sa copine ! Il y a un prix à ça, pour toi et Jenna. Ça paraissait évident. »

Il me regarde droit dans les yeux.

« Tu croyais quoi ?

– Je l'aime. Je pensais venir la chercher l'été où elle a eu son bac. J'avais des vues sur elle depuis qu'elle a quatorze ans, depuis le lycée »

Ma mère fait la moue.

« Pourquoi tu ne lui as jamais dit ? Tu n'en as parlé à personne. Tu as eu les mêmes chances que ton frère. Mais lui, il a tout fait pour avoir ce qu'il voulait. Tu as raté ta chance. Et maintenant je comprends pourquoi il disait que tu étais jaloux quand il a demandé Jenna en mariage. Tu étais bien jaloux !

– J'étais en colère, pas jaloux ! Je voyais bien qu'il n'était pas un homme fait pour elle. Je me doutais de ce qu'il lui faisait. Mais quand elle me l'a dit ce qu'il lui a fait, ça m'a donné envie de vomir. »

Je me tiens le ventre car toute ma famille me rend malade maintenant.

Et ma mère en rajoute une couche.

« Mais elle l'a laissé faire, Reed. Elle n'est peut être pas la femme que tu crois. Il faut que tu y réfléchisses avant de l'épouser. Elle a un côté sombre comme ton frère. Elle était effondrée quand il est parti. Tu ne l'as pas vue, toi. Elle attendait qu'il revienne. Alors que la plupart des femmes ne l'auraient jamais repris, elle, elle l'attendait. Ils ont un passif et une connexion, et tu ne peux rien y faire. »

Mon père me regarde.

« S'ils se remettent ensemble, je compte sur toi pour l'accepter.

– Merde ! Putain ! Non. Je n'accepterai jamais ça. Je me battrai jusqu'à la mort pour elle. Je ne laisserai plus jamais personne lui faire de mal. Mais si c'est comme ça que vous voyez les choses je ne suis pas sûr de vouloir faire partie de cette famille. Nos enfants n'auront pas besoin de grands-parents sans cœur comme vous. Et bien, je vous dis au revoir. »

Je claque la porte arrière et la porte d'entrée. J'arrive à peine à penser après cette trahison de mes parents.

J'arrive dans la voiture et je tape sur le volant avec mes poings. J'ai envie de détruire sa moto, mais elle n'est plus là. Ni la petite voiture de sa pute.

Je pense à Jenna, je me dépêche de la rejoindre.

Pourvu qu'il ne lui soit rien arrivé !

Je roule à fond jusqu'à l'hôtel. J'en veux tellement à mes parents !

Et si Jenna voulait vraiment lui parler mais qu'elle avait peur de me le dire ? Est-ce que je pourrrais la laisser le faire ? Est-ce que je serais capable de la laisser lui parler en étant présent du moins?

Et si elle voulait lui donner une seconde chance ? Elle l'a attendu quand il est parti. Et elle est restée alors qu'il lui faisait tout ça, c'est vrai.

Peut-être qu'elle cache un côté sombre.

Elle me dit peut-être ce que j'ai envie d'entendre.

Mais si tout cela est vrai, pourquoi est-ce que c'est magique quand on se touche ? Peut-être qu'elle me ment à propos de ça. C'est peut-être juste moi.

Ça fait tellement de temps que j'ai envie d'elle. C'est peut-être juste dans ma tête. Suis-je idiot à ce point ? Suis-je sur le point de perdre la femme que j'aime parce qu'elle ne m'aime pas vraiment ?

Elle s'est peut-être juste mise avec moi parce que je suis son frère. Elle voulait le retrouver et je suis celui qui lui ressemble le plus.

Mais elle a l'air d'avoir tellement peur de lui. Elle m'a bien dit qu'elle ne voulait pas de lui dans sa vie.

J'arrive à l'hôtel. Je suis soulagé de ne pas voir de Harley, ou sa voiture rouge.

J'ai hâte de retrouver Jenna et de foutre le camp de cette ville !

Je cours à l'intérieur de l'hôtel pour la rejoindre. Elle doit encore être en train de dormir. Elle est encore secouée par tout ça. Mes parents prennent ça pour un petit détail !

La porte s'ouvre avant que je ne mette la carte pour la déverrouiller. Le lit est vide. Il manque la robe de chambre de maman. Celle qu'elle portait avant que nous fassions l'amour.

« Jenna ! » je crie.

Je cours dans la salle de bain, rien. Elle ne sortirait pas comme ça. Il y a encore son sac à main.

Son téléphone était sur la table de chevet. Il n'est plus là.

J'appelle. Je tombe sur son répondeur. Je lui dis de me rappeler.

Rod l'a peut-être emmenée. Je cours à la réception.

« Bonjour, » je crie de loin.

« Vous avez vu une moto sur ce parking ? »

Elle secoue la tête.

« Non, monsieur.

– Une petite voiture rouge ? »

Elle acquiesce : « Je l'ai vu quelques minutes puis elle est partie. »

« Avez-vous vu qui était dedans ? »

J'ai le cœur qui bat très vite. J'ai peur de faire une attaque.

« Désolée, monsieur, non. Vous partez aujourd'hui ? On m'a laissé un mot en me disant que vous n'aviez rien à payer.

– Je ne suis pas sûr encore. Ma fiancée a disparu de la chambre.

– Oh mon dieu ! Qu'est-ce que vous allez faire ?»

Je la regarde. J'ai envie de pleurer.

« Vous pouvez appeler la police et leur dire de venir dans ma chambre ? »

Elle fait un signe de tête. Je marche lentement vers la chambre. Je prie pour que Jenna y soit quand j'ouvre la porte. Mais elle n'y est pas.

Je m'effondre par terre. Je sais qu'il l'a enlevée.

Je dois la trouver !

24

JENNA

Je suis dans le coffre de la voiture, ma tête repose contre un pneu et ça pue. Rod est venu me chercher avec une pute aux cheveux rouges et trois autres mecs et m'a kidnappé. Ils m'ont bâillonnée et ligotée. Comment vais-je me sortir de là ?

J'entends un téléphone sonner. Elle répond : « Ouais ? »

J'entends la voix de Rod dans les enceintes de la voiture.

« T'es arrivée ?

– Non, dans trois minutes.

– Tu l'attaches dans ma chambre. Et tu la laisses seule jusqu'à ce que j'arrive.

– Oui, Maître. »

J'ai un frisson en entendant ça. Il a une nouvelle esclave.

Pourquoi est-ce qu'il me veut aussi alors ?

On roule sur du gravier et le moteur de la voiture s'arrête. La porte s'ouvre et se referme.

J'entends un bruit de pas avancer vers moi. La lumière envahit l'espace.

Je suis en robe de nuit. Rod me l'a mise quand ils sont venus m'enlever alors que je dormais nue.

Deux armoires à glace barbues me tirent du coffre et me

soulèvent. L'un d'eux me met sur son épaule et il m'emmène vers un gros hangar. Dedans, une vingtaine de motards sont assis à des tables.

On dirait un bar. Il y a des enseignes de bières illuminées. Ça sent l'essence, l'alcool et la cigarette.

Tout le monde me regarde. Mais ça a l'air normal pour eux, de voir une femme ligotée. Aucun de ces cas sociaux ne me viendra en aide.

On passe une porte et on me jette sur un lit plein de cendriers et de bouteilles d'alcool. Ça me rend malade de savoir que c'est comme ça que Rod vit maintenant.

Les deux néandertaliens quittent la pièce et la femme aux cheveux rouges entre. Je suis à sa merci. Pieds et poings liés, je ne peux rien faire.

Elle ferme la porte, me lance un regard.

« Je ne vois pas ce qu'il te trouve. Tu es vraiment banale pour un homme comme Rod. »

Je hoche la tête et elle sourit. Il lui manque une dent. J'essaie de parler et je n'arrive qu'à sortir des sons. Mais elle tourne la tête.

« On dirait bien que nous allons être des sortes de sœurs-femmes toutes les deux. Rod m'a appris ça hier soir. Je pensais qu'on venait dans cette ville minuscule pour faire une virée . Mais je crois qu'on est venus pour toi, Jenna Foster. La Jenna Foster à qui on me compare constamment. Tu as dû être vraiment bonne pour mon maître. »

Je remue la tête et je marmonne encore pour qu'elle m'enlève le bâillon. Elle me regarde, comme avec en tête un tas de questions sans réponse. Puis elle s'approche.

Elle sort un couteau et le passe derrière ma tête. Je sens le bâillon se desserrer.

« Merci.

– Ne me remercie pas. Je veux juste t'entendre dire que je suis sa femme numéro un. Tu t'assois et tu la fermes. Tu ne te mets pas en travers de mon chemin et peut-être que nous pourrons cohabiter avec Rod. »

Elle s'appuie contre le mur.

« Je ne veux pas être ici. Je ne veux pas être avec Rod. Je ne sais pas ce qu'il t'a raconté, mais il m'a quittée. Je n'étais pas assez bien pour lui. Sinon il m'aurait emmenée avec lui. »

Elle me regarde en faisant une tête bizarre.

« Tu ressembles à une prof avec ta jolie petite coiffure. Et pourquoi tu portes une robe de nuit de vieille ?

– C'est pas à moi. J'ai dû la mettre quand Rod nous a surpris moi et son frère dans la piscine chez ses parents. C'est à sa mère. Je vais être institutrice, pour les maternelles. »

Elle plisse les yeux.

« Génial. Ma sœur-femme est normale et chiante. Ça va super bien se passer ! »

Je cherche quoi lui dire pour qu'elle me laisse partir.

« J'ai besoin que tu m'aides, comment tu t'appelles ?

– Rod m'appelle ma douce. »

Elle sourit et elle a l'air fière.

« OK, ma douce. Tu dois m'aider. Si tu me laisses partir, je disparais, et tu peux avoir Rod pour toi toute seule. »

Je m'efforce de prendre un ton suppliant.

Mais ça ne marche pas car elle reste complètement stoïque. Et elle secoue la tête.

« Il m'accrocherait et me batterais pendant des heures si je faisais ça. Si tu le connais, tu sais que je ne peux pas faire ça. Et puis je ne suis pas du genre à faire une bonne action par jour de toute façon.

– Ouais, t'as pas l'air bien utile, » je dis tout fort.

« Écoute-moi, salope ! » dit-elle en secouant le couteau sous mon nez.

« Pour ne pas me faire punir par Rod, je ne vais pas te découper en morceaux. Mais c'est pas l'envie qui m'en manque.

– Désolée, ma douce, j'ai pas voulu dire ça. Mais il faut vraiment que je parte avant qu'il ne revienne. Une fois qu'il sera là, je n'ai plus aucune chance de pouvoir partir.

– Ouais, c'est bien vrai. »

Elle attrape une bière sur la table et la finit d'une traite. J'ai un haut le coeur. Elle rote, essuie sa bouche et repose la bouteille.

« Je sais que tu n'aimes pas cette situation, ma douce. Et ça sera détestable de partager Rod. Si on doit le partager. Il y a quelque chose de fort entre lui et moi. Il va vouloir coucher avec moi tout le temps. On baisait trois ou quatre fois par jour à l'époque. Ça fait deux ans qu'il ne m'a pas touchée. Il ne va pas sortir de cette pièce pendant des jours une fois qu'il sera là. »

Je la regarde et elle se décompose.

« Merde ! »

Elle observe la pièce.

« Le lit est trop petit pour trois. Il va me faire dormir derrière le bar. Merde ! Pourquoi il a fallu qu'il te ramène?

– Laisse-moi partir et il n'y aura plus de problème. Sinon, tu vas le perdre. J'en suis sûre. Tu seras notre esclave à tous les deux. Je n'aimerais pas que ça t'arrive. »

Elle glisse le long du mur et se retrouve assise.

Elle met son visage entre ses mains en secouant la tête.

« Je sais tout ça. Mais si je te laisse partir...

– Regarde, tu me défais les pieds. Et je pourrai me décrocher du mur et m'échapper. Ça ne sera même pas de ta faute.

– Ça ne marchera jamais.

– Si, si. Je l'ai entendu te demander de m'accrocher au mur. Il t'a demandée de me laisser toute seule. Si tu pouvais m'indiquer une sortie, ça me faciliterait la tache. Tu sais ce qui va se passer s'il me retrouve. Je suis son jouet préféré. Et je vais être tout ce qu'il veut que je sois. Je l'ai déjà été. Ça m'a aidé à être moins punie et il me traitait mieux. Je le connais par cœur. En peu de temps, il me mangera dans la main. »

Elle se relève.

« Il y a une porte à l'arrière. Quand tu sortiras de la pièce, tu prends à droite en restant bien collée au mur. Personne ne te verra. Tu n'as qu'à l'ouvrir bien grand et tu es dehors.

– Tu me dirais dans quelle direction est la ville ? » je lui demande en espérant qu'elle veuille bien m'aider un peu plus.

« Si t'arrives à passer devant le bar sans te faire voir, c'est le moyen le plus rapide. Mais Rod va arriver par là. Et si un des membres du gang voit une femme en robe de chambre, il y a des chances qu'il t'attrape et qu'il te ramène ici. Tu ferais mieux de sortir par l'arrière et de courir tout droit. Tu devrais bien trouver une maison à un moment. »

Elle sort mon téléphone de sa poche et le pose sur la table. Elle me détache les pieds, et les mains.

« Merci. »

Je secoue un peu mes mains et mes pieds pour que le sang se remette à circuler.

« Tu prends les cordes avec toi. Je n'ai pas envie qu'il se doute de quelque chose. Je vais lui dire que je t'ai attachée et que je n'ai aucune idée de comment tu as pu t'échapper. Il ne sait pas que j'ai pris ton téléphone. Donc tu peux le récupérer. »

Elle me regarde.

« Comment tu t'es sentie quand il t'a quittée sans rien dire ?

– J'étais très mal. Mais je remercie dieu tous les jours qu'il soit parti. Je ne me laisserai plus jamais faire. Jamais ! »

Elle a l'air d'être perdue. Je me rappelle avoir eu ce regard quand j'étais avec Rod.

« Bonne chance. Tu vas en avoir besoin»

Elle me laisse. Je regarde à travers l'ouverture de la porte.

Il fait sombre et personne ne regarde dans cette direction. Je sors et je longe le mur. Je trouve une poignée. J'ouvre et je me mets à courir aussi vite que je peux.

Je me retrouve dans un désert. Il y a des cactus et du sable brûlant, c'est tout ce que je vois. Et je commence à sentir mes pieds nus brûler. Je regarde mon téléphone en courant, il n'y a pas de réseau.

Bien sûr ! Ça aurait été trop facile !

J'entends des motos au loin et j'accélère encore. Il va trouver la pièce vide et la première chose qu'il va faire c'est regarder par la porte de derrière.

Je continue de plus belle et je prends conscience que mes pieds laissent des traces dans le sable, mais je ne peux rien y faire. Je prie pour que toutes les cigarettes qu'il a fumées toutes ces années vont le ralentir dans sa course.

25

JENNA

Mon corps est bouillant. Je suis fatiguée et je ne peux plus courir. Si Rod me suit, il est si loin que je ne peux ni le voir ni l'entendre. Ça fait une heure que je suis partie et je n'ai vu aucun signe de civilisation.

Mais j'entends des poules au loin. Je me dirige vers le son en espérant que ça ne soit pas des poules sauvages et que quelqu'un habite là.

J'entends un petit chien aboyer alors que je m'approche et je me dépêche. Il me trouve et il jappe dans ma direction.

Il est tout petit et très moche, mais je suis heureuse de le rencontrer.

Je m'accroupis.

« Hé, pépère, montre-moi ta maison. »

Il ralentit et s'approche doucement, remuant la queue. Je l'attrape et je le caresse.

« Ouah, tu fais peur le chien ! Emmène-moi chez toi. »

Je le pose par terre et je le suis alors qu'il repart d'où il est venu. Je commence à me sentir mieux soudainement. Je suis heureuse de m'en sortir indemne.

Je vois maintenant les poules ainsi qu'une bicoque. Il y a une vieille antenne satellite sur le toit, ça me rassure un peu.

La porte est entrouverte mais je toque quand même.

« Il y a quelqu'un ? »

Une voix de vieille femme répond : « Quoi ? »

Une femme aux cheveux blancs ronde et borgne apparaît dans l'obscurité et je recule d'un pas.

« Bonjour. J'ai besoin d'aide.

– Pourquoi ? » dit-elle d'un air grognon.

« J'ai été kidnappée. J'aimerais utiliser votre téléphone si c'est possible. Vous avez un peu de réseau ? »

J'observe un peu la cabane pour voir si la parabole est reliée à quelque chose.

« Je ne sais pas de quoi vous parlez. »

Elle se retourne d'un coup.

« Arrête de me pousser, Roland ! »

Je ne vois personne derrière elle.

« Qui ça ? »

Elle ouvre la porte et fait demi-tour.

« Rentrez, bon dieu ! Il fait deux cent degrés dehors ! »

Elle marmonne : « Elle n'a pas de cervelle, Roland ! »

J'aperçois avec surprise un petit routeur wi-fi. Je regarde si mon téléphone peut le capter. Je vais avoir besoin du code.

« Madame, quel est votre code wi-fi ? »

Elle se retourne et je manque de lui rentrer dedans.

« Tais-toi Roland ! Je ne sais pas de quoi elle parle ! »

Je fais le tour de la pièce du regard pour voir à qui elle parle, mais il n'y personne. Je lui montre le petit appareil du doigt.

« Cette machine, là. Il y a un code, vous vous en souvenez ?

– Nom de dieu ! Tu veux des œufs ma petite fille ? »

Elle entre en boitant dans une minuscule cuisine.

« Vous êtes blessée ? » je lui demande.

« Bonté divine ! Blessée ! Vous voulez un pansement ? Je n'en ai pas ici mais je peux demander à Roland d'aller vous en chercher au magasin. »

Elle casse deux œufs dans un bol sale et elle me le tend.

Je le prends avec un sourire nerveux.

« Merci. »

Je crois qu'elle est folle !

Je vais voir le modem et je le retourne pour voir si le code est écrit au dos.

Dieu merci !

Je le rentre dans mon téléphone, et ça marche. J'appelle Reed en vitesse et le fait d'entendre sa voix me fait tomber à genoux.

« Jenna ?

– Reed ? Dieu merci !

– Où es-tu, Jenna ?

– Je ne sais pas. Je suis dans la maison d'une dame. Il va me retrouver, je le sens. Il n'a qu'à suivre mes empreintes dans le sable.

– Envoie-moi ta localisation. »

J'espère qu'il va faire vite et me sauver.

« Jenna, fais tout ce que tu peux pour te protéger. Demande à cette dame si elle a une arme et tu tires si tu le dois, Jenna. J'arrive vite. »

Je raccroche et je lui envoie ma position GPS.

« Madame, avez-vous une arme par hasard ? »

Elle cligne son seul œil valide, presse son pouce contre sa gorge et se dirige vers un coffre.

« De quelle arme as-tu besoin? »

Je vais jeter un œil, elle a au moins trois énormes fusils.

Et de gros fusils !

J'attrape le fusil et la boite de munitions.

Elle bat l'air avec sa main.

« Oh ! C'est pas vrai, Roland ! Arrête de me tirer les cheveux ! »

Je secoue un peu la tête.

« C'est votre mari, Roland ?

– Non ! Vous êtes aveugle ? »

Elle fait trois tours sur elle-même puis s'arrête.

« C'est mon chat ! Idiote ! »

Elle pense que je suis idiote !

« Vous vivez ici avec votre chat ? » je demande en m'asseyant sur une vieille chaise à moitié cassée.

Je ne me suis jamais servie d'une arme, mais je vais apprendre vite. Je lui demanderais bien, mais je ne suis pas sûre qu'elle puisse me dire comment on fait. Elle a l'air vraiment folle.

« Moi et quel chat ? »

Elle s'assoit sur le sol de planches trouées.

« Roland ! » je dis en levant les yeux au ciel.

Reed, dépêche-toi avant que je ne devienne folle moi même !

« Ouste ! » crie-t-elle en secouant les mains autour de sa tête.

« Tout va bien ? » je lui demande en la fixant.

Elle se fige et m'observe d'un regard oblique pendant un moment silencieuse. Puis elle murmure: « Je vois des esprits tout le temps. Tu ne me fais pas peur ».

– Je ne suis pas un esprit. Je suis une femme poursuivie par un biker complètement fou. C'est pour ça que j'ai besoin de ce fusil. »

Je le pose en faisant bien attention, et je sors le suivant.

Elle a des frissons et elle se frotte les bras.

« J'avais un chien avant, » dit-elle.

« Il est toujours vivant. Quand est-ce que vous l'avez nourri pour la dernière fois ?

– Nourri quoi ?

– Votre chien.

– Chien ? J'ai un chat. Il s'appelle Roland.

– Je sais. Mais vous avez aussi un chien. Et il doit avoir faim. »

J'entends les poules s'affoler dehors. Je prends le fusil en main et je vais fermer à double tour la porte arrière.

Mon cœur bat. Je pense que je vais devoir tuer Rod ou un membre de son gang. En fait, c'est juste le chien en train de tuer une petite poule.

Et voilà comment ce chien reste en vie !

J'observe un peu au loin, rien. Je me rassure en me disant que le chien aboiera si quelqu'un approche.

Je sens quelque chose qui tire sur ma robe de nuit. C'est la vieille dame.

« J'aime beaucoup, elle est classe cette robe. Tu me l'échanges ?

– Vous êtes plus petite que moi, et j'en ai besoin. »

Je vais m'asseoir par terre pour lui laisser la chaise cassée.

Elle se perche dessus et elle tire ses cheveux blancs en l'air avec ses mains. Ça révèle les rides sur son front.

« Je crois qu'on se ressemble beaucoup toi et moi. »

Je lève les sourcils.

« Ah bon ?

– Oui, c'est vrai. J'étais danseuse avant.

– Ah oui ?

– Enfin, je n'étais pas vraiment danseuse. J'enlevais mes vêtements pour de l'argent. Et je couchais aussi et je suçais. J'étais riche. »

Je suis un peu surprise mais pas choquée pour autant.

« Et que s'est-il passé ?

– J'ai mordu la bite de ce mec et il m'a frappée si fort qu'il m'a éclaté l'œil. Je suis devenue si moche que plus personne ne voulait de moi. Je me suis faite virer du club et tout ce que j'ai pu me payer c'est cette petite cabane dans le désert de l'Arizona et quelques poules. J'ai pris mon chat, Roland et je suis venue vivre ici, seule.

– C'est triste. Quand mon fiancé arrivera, on pourra vous emmener dans un refuge pour femmes qui vous aidera. Et puis on pourra aussi trouver des gens pour s'occuper du chien et des poules. Ça vous plairait ? Vous aurez un lit confortable et vous pourrez aussi prendre une douche.

– Pour un esprit, t'es plutôt gentil. J'aime les esprits gentils. Ouste ! »

Elle me fait sursauter en criant.

« Et puis on pourrait peut-être vous emmener voir quelqu'un pour vos problèmes. Peut-être prendre des médicaments pour ne plus vivre dans un univers parallèle. »

Le chien se met à aboyer, je saute pour me mettre debout et je cours à la porte pour voir.Je balance la porte ouverte, je vois la Mercedes de location de Reed et je cours vers lui.

Il s'arrête, et saute de la voiture. Ses bras me serrent fort et je commence à pleurer.

« Reed !

– Jenna. Tu es avec moi maintenant, mon ange ! »

Je me serre fort contre lui et ses lèvres appuient sur mon front.

Un coup de feu nous surprend. Elle tient le fusil en l'air.

« Ouste ! » crie-t-elle.

« Rentrez les enfants, avant que les vautours ne reviennent !

– Elle n'a plus toute sa tête.

– Vraiment ? » me répond Reed en me prenant par la main pour aller vers la voiture.

« Reed, il faut aider cette dame. »

Il lève les yeux au ciel.

« OK, j'y vais. Comment s'appelle-t-elle ?

– Je ne sais pas.

– Super. »

Il se tourne vers elle.

« Venez par ici, madame. »

Elle jette le fusil sur le côté et se met à tirer sur ses cheveux. Je crois qu'elle pense se coiffer. Elle pose une main sur hanche et commence à marcher vers lui.

« Tu veux que je te fasse quoi, mon chéri ? »

Je ressors de la voiture.

« Il ne veut pas de vos services ! Rappelez-vous, on vous emmène voir des gens qui vont s'occuper de vous. On vient d'en parler ! »

Elle arrive au niveau de Reed et attrape son entrejambe. Il arrive à l'éviter.

Je vais prendre la dame par le bras.

« C'est mon fiancé, OK ? Venez dans la voiture. »

Je la place sur le siège arrière et je m'installe à l'avant. Je commence à tousser, je réalise qu'elle sent très mauvais.

Reed me regarde.

« Tu sais que la compagnie de location va me faire payer le nettoyage de la voiture ?

– Oui, mais au moins on aura fait une bonne action. »

Il sort de cette route poussiéreuse et prend la direction de la ville.

« J'ai hâte de sortir de cet état ! On va direct voir la police. »

La dame chantonne à l'arrière.

« J'y suis allé. Tu vas porter plainte contre Rod et son gang pour enlèvement.

– Reed, je suis obligée ? Il y aura un procès et ça veut dire que je vais devoir revoir leurs têtes. Je n'ai pas envie. Je veux juste rentrer en Californie. S'il te plaît, Reed. Je suis fatiguée, et puis ça veut aussi dire qu'on devra revenir ici tout le temps. »

Il me regarde, l'air fâché. Mais il hoche la tête.

« OK, il faut quand même y aller pour dire que tu ne veux pas porter plainte. Mais si Reed vient en Californie, nous porterons plainte. OK ? »

– OK. Tu diras à ta mère que je vais brûler sa robe de nuit, je lui en rachèterai une.

– Oui au fait, je ne parle plus à mes parents. Je ne sais pas si je les reverrai un jour. »

Je lève ma tête, le regarde, j'en ai la mâchoire qui se décroche.

Qu'est-ce qui a bien pu se passer ?

26

REED

L'Arizona est loin derrière nous maintenant. On se détend un peu en prenant un bain bien chaud. Le voyage est passé plutôt vite. Me voilà plus serein, avec Jenna dans ma baignoire.

Je lui ai raconté ce qu'il s'est passé avec mes parents. Elle voulait aller les voir pour en discuter avec eux, et leur raconter l'enlèvement.

Mais moi je voulais juste rentrer à la maison. S'ils avaient changé d'opinion, ils m'auraient sûrement appelé.

Elle est assise entre mes jambes et elle me caresse le genoux.

« Je suis contente d'avoir emmené cette vieille dame à l'hôpital. C'était gentil de ta part de payer tout ça.

– Et bien, c'est un peu ton ange gardien fou au milieu du désert. Elle devrait se sentir bien mieux dans cette maison de repos. »

Je lui embrasse le cou.

« Je suis heureux de t'avoir dans mes bras. J'étais une épave quand j'ai découvert que tu avais disparu.

– Toi, une épave ? Haha, je te crois pas.

– Et pourtant si. Je pense qu'on aurait dû aller porter plainte, Jenna.

– Reed, s'il te plaît. Tout ça est tellement traumatisant. J'ai envie d'oublier. Tout ce qui aurait pu se passer aujourd'hui, je ne veux pas y penser. Je n'arrive pas à faire autrement. »

Elle frissonne.

« OK, on n'y pense plus. »

Je lui fais un bisou et je repose ma tête contre la porcelaine tiède.

Je n'ose même pas imaginer ce qui se serait effectivement passé s'il l'avait trouvée dans cette pièce en revenant.

Je prends le shampoing et je lui lave les cheveux. Je vais la chouchouter au maximum. Elle devait s'attendre à se faire frapper le cul pendant des heures. Mais heureusement, elle s'est enfuie, et au lieu de ça, elle est dans un bain chaud avec moi.

Rod mérite de se faire casser la gueule dans les règles pour tout ce qu'il lui a fait. Et aussi pour ce qu'il voulait lui faire.

Elle tremble un peu en essayant d'attraper le verre de vin posé sur le rebord de la baignoire.

« Laisse-moi faire. »

Je le prends et je le porte à sa bouche. Elle boit.

« Merci, Reed. Merci pour tout. Je ne suis pas sûre de pouvoir te rendre tout ce que tu as fait pour moi.

– Ton amour est plus qu'assez. C'est moi qui devrais te remercier, de faire de moi l'homme le plus heureux du monde. »

Elle tremble alors que je lui rince les cheveux.

« Reed, j'avais tellement peur de devoir coucher avec lui pour qu'il me fasse confiance. J'étais terrifiée. Mais j'étais prête à faire n'importe quoi pour lui faire croire que je voulais repartir avec lui. Il m'aurait laissé un peu de liberté et je me serais enfuie pour te retrouver. »

Je la tiens fort contre moi.

« Ne pense plus à tout ça. Je vais engager un thérapeute qui pourra t'aider. Tu ne peux pas gérer tout ça toute seule. Je serai avec toi tout le temps. »

Elle se tourne vers moi. Des larmes commencent à couler de ses yeux.

« Reed, qu'est-ce qui lui est arrivé pour qu'il soit comme ça aujourd'hui?

– J'aimerais bien le savoir. Il a toujours été différent. Je pense qu'il a une sorte de maladie mentale. Et mes parents ne l'ont pas aidé en le laissant faire ce qu'il voulait. On aurait dû essayer de le faire évaluer quand il a commencé à se comporter comme ça. »

Je l'embrasse sur le front.

« On va se mettre au lit ? Je vais faire la cuisine, et puis on fait ce que tu veux. On dort, on regarde la télé, on parle, comme tu veux, mon ange. »

Elle soupire.

« Tu sais ce que je veux vraiment faire ?

– Non.

– Je veux que tu m'emmènes au lit que nous partagerons pour toujours et que tu me fasses l'amour. »

Elle me prend le visage, et elle m'embrasse.

C'est un baiser tout doux. Je sens qu'elle puise sa force de notre connexion. Notre amour est profond, magique et réparateur.

Je passe ma main dans son dos pour la sentir tout contre moi. Sa bouche quitte la mienne et me sourit.

« Je savais que je me sentirai mieux après ça. Alors, qu'en dis-tu ? Tu veux porter ta fiancée dans notre lit ? »

Sans rien dire, je me lève et la prends dans mes bras et sort de la baignoire pour l'enrouler dans une serviette molletonnée.

C'est à moi de la protéger maintenant. Et maintenant que je vois jusqu'où peut aller mon frère, je dois faire encore plus attention.

Je l'allonge sur notre lit et je lui souris.

« Tu es prête pour que la magie opère ?

– Plus que prête, » gémit-elle.

En temps normal, je n'aurais pas considéré le sexe comme bien indiqué après l'épreuve qu'elle vient de subir. Mais ce n'est pas que du sexe. Il y a une entre nous une alchimie inexplicable. Je pense que lui faire l'amour l'apaisera.

Elle ouvre les bras et je m'y allonge. Ses lèvres sur mon épaule, elle dit : « Soigne-moi, Reed. Comme toi seul sais le faire. »

Nos corps fusionnent. Je lui envoie de l'énergie pour l'aider à surmonter cela. Sa respiration est légère alors que je rentre en elle doucement.

« Oui, comme ça, Reed. »

Je bouge doucement en elle puis je me relève un peu pour la soulager de mon poids.

«Repose-toi sur moi, Reed, j'ai besoin de te sentir entièrement. »

Peau contre peau, je recouvre complètement son corps du mien .Je donne des petits coups lents en elle.

Elle passe ses mains dans mon dos et pose sa bouche sur mon torse.

« Oui, Reed. Je t'aime.

– Je t'aime, Jenna. Il ne t'arrivera plus rien de mal, je te le promets. »

Elle me caresse les bras.

« Je te fais confiance. Je me sens en sécurité avec toi.

– Tu es en sécurité, Jenna. »

Je peux sentir chaque centimètre carré de la paroi de son vagin alors que ma queue y glisse doucement.

Nous vibrons ensemble, et je peux sentir cette énergie me guérir à ce contact physique.

Nous traversons tous les deux ce moment difficile. Nous avons eu peur de ce qui aurait pu se passer pour tous les deux. Et Dieu merci, elle s'en est sorti indemne.

Elle m'entoure de ses jambes et pousse un gémissement. Elle laisse échapper un petit cri et me mord le cou.

J'arrive à attraper ses lèvres et je l'embrasse. Nos langues se lient et se délient langoureusement. Nos corps glissent l'un sur l'autre tranquillement.

Sa poitrine se lève et descend au rythme de sa respiration profonde. Je la regarde. Ses cheveux éparpillés sur le coussin commencent à sécher.

« Reed ?

– Hum-hum.

– Qu'est-ce qui ne va pas chez moi ? Ses yeux verts font des aller-retours.

– Rien du tout. »

Je lui caresse le visage.

« J'aime ça. J'aime la manière tendre que nous avons de nous comporter l'un envers l'autre. Pourquoi est-ce que j'ai pensé que j'aimais ce que Rod me faisait? Je dois avoir un problème. »

Des larmes commencent à couler sur ses joues.

Je les embrasse pour les faire disparaître.

« Tu étais jeune, Jenna. Et je te promets de te trouver de l'aide pour traverser ça. »

Elle se mord la lèvre.

« J'espère qu'on va trouver quelqu'un qui m'aidera à me comprendre. »

Je l'embrasse.

« Ne t'en fais pas, détends-toi. »

Elle ferme les yeux et amène son corps vers moi.

« Plus vite. »

Comme elle me le demande, je vais plus vite et plus fort. Elle plie les genoux pour m'accueillir plus profondément. Je commence à gémir, elle tremble de l'intérieur.

« Oui, Reed. »

La façon dont elle dit mon nom faire réagir ma queue et je jouis en elle. Elle est archée et enroule ses jambes autour de moi alors qu'en elle monte un orgasme.

« Reed, oui ! »

Je rentre avec puissance. Nos corps tremblent et je me laisse aller à crier son nom en remplissant ses parois qui me serrent.

Nous respirons fort et elle murmure.

« Je t'aime, Reed. Je t'aime tant.

– Je t'aime plus fort que tout ce que tu ne peux imaginer, Jenna Foster. »

Puis je la fais rouler pour la mettre sur mon torse. Je peux sentir son cœur battre près du mien. Elle embrasse mon torse et ses mains caressent mes abdos ciselés.

« Je suis la fille la plus chanceuse du monde. Je caresse ses épaules.

– Je suis l'homme le plus heureux du monde.

– Notre vie sera un conte de fées.

– Oui, tu es mon ange et je te chérirai toujours. »

Je caresse son dos. Elle frissonne.

« Serre-moi dans tes bras toute la nuit, Reed. Ne me laisse pas, OK ?

– Je te garderai dans mes bras. Ne t'inquiète pas. Dors. Je ne te quitte pas une seconde. Je te le promets. »

Je lui fais un bisou sur le front.

Son cœur reprend un rythme normal.

Elle a dû avoir tellement peur quand quatre hommes l'ont réveillé et enlevé alors qu'elle dormait toute nue. Et je n'étais pas là.

Je n'aurais pas dû partir sans rien lui dire. C'est de ma faute.

Je ne me le serais jamais pardonné s'il lui était arrivé quelque chose. Ça m'aurait détruit.

Je ne pense pas à ce qui aurait pu arriver d'habitude. Mais Rod voulait la frapper, et même si elle se préparait à lui donner son corps elle ne le voulait pas.

Et ça aurait été de ma faute.

Je ne la quitterai plus des yeux désormais. Jusqu'à ce que je sois sûr que Rod la laisse tranquille.

Et sans avoir à le tuer. J'espère ne pas avoir à le tuer, je ne suis pas un meurtrier. Mais s'il avait réussi son plan, je pense que je l'aurai tué. Que ce soit mon frère ou pas. Je n'aurais pas pu me contrôler.

Heureusement, il ne s'est rien passé de pareil. Nous sommes dans ma forteresse. Elle est en lieu sûr, dans mes bras. Et elle dort comme un bébé.

Je peux m'endormir tranquille. Demain je commencerai à lui chercher un thérapeute pour nous aider tous les deux mentalement et physiquement. Et je vais trouver un moyen de tenir Rod à l'écart.

27

JENNA

Cela fait deux mois maintenant que toute cette histoire est derrière nous. Heureusement, nous n'avons pas de nouvelles de Rod,. J'ai essayé de convaincre Reed d'appeler sa mère, mais il a lutté pendant des semaines avant de se décider à le faire. Elle lui a dit que Rod et son gang étaient partis il y une semaine, sans dire où ils allaient.

Reed m'a pris un garde du corps pour que je puisse mener une vie presque normale. Notre thérapeute a dit qu'il n'était pas sain que je sois aussi dépendante de Reed. C'est elle qui eu l'idée du garde du corps.

Je l'aime bien, Sam mon garde du corps. Il est calme et pas intrusif. Et il est géant!

Ce sont les principales qualités attendues d'un garde du corps.

Il est assis dans le couloir quand je donne mes cours à l'école privée de Bel-Air. Je travaille avec une enseignante qui a plus de quinze ans d'expérience, Lila Peterson.

Les enfants de la maternelle sont en train de manger, nous laissant un peu au calme et nous devons nettoyer la salle avant qu'ils ne remettent le bazar.

« J'ai vu l'annonce de votre mariage dans le journal, Jenna. Vous ne m'avez rien dit, jeune fille, » dit-elle, des poupées à la main.

Je fais rouler un gros camion pour le ranger avec les autres.

« J'ai mes raisons de ne pas trop parler de ma vie privée, Lila. Je t'assure. Je ne voulais pas que ça paraisse dans le journal, mais la mère de Reed n'a pas pu s'en empêcher.

– Reed Manning est milliardaire. Pourquoi veux-tu devenir enseignante ? Tu n'es pas obligée. »

Elle donne un coup de pied dans un ballon pour l'envoyer dans sa caisse.

« J'en ai envie pourtant. Je veux avoir ma propre vie. Je ne veux pas devenir la femme au foyer gâtée par son mari. »

Je repère un chewing-gum collé sous une table. Je secoue la tête.

« Comment est-ce que ces petits coquins arrivent-ils à mâcher leur chewing-gum en classe ? »

Lila me passe le petit couteau à beurre dont elle se sert pour ce genre de situation.

« Tiens, prend ça pour l'enlever. Ce que je ne donnerais pas, moi, pour être une femme au foyer pourrie gâtée. Mon mari bosse depuis plus de dix-sept ans à la raffinerie. Nos trois enfants sont ados maintenant, et en ce moment ils doivent être en train de causer des dégâts quelque part. Ils me rappellent tous mon voyou de frère, Spike. »

J'ai un frisson en pensant qu'un de nos enfants pourrait ressembler à Rod.

« C'est possible ça ? Qu'un de tes enfants ressemble à un de tes des frères et sœurs ?

– Pourtant, mon mari et moi ne nous sommes jamais mal conduits. Mon frère n'en faisait qu'à sa tête, peu importe les conséquences. Et mes trois enfants font tout comme lui. J'espère qu'aucun d'entre eux n'ira aussi loin que lui. Il est entré dans un gang de motards. »

Mon cœur s'arrête.

« Quoi ?

– Mon frère, Spike. Il a rejoint un gang de motards en Ohio. Il les a rencontrés à un rallye dans le Wyoming il y a trois ans. »

Je lui rends le couteau, elle le remet dans le tiroir.

« Vraiment ? »

J'essaie de ne pas trop lui montrer ma peur mais je tremble de tout mon corps.

« Comment s'appelle le gang ?

– Les Frères du dragon rouge. »

Je trébuche en arrière.

« Tu es sûre ? » je demande en me tenant le cœur.

Elle me regarde d'un air bizarre.

« Qu'est-ce qui t'arrive, Jenna? Tu es toute pâle.

– Oh, non, non. C'est rien. »

Je m'assois sur une petite chaise. Mes genoux remontent presque au menton.

« Et, tu ne sais pas où se trouve ce gang, par hasard ?

– Je l'ai eu la semaine dernière. Ils partent en virée.

– Et dans quelle direction ?

– Je ne sais pas. Tu es sûre que tout va bien ?

– Je crois que je couve quelque chose. Je vais prendre ma demi-journée. Ça ne te dérange pas ?

– Non, non. Tu devrais y aller. On se voit demain. »

J'attrape mon sac à main et je pars sans dire un mot de plus. Je crois que si j'ouvre la bouche, je vais pleurer. Je regarde Sam en partant et il me suit. Il est aussi mon chauffeur maintenant.

Il m'ouvre la porte.

« Où va-t-on, mademoiselle Foster ?

– À la maison, s'il vous plaît, » j'arrive à dire sans m'effondrer.

Je tremble et j'essaie de sortir mon téléphone pour appeler Reed.

« Quoi de neuf, mon ange ? » demande-t-il en décrochant.

« Tu peux rentrer à la maison?

– Oui, bien sûr. Tout de suite ? Tu es déjà en chemin ? La classe n'est pas encore terminée.

– Je viens de partir. Je ne me sens pas bien. Je te raconterai.

– J'arrive tout de suite. Reste avec Sam le temps que je rentre.

– OK. »

Je ne sais pas combien de temps je peux vivre ainsi. J'ai envie de confronter Rod et lui demander de me laisser tranquille. Mais je sais que ça ne marchera pas.

Je suis avec son frère. Et ça le pousse à bout. Si je m'étais mise avec n'importe qui d'autre, il n'aurait pas été aussi loin.

Il n'y pas trop de circulation en pleine journée. On est déjà rentrés, et Reed est juste derrière nous. Sam m'ouvre la porte.

« Je vais aller faire un tour de la propriété. M. Manning est déjà là. »

Je hoche la tête. Il va parler avec Reed une minute puis il part vérifier que le système de sécurité n'ait pas eu de faille.

Reed vient me prendre dans ses bras.

« Que se passe-t-il, Jenna ? Je vois que quelque chose ne va pas.

– La prof avec qui je travaille a un frère qui est dans le même gang que Rod. »

Son visage devient tout rouge.

« Putain ! Il faudra que tu cherches un autre travail. »

Il me fait rentrer et on s'assoit sur le fauteuil. Il m'assoit sur ses genoux et je plonge mon visage dans son torse.

« Je déteste ça, Reed. Je déteste le contrôle qu'il exerce sur ma vie. C'est pas juste.

– Moi aussi, Jenna. Mais on doit être prudent. Si jamais il arrive jusqu'à toi... »

Il arrête de parler et il soupire.

« Je sais que la thérapeute m'a dit d'arrêter de culpabiliser. Mais si j'étais arrivé plus tôt cet été-là, tu ne serais pas dans cet état. »

Il me caresse le bras. Mon cœur bat très fort.

« Tu n'as aucune raison de te faire du mal. On ne peut pas revenir en arrière. Tu te rappelles de ce qu'elle nous a dit de faire quand on commence à penser au passé et à ce qui aurait pu se passer si on avait fait les choses autrement ? »

Il me regarde dans les yeux, passe sa main dans mes cheveux.

« Je sais. J'arrête.

– J'aurais dû partir quand il m'a demandé de signer ce papier. Je sais que c'est ce que j'aurais dû faire. Mais quand cette petite pute s'est pointée... J'ai perdu le contrôle et j'ai pris la mauvaise décision.

C'est moi qui me suis imposée ça. Et je dois savoir comment arrêter ça. Je dois en finir une bonne fois pour toute avec Rod. »

Je descends de ses genoux et je lui prends la main.

« J'ai rien mangé à midi. Tu m'emmènes ? »

Il hoche la tête et m'emmène à la voiture.

« Rien à signaler, monsieur.

– Bien. Sam, vous pouvez prendre votre après-midi, je vais rester avec Jenna aujourd'hui. »

Reed m'ouvre la porte côté passager, j'entre, il la referme.

Ils discutent une minute puis Reed entre dans la voiture.

« Il va dire à ta collègue de boulot que tu ne reviendras plus. Il va aussi prendre le numéro de téléphone de son frère et il va essayer de le localiser. Comme ça on saura où se trouve le gang. »

L'idée de devoir localiser des gens pour me sentir en sécurité me gêne un peu.

« C'est un peu intrusif de faire ça à quelqu'un qui n'est pas au courant de toute cette histoire.

– Jenna, je m'en fous si c'est intrusif. Je dois te garder en sécurité et je ferai tout ce qui est en mon pouvoir. Si Rod met la main sur toi, ça me tuera. »

Il me prend la main et ouvre le portail avec sa télécommande.

« C'est pas une vie. Ni pour toi, ni pour moi. On ne devrait pas avoir à vivre comme ça, Reed. Si on n'était pas ensemble, tu pourrais vivre normalement. Pas de garde du corps, pas besoin de localiser les gens.

– Ne dis pas ça ! J'ai vécu sans toi, et ça ne valait pas une vie à tes côtés ! Je ne regrette pas une seconde que tu fasses partie de ma vie, Jenna. Et toi ? »

Comment je peux lui dire que je regrette la manière dont j'ai affecté sa vie ?

Je secoue la tête.

« Bien sûr que non, j'ai aucun regret d'être avec toi, Reed. Je t'aime et ma vie n'a jamais été aussi belle qu'avec toi. Mille fois plus belle. Mais tu dois admettre que ça devient difficile.

– Rien de ce qui en vaut la peine n'est facile. Je peux tout affronter avec toi, Jenna. Peu importe ce que je dois faire, je le ferai. Je peux survivre à l'apocalypse. Je braverais les flammes pour toi, Jenna. »

Il me regarde très sérieusement.

« Mais tu n'es pas obligé.

– Mais je le ferai ! »

Il m'embrasse la main.

Une seule pensée me vient quand il fait ça.

Qu'ai-je fait pour être aussi chanceuse ?

« Tu crois que si je trouvais un moyen d'appeler Rod pour le rencontrer, je pourrais le convaincre de lâcher l'affaire ? »

Je connais déjà sa réponse.

« Non ! Il est dangereux ! Ne fais jamais ça ! Si on parlait d'une personne équilibrée, ça serait une bonne idée. Mais Rod est taré !

– Mais ce n'est pas une vie, Reed. J'ai toujours peur, où que j'aille. Avec toi ou Sam, c'est pareil. Je dois trouver le moyen de gérer moi-même cette menace. »

Le feu est rouge, il me regarde.

« Jenna, tu n'es pas seule. Nous vivons tout ensemble. Tu n'as pas à traverser ça toute seule. Je suis là pour toi. Laisse-moi t'aider. »

Le feu passe au vert.

« Le feu est vert, Reed.

– Promets-moi que tu n'essayeras pas de le contacter.

– Je te promets de t'en parler avant si c'était le cas.

– OK. Donc tu ne le contactes pas pour l'instant. »

Je hoche la tête mais je sais qu'au fond je dois trouver la solution seule. De la même façon que j'ai décidé de signer ce contrat. Je dois faire comprendre à Rod que c'est fini entre nous.

Mais Reed ne me laissera jamais lui parler!

28

REED

J'ouvre les yeux et je vois qu'il fait noir dans notre chambre. Mon téléphone s'allume sur la table de chevet à côté de moi. C'est la vibration qui a dû me réveiller.

Je prends le téléphone. C'est mon père. Et il est trois heures du matin.

Merde !

Un appel de la famille à cette heure. Je crains le pire.

Jenna se réveille à côté de moi.

« C'est quoi, Reed ?

– C'est mon père. »

Je réponds.

« Allô, papa ? » dis-je en essayant de prendre une voix normale.

Je m'attends à recevoir une mauvaise nouvelle concernant mon frère.

« Reed, je suis avec ta mère à l'hôpital. Elle a fait une chute cet après-midi et elle avait l'air un peu perturbée. Je l'ai emmenée aux urgences de Prescott. »

Il marque une pause et se racle la gorge.

« Elle a une tumeur au cerveau. »

Je me prends comme un coup de massue et suis étourdi par le choc.

« Tu es sûr ?

– Oui. Ils lui ont fait passer un scanner. La tumeur a la taille d'une balle de golf. Ils vont l'opérer demain matin. Rod est là. Je l'ai appelé cet après-midi. Ta mère aimerait te voir avant de se faire opérer. Au cas où elle ne s'en sortirait pas.

– Papa. Tout va bien se passer. Je vais prendre un avion dans l'heure, et aussi tôt que possible. Tu dois garder espoir. On va tout faire pour que ça se passe au mieux. Ne t'en fais pas. »

J'agrippe la main de Jenna.

Je raccroche. Je la regarde.

« Ma mère a une tumeur. Ils vont l'opérer demain matin. Je dois y aller.

– Tu veux que je vienne avec toi ?

– Rod est déjà sur place. Je ne pense pas que ça soit une bonne idée.

– Je comprends. »

Je ne comprends pas, moi. Je n'ai pas les idées claires. J'ai besoin de Jenna. Mais je dois épargner les tensions à ma mère.

« Je vais prendre une douche. Tu peux me préparer un sac avec quelques affaires pour les prochains jours ? »

Je me lève mais j'ai les jambes qui tremblent et je retombe.

« Reed ! Ça va ? » demande Jenna en se levant.

Je remue la tête.

« Non, ça ne va pas. Ma mère va peut-être mourir, Jenna. Je ne vais pas bien du tout. »

Elle vient me prendre dans ses bras.

« Non, elle ne va pas mourir. Tout va bien se passer, Reed. »

Elle me serre fort.

Je m'accroche à son corps. J'ai besoin d'elle. Je veux qu'elle soit avec moi.

Mais je ne peux pas lui faire ça. Je ne peux pas l'obliger à revoir Rod.

Elle entrouve les bras.

« Je vais faire couler l'eau. Et je vais préparer ton sac. »

Je la regarde s'éloigner et je ressens déjà un manque. Je ne vais pas m'en sortir sans elle.

Mais je dois trouver la force d'affronter tout ça.

Elle revient et elle me prend par la main en me tirant jusqu'à la salle de bain.

« Et voilà. C'est chaud. Je vais faire ton sac. »

Je me mets sous la douche mais je ne sens pas l'eau. Mon corps est engourdi. Ça n'est pas possible. Ma mère est en bonne santé.

Elle ne peut pas avoir une tumeur au cerveau !

Je ferme les yeux. Je pose mon front contre le mur. Des scènes de mon enfance me viennent à l'esprit. Moi et mon frère, avec mes parents, sur un bateau. Tout le monde sourit. Rod a attrapé un poisson avec ses mains.

Un autre souvenir me revient de notre premier Noël. Mon père qui allume des feux d'artifices et tout le monde rit. Tellement de moments de bonheur.

Ces bons souvenirs me font oublier les mauvais. C'est marrant que face à la mort, on ne se souvient que des moments de joie.

Jenna revient.

« Oh, Reed. Tu n'as pas bougé depuis toute à l'heure. »

Elle entre dans la douche et elle me lave les cheveux.

Puis elle me savonne. Elle chantonne.

Elle verse le liquide sur le machin rose qu'elle utilise d'habitude et elle me l'étale sur tout le corps. Elle continue à chanter tout bas. Cela m'apaise.

J'attrape son poignet alors qu'elle me frottait le bras.

« J'ai besoin de toi, Jenna. Je sais que c'est égoïste de te demander ça. Mais j'ai besoin de toi. J'ai besoin que tu sois là.

– Alors je viendrai, Reed. »

Elle parle doucement et sans hésitation.

Son altruisme me fascine. Je sais que je ne devrais pas l'emmener. C'est dangereux pour elle. Mais je n'y arriverai pas sans elle.

« Je t'aime, Jenna. »

Je la prends dans mes bras.

Nos lèvres se touchent un instant, et je ne pense plus à rien. Rien ne peut m'atteindre quand nos corps sont unis.

Elle passe sa main dans mon dos et je sens que je suis en érection. Ce n'est pas bien de penser au sexe alors que ma mère est face à la mort. Mais j'ai besoin de Jenna, si fort que ça n'a pas de sens.

Je l'attire contre moi. Je la plaque contre le mur et je plonge ma queue en elle.

Je donne des grands coups profonds et secs. Seul son corps peut me sortir de ce cauchemar. Je vais me réveiller. Ma mère va bien.

Elle ne peut pas être malade !

Et puis si c'était vrai, je ne serais pas en train de faire l'amour à Jenna dans cette douche. Je serais en train de pleurer et d'implorer Dieu de la sauver. Ma queue ne peut pas être dans le vagin de ma copine dans un moment pareil.

Je ne suis pas en train de donner des coups de rein tellement forts en elle, que je sens son corps taper contre le mur. Elle convulse de plaisir. Et je l'embrasse. Mais elle ne quitte pas ma bouche pour grogner ou crier mon nom quand elle jouit comme elle le fait d'habitude.

Je sens l'excitation monter. Ma queue devient bien raide et je jouis.

« Merde ! Putain ! Non ! »

Je sers Jenna fort dans mes bras et je me laisse aller. Je suis transporté par une vague et je me cache dans son épaule pour pleurer.

Elle me caresse tendrement le dos.

« Ça va aller. Laisse toi aller. »

Je tremble.

« Jenna. Et si elle meurt ?

– Ne pense pas à ça. Ça va bien se passer, » murmure-t-elle.

Je pleure si fort que je bégaie presque.

« Je ne lui ai pas parlé depuis ce jour-là. Enfin pas parlé comme avant. Et si elle meurt et que c'est comme ça que se finit?

– Ça peut se rattraper, Reed. Ne t'en fais pas. Tout peut se réparer. Tu verras. »

Elle passe sa main dans mes cheveux, et je me sens un peu mieux.

« Tu peux engager les meilleurs médecins du monde pour elle. Tu peux la sauver, Reed. »

Je ne pleure presque plus. Je la prends dans mes bras et je la regarde dans les yeux.

« Qu'est-ce que j'ai fait pour te mériter, Jenna ? »

Elle sourit.

« Je ne sais pas. Mais sors de la douche et viens t'habiller. Je vais appeler l'aéroport pour leur dire que c'est une urgence. »

Elle coupe l'eau. Je la prends dans mes bras par derrière.

« Tu es fantastique !

– Non. Je sais juste bien gérer les crises. »

Elle se retourne dans mes bras et me regarde avec ses grands yeux brillants.

« Et je t'aime très fort, et je n'aime pas te voir comme ça.

– On dirait qu'on a ça en commun. Jenna, tu es sûre que tu peux voir Rod ? »

Je cherche son regard pour savoir si elle me dit la vérité.

Elle me fait un clin d'œil et elle sourit.

« Pour toi, je peux tout supporter. Même un gros trou du cul comme Rod. Souviens toi de ça. La santé de ta mère est plus importante à mes yeux que cette histoire de merde entre lui et moi. Je peux le remettre à sa place, ce petit con. Et j'aime ta mère aussi.

– Elle t'aime aussi. Et je sais qu'elle pense que tu as consenti de faire tout ça avec Rod. Et pour ça, je lui en veux. Mais elle t'aime. Et elle ne te juge pas du tout.

– Reed. J'y ai participé activement. J'aurais pu partir quand je voulais. Mais à cette époque, il était tout ce que je connaissais de la vie. Je sais que ça n'est pas évident à entendre ni à comprendre. Mais je l'aimais. Et je pensais que je pouvais l'aider en devenant celle dont il avait besoin. Même s'il me blessait, je voulais toujours être là pour lui. C'était juste bête de ma part de croire que je pouvais m'en sortir indemne. Mais grâce à toi et à la thérapeute, je peux voir maintenant le passé tel qu'il est. Et je peux apprendre de mes erreurs au lieu de le laisser me faire du mal. »

Je la regarde parler. Je sais qu'elle croit que ce qu'elle dit est vrai. Mais je sais que quand elle va se retrouver en face de Rod, elle va réaliser des choses et souffrir.

Je ferais mieux de la laisser ici. Elle n'est pas encore prête à affronter tout ça.

Des fois, la vie nous met face à des situations que l'on n'est pas prêt à affronter. Et c'est un de ces moments.

« Je serai là pour toi, Jenna. Tu n'es pas seule. Je resterai avec toi à chaque seconde et il ne pourra pas te faire de mal. »

Je l'enveloppe dans une serviette. Puis je m'en prends une.

Elle se sèche et me fait un sourire.

« J'espère que je n'en aurai pas besoin, mais j'ai un spray lacrymogène dans mon sac. S'il me touche, je l'utiliserai contre lui.

– Bien joué. »

Je la prends dans mes bras.

« On doit en finir avec ça un jour, de toute façon. »

Elle me pince le nez.

« Oui. On va se marier en mai. C'est déjà dans six mois. Rod sera mon beau-frère. Nous devons apprendre à gérer cet ignoble personnage. »

Je l'étreins.

« On n'a pas le choix. On doit être plus têtus que lui, et le regarder droit dans les yeux. »

Elle me prend par la main et m'emmène devant le lit sur lequel sont posées mes affaires.

« Je lisais un article l'autre jour sur le fait d'affronter ses peurs. Quand on essaie de se cacher et qu'on montre qu'on a peur, elles deviennent plus fortes. C'est pour ça que je te disais que je voulais parler à Rod. Je veux qu'il sache que je n'ai plus peur de lui. »

Je la vois prendre des sous-vêtements assortis. Mais je sais que Rod représente un danger pour elle. Il l'a kidnappée, et Dieu sait ce qu'il avait en tête.

Mais je dois me faire à l'idée qu'un jour ou l'autre il nous faudra l'affronter. J'espère juste qu'il prend la santé de ma mère plus au sérieux que son obsession pour Jenna. Ça nous permettrait de tourner la page et d'aller de l'avant.

Si ce n'est pas le cas, et bien ça sera un drame. Et je ne le souhaite pas, pour le bien de ma famille. Oh que non je ne le souhaite pas.

Mais on n'a pas toujours ce qu'on veut !

29

JENNA

C'est au petit matin que nous arrivons à l'hôpital. Il est six heures. Elle doit se faire opérer dans quelques heures. L'infirmière de la salle de soins intensifs nous dit qu'on ne peut rester que dix minutes.

Sue a les yeux fermés dans cette salle pleine de machines.

« Maman, » murmure Reed.

Elle ouvre les yeux et lui fait un sourire.

« Tu es là ?

– Bien sûr ! »

Il me lâche la main pour aller la prendre dans ses bras.

« Comment te sens-tu ?

– Horriblement mal. Tu y crois toi que j'ai une tumeur de la taille d'une balle de golf dans le cerveau ? »

Elle me regarde, et fait une grimace.

« Vous savez que Rod est ici, hein ?

– Oui, madame. Il n'y aura pas de problème. Je vous le promets.

– Promets-le moi Jenna.

– Je te le promets, Sue. Sinon je m'en vais. »

Elle fait un signe de tête. Reed me regarde, les lèvres pincées puis il se retourne vers Sue.

« Ne pense à rien d'autre que d'aller mieux.

– J'aimerais bien ne pas m'inquiéter. C'est peut-être à cause de la tumeur que je suis énervée tout le temps. Je suis très inquiète pour tout dernièrement. Et vos histoires ne m'ont pas aidé. »

Elle me regarde à nouveau.

« Si je meurs... »

Reed l'interrompt.

« Maman, ne dis jamais ça ! »

Elle lui tapote la main.

« Il est possible que je meure, mon fils. C'est un fait. Je veux que ma famille soit unie. Je veux que tous les deux vous fassiez la paix. Je ne supporte plus tout ça. Si vous n'arrivez pas à vous entendre à propos de Jenna, faites passer les liens du sang en premier. »

Mon cœur s'arrête. Elle veut que je m'en aille s'ils n'arrivent pas à s'entendre.

Reed la regarde.

« Maman, je ne la laisserai jamais partir.

– Je sais. Ni l'un ni l'autre. C'est pour ça que je dois parler à Jenna. De femme à femme. Tu me comprends, Jenna ? Je t'aime, tu le sais. Mais ma famille est la chose la plus importante pour moi. Mes enfants sont tout ce qu'il restera de moi et je veux qu'ils soient capables de se comporter comme des frères. S'ils n'arrivent pas à trouver un terrain d'entente, j'espère que tu sauras faire le nécessaire. Il y a d'autres hommes sur cette planète. Il n'y a pas que les Manning.

– Maman, ne dis pas ça ! »

Elle lui tapote la main à nouveau.

« Je suis obligée. »

Je hoche la tête.

« Je comprends. Et je te respecte, Sue. Je m'en irai si c'est que je dois faire pour honorer ta volonté. Je te le promets. »

Reed se tourne vers moi et il a l'air effrayé. L'infirmière ouvre la porte.

« C'est fini. Vous pourrez revenir dans vingt minutes. »

Reed embrasse sa mère, et nous sortons. Il me tient la main. Il tremble. Ça n'a pas dû être facile pour lui d'entendre ça.

Il y a une salle d'attente sur la gauche. Il me pousse dedans et ferme le verrou de la porte. Il me prend dans ses bras. Il tremble de tout son corps et se met à pleurer.

« Jenna, tu ne peux pas partir si jamais nous n'arrivons pas à être en bons termes avec Rod. Tu ne peux pas !

– Je vais faire tout ce que je peux pour que vous puissiez vous réconcilier. Elle veut garder sa famille intacte. Je comprends tout à fait ça. »

C'est dur de ne pas pleurer en le voyant aussi malheureux et effrayé. Mais je sens que je dois mettre ma peur de côté et lui montrer que je suis forte. Je pleurerai toutes les larmes de mon corps quand je serai seule. Mais pas devant lui.

« Maman ne comprend pas mon amour pour toi. Si je te perds à cause de lui, je ne voudrai pas lui parler de toute façon. »

Il me tient par les épaules. Il pleure. Ça me fait mal.

« Je ne peux pas supporter tout ça.

– Qu'est-ce que tu veux que je te dise ? Je suis une source de conflit pour ta famille. Tu fais partie de cette famille, Reed. Je ne peux pas être celle qui brisera les liens entre vous. »

Il me serre plus fort.

« Reste loin de Rod, et tout ira bien. Je vais faire en sorte que tout aille bien.

– Bien sûr que je vais rester loin de lui ! »

Et en disant cela, je vois Rod passer devant la porte. La vitre est teintée. Il ne peut pas nous voir.

Mon cœur bat plus fort et plus vite. La dernière fois que je l'ai vu, il passait la robe de chambre au-dessus de ma tête pour m'attacher les mains pendant qu'un autre gars m'attachait les pieds. Puis il m'a bâillonnée et jetée dans un minuscule coffre de voiture.

Je sens la bile monter à ma gorge.

« Merde ! Je dois aller aux toilettes, Reed. Désolée !»

Je cours dans le couloir. Je vois le panneau des toilettes pour femmes, j'arrive devant la porte et je vomis dans la poubelle à peine entrée.

J'ai perdu le contrôle de mes nerfs. Je vomis toutes mes tripes. Ça tape à la porte. C'est Reed qui entre, la main devant ses yeux.

« Il y a quelqu'un d'autre ?

– Non, il n'y a que moi, entre.

– Ça va ?

– Ça va aller. Je suis trop tendue, je n'ai pas digéré les cookies. »

J'essaie de sourire, mais ce n'est pas évident.

« Je vais te trouver un bonbon à la menthe dans la voiture. On se rejoint devant la salle, pour voir ma mère à nouveau. C'est bientôt l'heure.

– Je vais me laver la figure un peu. Je te rejoins là-bas.»

Il s'en va, je m'appuie sur le mur. Je dois trouver le moyen d'arranger les choses. Mais je ne sais pas comment faire.

Je me rince la bouche et je me passe de l'eau sur le visage. Puis je retourne vers la salle de soin.

« Jenna ! »

Je lève les yeux. C'est Rod. Il m'attrape avant que je ne réalise qu'il est si près.

« Rod ! »

Il m'attire avec lui dans un placard et il ferme la porte. Il tremble et il pleure. Je ne me sens pas qu'il veut me faire du mal.

« Jenna, qu'est-ce que je vais faire ? Si maman meurt, ça va me tuer. C'est de ma faute. Elle est inquiète pour moi, et elle a toutes les raisons de l'être. Ma vie est trop dure. Quand je t'ai perdue, j'ai perdu les pédales. J'ai besoin de retrouver le droit chemin. J'ai besoin de toi, Jenna. »

Il se recule pour me regarder mais il me tient toujours.

« Rod. Qu'est-ce que tu veux que je te dise ? Je peux être là pour toi, en tant qu'amie. J'ai envie que tout le monde s'entende. »

Il secoue la tête.

« Non, non, Jenna. J'ai besoin de toi plus que personne. S'il te plaît, Jenna. Je t'en prie.

– Rod. J'aime Reed. Je peux juste être ton amie. »

Ses yeux sont rouges et il pleure toutes les larmes de son corps.

« Jenna, je suis désolé pour tout ce que je t'ai fait. Pour tout. Je ne te ferai plus jamais de mal. Je te le jure. Tu m'aimais avant. Tu peux m'aimer à nouveau. Surtout si je me comporte comme j'aurais toujours dû le faire. Laisse-moi une autre chance. Je ne vais pas tenir longtemps sans toi. Tu le sais. »

Je suis dans un état second. Je ne sais pas quoi lui dire.

« J'aime Reed. On va se marier. J'ai besoin que tu l'acceptes.

– Il faut que toi aussi tu acceptes ça. Je t'aime, Jenna. Je t'ai toujours aimée. »

Il ne pleure plus et me regarde droit dans les yeux.

« J'ai besoin de toi. Je t'aime. Je veux me rattraper. Je t'ai fait du mal, je veux réparer tout ça. »

J'ai la tête qui tourne.

« Rod, je dois y aller.

– Je vais te le prouver. Tu verras. »

Il me laisse partir.

« Je te laisse partir parce que je sais que tu vas revenir. Tu penses aimer mon frère, et tu l'aimes peut-être. Mais on s'est aimés en premier. Nous avons eu une histoire. Nous avions commencé une vie, toi et moi. On peut la finir ensemble. Tu verras. J'ai déchiré notre contrat. Et celui de l'autre fille. Elle est libre. Vous êtes libres toutes les deux. Je me fiche de ce qu'elle fait. Mais toi, je te veux. On peut reprendre où on en était. C'était bien avant que je ne doive partir. Tu t'en rappelles. On s'aimait, Jenna. Tu le sais. Si je ne m'étais pas mis dans la merde, on se serait mariés. Et tu le sais.

– Rod. Je dois y aller. »

J'ouvre le verrou et je crois que je vais m'évanouir. Reed me voit dans le couloir.

« Tu es là. Ça va ? »

Puis Rod sort à son tour. Reed s'arrête tout net et part vers lui furieux. J'arrive à le retenir.

« Non ! Il ne m'a pas fait de mal. Il ne m'a rien fait. Il m'a juste prise dans ses bras et il a pleuré. Il n'y a aucune raison de se battre. Aucune ! »

Je fais un pas de côté et je commence à m'éloigner.

« Où vas-tu ?

– À la voiture. Je dois partir d'ici. »

Je marche plus vite car je sens que je vais m'évanouir.

« J'arrive, mon ange. »

J'entends Rod parler.

« Reed. Il faut qu'on parle toi et moi. »

Je cours pour sortir et je m'assois sur un banc en essayant de reprendre ma respiration. Tout tourne et je ne sais pas où aller.

Je suis en train de détruire cette famille. Rod veut être avec moi, Reed veut être avec moi, et personne ne cèdera.

J'ai attendu longtemps que Rod me dise qu'il m'aime. Et maintenant, il l'a fait. Je pensais que ça ne me ferait plus rien. Mais ça me touche.

Et pas comme je m'y attendais. J'étais heureuse au fond qu'il l'admette. Et je me suis rendu compte que je l'aime encore, au fond.

Sa douleur m'affecte aussi. Et je ne sais pas ce que je suis censée faire. Notre histoire fait partie de moi. Je l'ai aimé de tout mon cœur toutes ces années. Tellement fort qu'une vieille flamme s'est ravivée quand il m'a dit qu'il m'aimait.

Mais ce que je ressens pour Reed est profond. Dans un monde parfait, je pourrais me marier avec Reed et nous aurions des enfants. Mais ce monde est loin d'être parfait. Rod ne veut pas me laisser partir. Il ne voudra me laisser faire ce qui est la meilleure chose à faire pour moi, donc je ne pourrai jamais avoir ce dont je rêve avec Reed.

Ils ne feront jamais la paix. Leur mère en mourrait de stress. Et je serai la seule et unique cause de toute cette pagaille. Je vais détruire cette famille qui était heureuse sans moi.

Jason sort d'une voiture qui vient de se garer. Il est pâle et il regarde par terre, sans me voir.

« Bonjour, Jason. »

Il se retourne.

« Jenna ? Pourquoi diable es-tu là ? Tout est de ta faute. Tu le sais, j'espère ! »

Son accusation me glace le sang.

« Non, ce n'est pas de ma faute. Rod a dit lui-même qu'il était la cause de son stress.

– Et tout ça à cause de toi. Je ne te pensais pas égoïste. Mais tu es une femme égoïste, Jenna. Ma famille est brisée, et c'est de te faute. »

Il se retourne et fais quelques pas. Puis il me dit, dos tourné : « Quand vas-tu arrêter d'être égoïste ? »

Il s'éloigne et je regarde mes pieds.

Oui quand est-ce que je vais arrêter ?

30

REED

Rod me prend par l'épaule et me traîne jusqu'à la salle d'attente.

« Reed nous devons parler. Je ne peux plus vivre comme ça. Et maman ne peut plus nous voir comme ça. »

Je ne sais pas ce que je suis censé faire. La situation est trop inattendue, et trop étrange.

« Je suis d'accord. Il faut qu'on trouve une solution. Jenna a failli être blessée à cause de ça. »

Il hoche la tête et il a l'air triste. Je ne l'ai jamais vu aussi triste de ma vie.

« Je sais. Je suis fou de jalousie. Je ne lui ferai plus jamais de mal. J'ai déchiré le contrat. Je sais que c'était juste un bout de papier, mais pour moi, c'était symbolique. Et je croyais que pour elle aussi. Je me suis trompé. J'ai tout raté.

– Je suis heureux d'entendre que tu as fini par t'en rendre compte. Maman sera contente. Je sais qu'on peut laisser tout ça derrière nous. »

Il me regarde d'un air sombre.

« Reed. Je veux que tu saches que je t'aime. Je sais que j'ai été un gros connard et que je t'ai fait beaucoup de mal. Je suis désolé. »

Je manque de tomber de ma chaise. Et moi aussi, je sais que j'ai des excuses à faire.

« Désolé de t'avoir cassé le bras. »

Ses yeux bleus brillent un peu.

« Je sais que tu veux que je m'excuse d'avoir volé ta copine, Rod. Mais je ne le vois pas comme ça. Je l'aime depuis toujours. Je l'aimais déjà deux ans avant que tu ne connaisses son existence. Et je n'ai jamais tenté quoi que ce soit avant que tu ne la quittes et que tu sois parti plusieurs années. Et je l'aime, comme tu ne peux pas imaginer. »

Je dis tout ça en le fixant droit dans les yeux.

Il ne peut soutenir mon regard, et détourne les yeux.

« Je sais. Mais je l'aime aussi. Et j'ai besoin d'elle plus que tout au monde. J'ai besoin d'elle pour reprendre le droit chemin. Il n'y a qu'elle qui puisse m'aider. »

Je retiens ma respiration pour me calmer. Il est en train de parler de l'amour de ma vie. La femme que je vais épouser.

J'essaie de trouver les mots justes, pour ne pas envenimer la situation. Et je sais que ce qu'a dit ma mère à Jenna l'a profondément touché. Je dois faire un effort pour que nous nous entendions.

« Rod. Je ne peux pas la quitter. Et même si je le pouvais, je ne crois pas qu'elle veuille se remettre avec toi. Elle a changé.

– Je sais. Elle s'est épanouie. Et je sais que c'est grâce à toi. Je sais que tu lui as payé ses études. Et que tu l'as soutenue quand je suis parti. Je sais que c'est ton amour pur qui a ouvert son âme. Elle rayonne de tout ce que tu lui as donné. Je sais tout ça. Et je vous laisserais tranquille si je n'avais pas autant besoin d'elle et d'amour pour elle. »

Il détourne les yeux pour pleurer.

Il y a une boîte de mouchoirs à coté de moi. Je la lui tends.

« Tiens. Prends ça. Je ne t'ai jamais vu pleurer.

– Ouais. Je ne pleurais pas avant. Mais je pleure tout le temps maintenant. J'ai essayé de penser à autre chose. Je me suis trouvé une meuf. Je l'ai traitée comme de la merde. J'ai essayé de la transformer en Jenna. J'étais un vrai connard. Et je sais que j'ai fait le con avec Jenna. Mais pas la dernière année.

– Après l'incident ? »

J'ai envie de pleurer.

Il hoche la tête et fait un bruit de trompette en se mouchant. Ça me fait rire, un peu. Il sourit.

« Oui. Quand je l'ai balancé par terre dans le jardin et que la police est venue. Elle aurait pu se débarrasser de moi. Mais elle a demandé à la police de me laisser tranquille. Et elle n'a pas fait ça parce qu'elle avait peur de moi, ce que je voulais. Elle l'a fait parce qu'elle m'aimait. Ça a été un déclic pour moi. J'ai changé ce jour-là. Si je n'avais pas fait le con à vendre de la drogue, on se serait mariés et on aurait probablement des rejetons qui courent partout à l'heure qu'il est. »

Je tapote l'accoudoir de la chaise dans laquelle je suis assis. Mon esprit va à toute vitesse. Je ne sais pas trop quoi faire.

« Mais tu as fait tout ça. Tu es responsable. Je ne vois pas ce qui te fait croire qu'elle te fera confiance à nouveau. Je veux dire, même si elle n'était pas avec moi. Je ne suis pas sûr qu'elle veuille encore de toi. »

Mon grand frère se lève puis se met à genoux. Il s'approche de moi. J'ai un nœud dans la gorge. Il me regarde en larmes.

« Reed. Je n'en ai aucune idée. Mais j'ai besoin de savoir. Tu dois la libérer. Elle ne reviendra peut-être vers aucun de nous deux. Je te demande juste une autre chance. Elle est toujours l'amour de ma vie, Reed. Et je sais qu'elle l'est pour toi aussi. »

Il étouffe un sanglot et ma gorge se serre un peu plus. J'essaye de ne pas pleurer.

« Maman m'a dit que vous alliez vous marier dans six mois. Laisse-la partir. Ne lui parle plus. Je ne lui parlerai plus non plus. Et on attendra. On la laisse choisir. Et si elle part avec quelqu'un d'autre, on doit l'accepter.

– Rod. Si je lui dis que c'est fini, ça lui fera du mal. Je ne peux pas lui faire de mal. »

Je secoue la tête. Je ne suis pas capable de faire ça.

« Maman lui a parlé ? Elle m'a dit qu'elle l'avait fait. Elle m'a dit que Jenna était d'accord pour s'effacer si on n'arrivait pas à se mettre d'accord. »

Il lève la tête pour me regarder, toujours à genoux.

« Oui. Elle l'a fait. Et je pense que Jenna prend maman très au sérieux. »

Je vois mon père arriver devant la salle, et il entre.

« Vous êtes là. Venez. Ils vont emmener votre mère en salle d'opération. »

Il ne pose pas de questions. Il tend la main à Rod et il l'aide à se relever. Nous marchons tous les trois dans le couloir. On n'entend que le bruit de nos pas, en direction de ma mère. Cette femme qui a tenu notre famille soudée jusque là.

Elle soupire de soulagement en nous voyant.

« Mes hommes ! »

On l'étreint tous à tour de rôle. On lui dit qu'on l'aime et qu'on prie pour elle. Puis elle regarde Rod sévèrement.

« Je peux vous voir vous prendre dans les bras avant d'y aller ? »

Je me tourne vers mon frère et j'ouvre les bras. Lui aussi, et nous nous étreignons, sincèrement. Pas juste pour faire plaisir à maman. On n'oubliera pas ce qui s'est passé. Mais on va faire un effort. On va devoir faire des sacrifices.

Je ne suis pas sûr d'en avoir envie !

Et je ne le ferai pas si Jenna n'en a pas envie. Je ne lui ferai jamais de mal. Je ne peux pas faire ça.

Les infirmiers font rouler le lit de ma mère et partent avec elle. Je la salue de la main. Une fois qu'elle est sortie de la pièce, nous ne nous retenons plus, nous laissons couler nos larmes et reniflons.

Je tapote le dos de Rod.

« Je vais aller lui parler. »

Dans le couloir, Rod me demande s'il peut lui parler après moi. Mon père, jusque là étrangement silencieux, se retourne et nous demande ce que nous avons décidé de faire à propos de Jenna.

« On a trouvé un arrangement, et je vais en parler à Jenna. »

Il rentre dans la salle d'attente.

« Quoi que vous ayez décidé, Jenna ne fera pas partie de cette famille tant qu'elle sera égoïste comme ça. »

Rod le regarde, en colère.

« Ecoute Papa, Rod et moi on peut gérer nos différents. Ça nous regarde. Ce n'est pas la faute de Jenna ! Elle n'est pas égoïste du tout ! Elle est altruiste, au contraire. »

Mon père a l'air choqué.

« Je l'ai vue dehors, et je lui ai dit d'arrêter d'être égoïste. »

Rod se fâche, et dit à notre père qu'il a intérêt à aller s'excuser. Que c'est nous qui sommes égoïstes, pas elle.

Je regarde mon père en hochant la tête. Papa prend un air penaud.

« Je vais la chercher. On ne lui dit rien pour l'instant. On va attendre la fin de l'opération, d'accord Rod ?

– Ouais. Le plus important maintenant, c'est maman. Dis-lui qu'il n'y a pas à s'inquiéter. Je serai tranquille, et papa aussi. »

Je sors de la pièce. Elle est assise sur un banc, la tête baissée sur son téléphone.

« Salut, beauté.

– Oh, c'est toi ? Comment va ta mère ? Ses yeux sont emplis de tristesse.

– Ils viennent de l'emmener. Je suis venu te chercher, viens avec nous dans la salle d'attente. Mon père nous a raconté ce qu'il t'a dit, et il te doit des excuses. Rod lui a sauté dessus en disant que les égoïstes, c'était nous, pas toi. »

Elle regarde sa main, que je prends dans la mienne.

« Non, il a raison. Je suis une égoïste. Je veux tout. Ce n'est pas juste. J'attendais que tu sortes pour te dire que j'allais rentrer chez mes parents. Ta famille a besoin d'être tranquille. Vous êtes ici pour ta mère et rien d'autre. »

Elle se repenche sur son téléphone. Je m'agenouille devant elle.

Je lui fais gentiment lever la tête pour la regarder dans les yeux.

« Jenna, viens. S'il te plaît. J'ai besoin de toi, et Rod a promis de rester tranquille. Mes parents ne comprennent pas tout. Mais on est en train de trouver une solution, avec Rod. On en parlera plus tard.

Mais pour l'instant j'ai besoin que tu me tiennes la main, et peut-être que Rod aussi. Et je voulais te dire, si tu veux le consoler, tu peux. Ne le fais pas si tu n'en as pas envie. C'est toi qui choisis. »

Elle a l'air étonné.

« Tu plaisantes ?

– Non. Le fait est que tu l'as aimé un jour. Je l'ai vu dans tes yeux quand tu es sortie tout à l'heure. Ce qu'il t'a dit, ça t'a perturbée. Tu es tiraillée entre nous depuis trop longtemps. On te tire chacun à nous, il faut qu'on arrête.

– Je ne sais pas quoi faire, Reed. Je t'aime, et j'aimerais rester amie avec Rod, » dit-elle, confuse.

« Mais là tout de suite, je me sens comme un obstacle entre toi et ta famille.

– Je vois bien. Alors laisse-moi te dire que si je retourne là-bas sans toi, cela rendra horriblement triste trois Manning. Mais tu fais comme tu veux. »

J'attends qu'elle digère un peu tout ce que je lui dis. Elle me prend la main.

« Je viens, on verra le reste plus tard. »

Je passe mon bras autour de ses épaules et je l'amène à l'intérieur. Jenna Foster a sa place dans cette famille depuis bien longtemps. Ce n'est pas le moment de la laisser à l'écart comme si elle n'en faisait pas partie.

J'espère que je survivrai si elle décide de partir !

31

JENNA

L'expression sur le visage des hommes du clan Manning est à la fois sinistre et joyeuse. Reed a toujours son bras sur mes épaules. Rod s'approche de moi.

Il me prend les mains.

« Jenna, je vais pas t'embêter. Et papa a quelque chose à te dire. »

Il me lâche une main mais tiens toujours l'autre.

Je ne me sens pas à l'aise, touchée par les deux frères en même temps. Jason se lève.

« Je voulais m'excuser pour ce que j'ai dit tout à l'heure, Jenna. Ils m'ont expliqué les choses, et je suis désolé. Je suis un peu à cran. J'espère que tu me pardonnes.

– Je comprends, bien sûr, Jason. »

Rod me tire pour s'asseoir. Je suis assise entre Reed et Rod. Tous les deux me tiennent la main. Ni l'un ni l'autre n'est jaloux, ou en colère. Ils sont juste inquiets pour leur mère.

J'essaie de me détendre. Reed frotte son pouce nerveusement contre ma peau et Rod me serre la main de temps en temps.

Le téléphone de la salle de soins sonne. Jason répond.

« Oui. D'accord, merci. »

Il raccroche et il sourit.

« Ils ont enlevé la tumeur. Elle va bien. Ils doivent refermer le crâne et ils nous appellent ensuite. »

Je suis un peu soulagée par la bonne nouvelle. Reed se lève et m'entraîne avec lui, mais Rod reste accroché à ma main.

Il me relâche quand je prends Reed dans mes bras.

« Je t'avais dit que ça se passerait bien. »

Il me fait signe de la tête de me tourner. Rod pleure.

« J'étais vraiment inquiet. »

J'ouvre les bras et il m'étreint.

« Elle va s'en sortir, Rod, elle est forte.

– Merci, Jenna. »

Ses lèvres frôlent mon oreille et je suis paralysée une seconde.

Je regarde Jason et je dis en riant : « Et Jason, il veut un câlin aussi ? »

Il vient vers moi.

« Oui. »

Il me prend dans ses bras aussi et je souris.

Je fais vraiment partie cette famille !

Nous nous rasseyons tous. Jason rigole.

« Vous vous rappelez du Nouvel An où elle avait bu des shooters avec Rod et les cousins ? Elle était complètement bourrée. Je l'ai portée jusqu'au lit ce soir là. »

Rod rit.

« Elle avait une descente de marin ! »

Reed glousse.

« Le lendemain, c'était une loque ! »

J'ai aussi un souvenir.

« J'ai dû l'emmener à la salle de bain pour la coiffer. Elle ne savait plus comment on fait avec cette énorme gueule de bois. Et elle râlait à chaque coup de brosse. »

Reed rit plus fort.

« Ah, ha ! Oui, elle avait un côté plat et un côté ébouriffé, la pauvre ! »

Tout le monde rit et Jason a les yeux pleins de larmes.

« J'espère qu'on passera encore beaucoup de bons moments avec elle. »

On verse tous quelques larmes et puis mes deux mains sont de nouveau saisies des deux cotés. Je sais comment je peux me rendre utile.

« Hé ! Vous vous rappelez quand on a installé la piscine et elle est descendu par le toboggan en faisant « woouh » comme une gamine ? »

Jason commence à rire.

« Ah oui. Elle a fait un gros plouf et quand elle est ressortie elle était toute rouge. On s'est tous moqués d'elle. »

Je donne un petit coup d'épaule à Rod.

« Et toi, tu l'as filmée et tu as posté la vidéo sur Facebook ! Tu te rappelles comme elle était en colère ? »

Il rit très fort.

« Et elle a reçu des tonnes de j'aime !

– Je ne lui ai jamais dit car elle me tuerait. Mais j'ai vu cette vidéo sur Youtube un an plus tard et les commentaires étaient à mourir de rire. »

Il tape dans ses mains.

« Et quand vous avez essayé d'allumer le barbecue toutes les deux ! »

Il rit si fort que tout le monde le rejoint.

Reed dit en s'étouffant de rire : « Sue n'avait plus de sourcils, et la frange de Jenna était toute brûlée ! »

Jason lutte contre le fou rire en ajoutant : « Quand Rod a vu ça, il a tellement ri qu'il en est tombé du porche. Et Reed a dû aller l'aider.

– Ah oui ! Haha. On avait fumé de l'herbe et je savais qu'il ne pourrait pas se relever tout seul. »

J'écarquille les yeux en fixant Reed.

« Oups ! Tu ne savais pas ça ? »

Je secoue la tête et je plisse les yeux en regardant les deux frères.

« Vous êtes vraiment des mauvais garnements ! C'est pour ça qu'on a essayé d'allumer le feu, on ne vous trouvait plus. »

Rod hausse les épaules, l'air espiègle.

« On vous a entendu nous appeler mais on était dans le garage.

– Non, non. On a cherché dans le garage. »

Reed me donne un petit coup de coude.

« Non, pas derrière le couvre-lit bleu qui était étendu là, exprès.

– Vous êtes vraiment deux voyoux! » dis-je et tout le monde se met à rire.

Le téléphone sonne. Jason regarde le combiné.

« C'est un peu tôt, non ?

– Vous voulez que je réponde ? »

Il hoche la tête. Je décroche.

« Allô ?

– Docteur Lexor. Il y a eu des complications. Son cœur s'est arrêté. »

Le mien s'arrête également et je ferme les yeux pour qu'ils ne trahissent pas mon expression aux trois hommes qui me regardent.

« Mais elle va bien maintenant ?

– Oui, oui. Elle est partie cinq minutes, mais elle est revenue. On devra faire des tests pour voir si tout va bien. Donc vous pourrez la voir un peu plus tard que prévu. Je vous appelle quand nous aurons fini ou s'il y a d'autres complications.

– Merci, Docteur Lexor, » je dis en raccrochant.

Je me tourne vers eux.

« Elle va bien. »

Soupir collectif.

« Qu'est-ce qui s'est passé? » demande Jason.

Je lui prends la main.

« Jason, le plus important c'est qu'elle aille bien maintenant.

– Dis-moi ce qui s'est passé !

– Son cœur s'est arrêté pendant cinq minutes. Ils ont dû la réanimer et il est reparti. Elle va sortir dans plus longtemps que prévu. Ils doivent faire des tests pour voir si tout va bien. »

Il écrase ma main dans la sienne mais je ne dis rien

Rod le remarque et il se lève.

« Hé, viens papa, on va marcher.

– Oui je dois marcher. J'ai failli la perdre pendant cinq minutes !

– Non. Elle nous faisait juste une blague ! Elle sera encore là pour un moment. Ne t'en fais pas. »

Je secoue ma main pour que le sang se remette à circuler en regardant Reed. Il est tout pâle, je vais vers lui.

« Tu veux marcher un peu aussi ?

– On doit rester ici pour répondre au téléphone.

– Je reste, vas-y si tu veux. »

Il me prend la main et me fait asseoir à coté de lui.

« Jenna, merci d'être là pour nous tous. Ça m'a vraiment ouvert les yeux. Tu fais partie de cette famille, tu le sais?

– Oui, j'ai l'impression. Je suis contente d'être là pour vous tous. Je suis heureuse de pouvoir vous aider et je pense que Sue sera contente aussi.

– Oui. Elle sera heureuse de savoir que tu étais là pour nous. Et je voulais te dire qu'on t'aime tous. »

Il pose ses lèvres sur les miennes une seconde.

Le courant qu'il y a d'habitude entre nous me traverse. Mais je sens qu'il me cache quelque chose.

« Reed ? Tu as quelque chose à me dire ? Ce dont vous avez discuté avec Rod, par exemple.

– Il veut que tu lui donnes une seconde chance. »

Son regard s'assombrit.

« Et je pense qu'il faudrait qu'on te laisse le choix. Je t'ai emmené avec moi un peu trop vite. On a décidé de te laisser libre pendant un moment. Pour que tu prennes le temps de réfléchir et de revenir avec celui que tu veux. Ou même de passer à autre chose. On veut te laisser une chance de te trouver un homme qui ne soit pas un Manning, si tu veux. »

Ses mots devraient me surprendre. Mais quand ils me tenaient tous les deux la main, je me suis dit qu'ils avaient dû passer un quelconque accord. Et il semblerait que cet arrangement entre eux implique de me libérer, de tout et de tout le monde.

« Vous me voulez tous les deux, c'est ça ?

– Oui. On a convenu avec Rod que l'on ferait ça jusqu'à la date de notre mariage. Mais je trouve que c'est un peu tard au cas où tu décides de ne pas te remettre avec moi. Et si on disait, trois jours avant le mariage ? Je vais te donner de l'argent et tu pourras aller partout où tu veux. Ni moi ni Rod ne te contacterons. Mais toi tu es libre de le faire et de faire ce que tu veux. Totalement libre. Et on ne t'en voudra pas, quoi que tu décides de faire. On s'est promis tous les deux d'accepter ta décision. »

Je me sens bizarre.

« Donc, j'ai une sorte d'autorisation. Le mariage est toujours programmé. Rod veut toujours me récupérer. Mais, et si je veux essayer quelqu'un d'autre ? Pour voir ce que ça fait de sortir avec un homme qui ne soit pas un Manning ? Si je couche avec un non-Manning ? Si je reviens vers toi après, tu voudras toujours m'épouser ? »

Il hoche la tête.

« Ça a l'air compliqué, je sais. Mais tu peux même aller voir Rod si tu veux lui donner une autre chance. Et revenir vers moi si tu m'aimes toujours. Et je te reprendrai. »

Je souris car je les connais bien, et ils se font des illusions.

« Ça ne marchera pas comme ça. Vous êtes tous les deux très possessifs. Si je me mets avec l'un d'entre vous, l'autre me rayera de sa vie. Mais je pourrais essayer de rencontrer un autre homme. Pour voir si quelqu'un saurait retenir mon attention comme vous l'avez fait. »

Il prend un air sérieux.

« Je ne veux pas faire ça, Jenna. Si ça te fait du mal, je ne le supporterai pas. Mais je n'ai pas envie de t'épouser et de te faire des enfants pour qu'un jour tu me dises qu'en fait tu aimes Rod. Prends le temps de réfléchir à ce que tu veux vraiment. »

Qu'est-ce que je veux ?

Je veux Reed. Je sais que je veux Reed. Mais je ne veux pas qu'il perde sa famille pour moi.

« OK. Je vais rester avec vous pour votre mère. Mais j'irai dormir chez mes parents le soir. Je peux me trouver un travail à Tempe jusqu'en mai. Et puis je ferai mon choix. »

Il me fait un sourire timide.

« J'espère que tu vas me choisir. »

Je lui caresse la joue.

« Je t'aime, Reed.

– Je t'aime, Jenna Foster. »

Il prend ma main et il la serre.

« Et voilà, tu es une femme libre. Va et ne reviens que quand tu seras sûre que tu me veux, moi. »

Mon cœur me fait me sentir étrange. Il me regarde avec des yeux pleins d'amour.

Qu'est-ce que je vais bien pouvoir faire en tant que femme célibataire? Avec qui vais-je finir ?

32

REED

Deux semaines plus tard, me voilà de retour à Bel-Air, seul.

Jenna est à Tempe et elle a déjà trouvé un travail. Je lui ai pris un petit appartement et une voiture neuve. Je lui ai précisé qu'elle pourrait tout garder même si elle ne me choisit pas. La voiture et la carte bleue que je lui ai laissées pour payer les factures sont à elle.

Je ne veux pas qu'elle revienne pour mon argent. Mais je veux qu'elle me revienne.

Je ne dors pas beaucoup sans elle. Les nuits sont longues. Elle me manque de tout mon corps.

Ma mère va très bien. Elle est en rééducation. Rod a trouvé un travail dans un garage à Prescott. Il loue une petite maison.

Juste avant de partir, on a tous passé une journée ensemble. Maman avait l'air contente de voir que nous sommes en bons termes avec Rod.

Je dois bien admettre que Rod a l'air d'être revenu dans le droit chemin. On dirait qu'il ne boit plus et ne prend plus de drogue. Et il a été très correct avec Jenna.

Ils ont discuté avec Rod et elle m'a tout raconté. Elle m'a dit qu'elle l'aimait encore au fond d'elle. Elle prend ça au sérieux et elle prend le temps d'y réfléchir.

Si elle choisit l'un d'entre nous, c'est définitif. On le sait tous les trois.

Une bouteille de vin à la main, je monte les escaliers vers notre ancienne chambre, qui le sera encore, j'espère. Mais j'essaye de ne pas trop espérer.

En fait, je pense qu'elle va plutôt faire son deuil de moi et de Rod. Je pouvais le lire dans ses yeux quand elle nous regardait. Elle était contente mais elle avait l'air de se sentir un peu coupable.

Je ne sais pas si elle pourra un jour se défaire de la culpabilité de nous aimer tous les deux. D'avoir causé la déchirure de notre famille. C'est une bonne personne. Je ne sais pas si elle sera capable d'en choisir un au risque de briser le cœur de l'autre.

Elle n'a appelé aucun d'entre nous depuis l'opération de maman. Dès qu'elle a été stable et que nous avons pu lui rendre visite, elle est partie juste après. Elle nous a laissés, tous.

Elle s'est aperçue que maman était heureuse et elle a voulu partir sur une touche positive. Elle avait l'impression que sa présence était une distraction. Elle voulait nous laisser nous retrouver avec Rod.

On l'a donc laissée partir ce soir là. J'ai juste contacté ses parents pour m'assurer qu'elle n'avait besoin de rien.

J'ai mal au cœur. Et mon corps a mal de ne pas pouvoir la serrer dans mes bras.

Je trouve que le temps ne passe pas assez vite !

JENNA

LES BULLETINS SONT sur la petite table du salon sous la lumière tamisée. Je bois un verre de vin rouge pour me détendre. La journée a été rude. Les petits étaient bourrés d'énergie, ils m'ont fatiguée.

. . .

EN BUVANT UNE GORGÉE, je repense à la proposition du directeur, Steven Johnson, de sortir ensemble vendredi soir.

JE LUI AI DIT que j'allais y réfléchir et que je lui donnerai ma réponse mercredi. On est lundi, ça me laisse deux jours pour y réfléchir.

DANS MA BOÎTE À BIJOUX, j'ai les bagues de fiançailles de Reed et de Rod. Je les regarde tous les jours. Je me les passe au doigt en me demandant avec lequel je veux finir le reste de ma vie.

MAIS JE SAIS que si j'en choisis un, je vais blesser l'autre. Et je ne veux pas faire de mal à cette famille.

JE PENSE VRAIMENT à laisser la famille Manning tranquille pour de bon. Ce serait la meilleure solution. Steven Johnson pourrait être un premier pas en avant pour sortir de cet univers.

MAIS je ne suis pas sûre encore. J'ai été la copine d'un Manning depuis que j'ai dix-huit ans. À part les deux ans où je n'étais la copine de personne.

LE CHOIX n'est vraiment pas facile. Si je devais décider maintenant, je retournerais avec Reed. J'ai trop envie d'entendre sa voix. Et c'est lui qui occupe la première place dans mon coeur.

C'EST lui qui me manque le plus !

. . .

JE ME SENS seule la nuit. Plus que jamais.

C'EST mon amour pour Reed ironiquement qui me ferait choisir un homme complètement différent pour que Reed ne perde pas sa famille à cause de moi.

MAIS QU'EST-CE qu'il me manque !

~

ROD

JE BOIS ma bière en regardant les étoiles après une longue journée de travail. J'imagine Jenna dans mes bras.

C'ÉTAIT bon de la revoir dans ma vie. J'étais content, même si ce n'était qu'une journée. C'était ce que j'ai ressenti de mieux depuis le jour où je suis parti, il y a un peu plus de deux ans.

QUAND JE L'AI embrassé pour lui dire au revoir, j'ai senti que mes anciens sentiments pour elle sont remontés à la surface.

NOS CORPS se sont mélangés comme au bon vieux temps. Sa langue bougeait avec la mienne. J'ai senti son cœur battre plus vite et sa respiration s'accélérer.

. . .

Je sais qu'elle m'aime encore. Mais je ne sais pas si c'est plus fort que ce qu'elle ressent pour mon frère.

En bon connard que je suis, je les ai regardés quand ils s'embrassaient. Lui, il nous avait laissé un peu d'intimité. Je me sens un peu mal d'avoir fait ça. Mais ça m'a permis d'évaluer les chances que j'ai qu'elle me choisisse.

Leur baiser était complice et ça m'a fait mal de voir la connexion qui existe entre eux. C'était un baiser très intime. Ils se caressaient avec le nez. Ils ont soupiré et ils se sont échangés beaucoup, beaucoup de mots doux.

Je me sens mal de me mettre entre eux alors qu'un lien profond les unit. Mais avec Jenna, j'avais la connexion la plus profonde dont je suis capable.

Mon frère a toujours été plus à l'écoute de ses sentiments. Ça ne m'étonne pas qu'ils s'entendent aussi bien. Mais ça ne veut pas dire que c'est l'homme de sa vie.

Je suis son premier amour. Je pense que Reed lui a permis de rebondir. Mais un amour trop intense s'épuise vite, en général.

Et puis, on est restés deux ans ensemble avec Jenna. Ils ne sortent ensemble que depuis quelques mois. Il l'a demandée en mariage une semaine après leur premier baiser, d'après ce que m'a dit maman.

. . .

Je suis sûr qu'il l'a fait pour que je n'aie aucune chance de reprendre notre histoire à mon retour. Et ça me donne de l'espoir car il a du voir quelque chose en elle qui lui a donné l'idée que j'avais des chances de la reconquérir.

Je lui ai donné mon numéro. Elle a celui de Reed. Elle a changé le sien pour qu'on ne puisse pas la contacter. Je dois attendre qu'elle me donne ma chance. Et si ça arrive, je ferai tout pour la reconquérir. Je me demande comment mon frère vit tout ça.

Je l'appelle.

« Maman va bien ? » demande-t-il.

« Oui, elle va très bien. Je l'ai vue en sortant du travail. Elle faisait de l'aérobic avec des femmes de son âge. Elle bougeait bien quand je suis parti.

– OK. Je n'ai pas eu le temps de l'appeler aujourd'hui. Je pensais à autre chose.

– À Jenna ?

– Oui. J'ai fait un truc stupide aujourd'hui. J'ai regardé le classeur que nous avions pour l'organisation de notre mariage. Et elle m'a manqué. Je me suis aussi demandé ce que j'allais faire de tout ce qui est déjà payé. Mais je crois que j'ai trouvé une solution. »

. . .

Je bois une gorgée de ma bière.

« C'est quoi le plan ?

– Si elle te choisit, tout est pour votre mariage. Jenna a vraiment tout organisé. Je lui ai juste montré les différentes options. C'est le mariage de ses rêves. Et je lui donnerai tout, même si ça n'est pas avec moi. Tu vas l'épouser si elle te choisit, Rod ?

– Oui. Je dois l'épouser depuis trois ans. J'ai juste un peu dévié de mon objectif.

– OK donc c'est réglé. Le mariage est toujours prévu. Et si elle en choisit un autre, on pourra se faire une méga teuf avec toute la famille. Tout le monde y gagne. Qu'est-ce que t'en penses ? »

J'y réfléchis pendant une minute. Puis je ris.

« Reed, t'es vraiment trop fort, petit frère ! Je n'aurais pas pu faire ce que tu fais. Tu lui offres le mariage même si elle ne te choisit pas ! C'est intéressant.

– Elle le mérite. Je suis prêt à accepter son choix. Je l'aimerai toujours. Je ne pourrais pas m'arrêter. Car je l'aime depuis trop longtemps.

– Tu l'aimes depuis quand ?

. . .

– Depuis qu'elle a à peu près quatorze ans. »

Je bois une gorgée. Je ne savais pas que je l'aimais avant que je la regarde dans les yeux et qu'elle dise à ce flic de ne pas m'embarquer. Je savais que je la voulais pour moi. Je savais que je voulais quelque chose avec cette fille, mais je ne pensais pas que je pouvais l'aimer jusqu'à ce jour.

« Tu l'aimes depuis plus longtemps que moi. Comment as-tu pu supporter ça quand tu as vu qu'on était en couple ?

– Je n'avais pas trop le choix. Et puis honnêtement, vu comme tu la traitais... Si elle ne partait pas d'elle même, ça n'aurait servi à rien d'essayer de l'avoir. Elle était loyale envers toi le connard. »

Je regarde les étoiles et retiens mes larmes.

« Oui, c'est vrai. Et je lui ai rendu sa liberté en partant sans rien lui dire. Elle ne savait même pas si j'étais vivant. Je l'ai abandonnée pendant deux ans. Et toi, pendant ce temps, tu lui as payé des études et tu t'es assuré qu'elle aille de l'avant. »

Reed rit.

« Dit comme ça, tu me fais passer pour un saint. Mais j'avais mes raisons d'attendre. Je savais que si tu revenais, elle me quitterait. Mais quand j'ai vu son joli cul dans le magasin cette après-midi… Je n'ai pas pu m'en empêcher, il me la fallait. »

JE FINIS MA BIÈRE.

« ET VOUS VOUS êtes empressés de prévoir le mariage. Alors je me suis pointé pour tout faire capoter. C'était vraiment un sale coup, je sais.

– EN PARLANT DE SALE COUP, je lui ai dit qu'on allait se marier après avoir couché avec elle la première fois. Je ne l'ai pas demandée en mariage. Je lui ai dit qu'on allait se marier. Je te jugeais parce que tu voulais la contrôler. J'ai fait la même chose, tout ça sans fouet ni menottes.

– ELLE SE PORTERA SÛREMENT MIEUX sans nous, petit frère. »

JE ME SORS une autre bière du pack de six posé par terre.

« TU AS SÛREMENT RAISON. »

ON DEVRAIT PEUT-ÊTRE le lui dire…

33

JENNA

Je mets une paire de sandales brillantes, la dernière touche de ma préparation pour ce qui sera mon premier rendez-vous galant avec un homme qui n'est pas un Manning.

J'ai accepté l'invitation à dîner de Steven Johnson, et je me sens très anxieuse. Il va avoir trente ans. Il a cinq ans de plus que moi, et il a l'air d'être très sûr de lui concernant son avenir.

Il est directeur adjoint dans une école depuis deux ans, et il essaie d'obtenir un meilleur poste ici à Tempe, en tant que directeur. Il a un projet d'avenir, et je trouve ça admirable.

Steven est plutôt mignon, il a des cheveux bruns qu'il coupe courts. Il porte toujours des costumes sombres, qui je trouve font un peu trop habillés pour son métier. Je suppose qu'il s'habille selon ses ambitions.

Lorsqu'on frappe à la porte, je me mets à respirer plus fort. Je prends une grande inspiration et je murmure pour moi-même : « Calme-toi ! C'est juste un rendez-vous ! »

Mais au fond, je n'ai pas vraiment envie d'aller à ce rendez-vous. Je veux être entre les bras de Reed, allongés sur notre lit. C'est ce que j'ai réellement envie de faire tout de suite.

En ouvrant la porte, je vois Steven Johnson portant un costume noir élégant et une cravate, comme s'il venait de sortir d'un rendez-vous d'affaires. Je me retiens de pouffer en me souvenant que bien que Reed soit milliardaire, il ne porte des costumes que lorsqu'il y est obligé. Et lorsqu'il en porte, ça lui va tellement mieux qu'à cet homme.

« Tu es magnifique, » me dit-il en entrant. Il me tend une bouteille de vin. « J'ai pensé qu'on pourrait prendre un verre avant de sortir. Où sont tes verres à vin? »

Il se tient tout près de moi, et je suis un peu mal à l'aise. Je recule d'un pas. « Là-bas, sur le comptoir. »

Il ouvre la bouteille et sert deux verres. « Le vert de ta robe met celui de tes yeux en valeur. Tu as vraiment du style, Jenna. C'est ce qui m'a attiré chez toi. Enfin, ça et le fait que tu sois canon et gentille comme tout.

– Merci, » je réponds en acceptant le verre de vin qu'il me tend.

Il prend ma main et m'attire vers le canapé. « Alors, dis-m'en un peu plus sur ta vie, Jenna. Je meurs d'envie de savoir ce qui t'a amené à venir travailler dans mon école. »

J'ai l'impression que ma tête va exploser. Je ne peux absolument pas lui dire la vérité, alors je réponds : « Ma famille pense que Tempe était un bon endroit pour obtenir mon diplôme d'enseignante. Comme ça, je ne suis pas loin de ma ville natale, Jerome. »

Il bouge son bras, que je vois s'approcher dangereusement de moi. « Et tu n'as pas d'homme dans ta vie ? »

Oh si, il y a un homme... Même plusieurs, à vrai dire !

Je secoue la tête. « Non, il n'y a pas d'homme. »

Il boit une gorgée en fronçant les sourcils, sans me quitter des yeux. « Je pense qu'il y en a eu un. Je me trompe ?

– Bien sûr que j'ai eu des hommes dans ma vie. » Je bois en regardant ailleurs, et je me demande vraiment si j'ai bien fait d'accepter ce rendez-vous. Je ne me rendais pas compte qu'il faudrait autant parler de son passé. Je ne m'y étais pas préparée.

Et mon passé est un peu sombre et sinistre. Je n'aime pas en parler.

Je ris intérieurement en m'imaginant raconter à cet homme en face de moi que ma vie amoureuse a commencé avec quelqu'un qui aimait me fouetter le cul, pour finir avec un homme qui me couve d'amour et d'affection, et c'est sa voiture que je conduis et que nous nous trouvons dans l'appartement qu'il me paie. C'est aussi son argent qui a payé les vêtements que je porte.

Je secoue la tête en réalisant que d'une manière ou d'une autre, j'ai toujours été dépendante d'un des frères Manning. Et c'est tellement loin de la vie que je voulais.

Alors, je décide de donner une vraie chance à ce mec, et je chasse Reed et Rod de mon esprit.

Au moins pour ce soir !

Il finit son verre. « Tu es prête à y aller ? J'ai réservé quelque part. Tu aimes la cuisine française, n'est-ce pas ? »

Je hausse les épaules. « Je n'ai jamais testé.

– Oh là là. Mais où vivais-tu avant, dans une grotte ? Tu n'as jamais goûté à la cuisine française ! » s'exclame-t-il en passant la porte.

Non, je vivais à Bel-Air, Monsieur l'impoli !

Ma voiture est mieux que la sienne. Reed m'a acheté une Mercedes, et Steven conduit une Ford Fusion.

Je réalise alors qu'il n'a aucune idée de ce que je conduis, puisque je me rends à l'école à pied tous les jours.

Il regarde ma voiture lorsque nous passons devant, et il laisse s'échapper un sifflement. « Et ben, quel genre de mec prétentieux conduit ce monstre ? »

Je ne sais pas si je dois lui dire que c'est ma voiture. Mais je pense que je dois être sincère avec lui. « C'est la mienne. »

Il lève les sourcils. « La tienne ? Mais comment as-tu pu te la payer ? »

Je n'aurais jamais pu !

« Ma famille me l'a offerte quand j'ai obtenu mon diplôme, » je mens. Je crois que je vais mentir sur un tas d'autres choses, si je ne fais pas attention.

Il monte dans sa voiture, sans venir m'ouvrir ma portière. Reed le faisait toujours, et Rod me faisait monter de son côté du camion pour que je m'installe au milieu, tout près de lui.

Ça me déçoit un peu mais je monte dans sa voiture. Je veux voir où cette soirée peut nous mener. « Alors, d'où viens-tu à l'origine, Steven ?

– De Floride. » Il fait une pause et me regarde. « Enfin, du New Jersey, puis de Floride. Et un peu avant, j'ai vécu dans le Connecticut. Ma famille a beaucoup déménagé. Ma mère s'est remariée trois fois avant que j'aie eu dix huit ans et que je parte à la fac.

– Tu es proche de ta famille ? » Alors qu'on s'éloigne de mon appartement, je réalise que je suis coincée avec lui jusqu'à ce qu'il décide de me ramener. Sans trop savoir pourquoi, ça me fout les jetons.

– Mon Dieu, non ! » s'exclame-t-il en levant la main en l'air. « Je ne leur parle même pas. J'ai quatre demi-sœurs et un demi-frère, tout du côté de ma mère. Du côté de mon père, je ne pourrais pas te dire. C'était un séducteur qui jouait avec les femmes. À vrai dire, c'est le genre d'homme qui plaît à ma mère. Le genre infidèle. J'aime bien l'appeler une victime professionnelle. Ce n'est jamais de sa faute si les hommes la trompent, mais elle choisit toujours le même type de mecs, encore et encore.

– Je vois. Donc, pas de grosses soirées pour Noël à la maison, ou quelque chose de ce genre ? » je lui demande en regardant les lumières de la ville défiler lentement. Il conduit comme un vieillard.

« Non. Je n'ai vu aucun membre de ma famille depuis trois ans. Et toi, avec ta famille ? » me demande-t-il en prenant ma main, qu'il garde entre nous.

Je regarde nos mains entrelacées. Je ne ressens rien. Son contact ne me fait aucun effet.

Est-ce qu'il faut que ce soit la main d'un Manning pour qu'elle éveille quelque chose en moi ?

« Mes parents sont ensemble, et je suis fille unique. Ils étaient âgés quand ils m'ont eue. C'était une surprise. Ils pensaient que ma mère ne pouvait pas avoir d'enfants, » je réponds sans quitter nos mains des yeux, en me demandant pourquoi son contact ne me fait ressentir aucune sensation.

« Et bien, peut-être qu'elle n'était pas faite pour la maternité. Je sais qu'il y a beaucoup de femmes qui ne devraient pas être mères. Y compris la mienne. » Il serre ma main. « Puisque tu es entourée de gamins toute la journée, je suppose que tu n'as pas envie de faire des enfants de si tôt. »

Je n'arrive pas à croire qu'il vient de dire que ma mère n'aurait pas dû avoir d'enfant.

Est-ce que ça veut dire que je suis une erreur à ses yeux ?

« J'adore les enfants. J'en veux plusieurs. »

Il fronce les sourcils. Son visage a de jolis traits. Il n'est vraiment pas moche, mais à mesure qu'il parle, je le trouve de moins en moins attirant.

« Oui, mais tu commences à peine ta carrière. Je sais que tu ne comptes pas avoir d'enfants avant au moins dix ans, non ? Je veux dire, il faut d'abord que tu mettes de l'ordre dans ta vie, avant de voir s'il reste de la place pour des enfants. » Il se gare sur le parking du restaurant. Il est presque vide. En général, ça veut dire que la nourriture n'est pas terrible.

« Dix ans, c'est très long. J'aurai la trentaine. Non, je veux avoir des enfants avant cet âge. » J'ouvre la portière et je descends de la voiture alors qu'il se gare. C'est évident que s'il ne m'a pas ouvert la portière pour entrer, il ne le fera pas non plus pour sortir.

Il se place à côté de moi et pose une main dans le creux de mon dos. « C'est marrant que tu dises ça. Les enfants ne font pas partie de mon projet d'avenir sur dix ans.

– Je n'ai pas fait ce genre de plan. » J'attends un instant qu'il m'ouvre la porte du restaurant, mais il se tient derrière moi, et il ne bouge pas.

Je soupire en poussant la porte. Il a l'air confus. « Pas de projet sur dix ans, hein ? »

Je me tourne vers lui. « Ça te déçoit ? »

Il secoue la tête. « Non. Non, pas vraiment. Je peux t'apprendre ce genre de choses. » Il s'approche de la réceptionniste. « J'ai fait une réservation pour deux au nom de Johnson. »

Elle jette un œil à la salle à moitié vide en souriant. « Ah, vous êtes le monsieur qui a appelé... Vous n'avez pas besoin de réserver, en général. Je vous en prie, suivez-moi. »

Steven jette un regard vers la salle, puis me chuchote : « Il est vingt heures. On a dû rater la foule du service du soir. »

Je hoche la tête, mais je pense qu'il n'y a jamais foule ici. Je prévois de me faire un repas avec le pain qui sera sur la table plutôt qu'avec ce qui sera dans mon assiette.

La femme nous désigne une table pour deux, à côté d'un abat-jour à la lumière blafarde. « Vous désirez prendre des apéritifs et des hors-d'oeuvres pour commencer ? »

Steven s'assoit directement, sans tirer ma chaise. Même Rod, ce foutu motard qui appartient à un gang, le faisait pour moi.

« Des escargots et deux verres de Merlot, » dit-il.

L'expression que je lis sur le visage de la femme me pousse à demander : « Les escargots sont-ils bons ici ?

– Euh, oui oui, » répond-elle, mal à l'aise.

Steven se tourne vers moi. « Je suis sûr qu'ils sont délicieux. Allez-y, allez chercher ce que j'ai commandé. Tu as dit que tu n'avais jamais mangé français. Est-ce que tu t'y connais en escargots, Jenna ?

– Je connais l'animal, et je n'arrive pas à imaginer une manière de le cuisiner qui le rende appétissant. » Je prends le menu et je commence à le consulter. Il semble mal à l'aise.

« Et bien, c'est un plat raffiné, à condition que le palais y soit entraîné. Tu vas apprendre à aimer les bonnes choses si tu décides de continuer à sortir avec moi, Jenna. Je peux te faire découvrir un monde dont tu n'as jamais osé rêver. »

Je baisse le menu pour le regarder. « Oh, vraiment ? »

Il hoche la tête. « J'ai énormément de culture, et j'ai beaucoup étudié sur de nombreux sujets. »

Cet homme est tellement imbu de lui-même !

Notre rendez-vous continue, et quand Steven a enfin arrêté de jacasser, l'ambiance s'est un peu améliorée. Et maintenant, nous sommes devant la porte de mon appartement et il a l'air de vouloir m'embrasser.

Je n'ai jamais embrassé personne d'autre qu'un Manning, alors je me penche et je le laisse m'embrasser. Ses lèvres sont un peu gluantes et il se met à se frotter aux miennes. Je me recule avant que sa langue ne soit de la partie.

« Si on allait voir un film demain après-midi ? » me demande-t-il. Je vois de l'espoir dans ses yeux bruns. Je hoche la tête en souriant.

« Bien. Je t'appellerai le matin pour te dire à quelle heure je passe te chercher, » dit-il. Puis il se retourne et commence à s'éloigner.

J'ouvre ma porte et je rentre, me sentant très bizarre. Il n'est que vingt-deux heures, et je réalise que j'ai envie de savoir ce que Reed est en train de faire. Mais je sais qu'il vaut mieux que je ne le contacte pas. Au lieu de ça, j'envoie un message à Sue pour lui demander comment elle va.

-Bonsoir Sue. Je sais qu'il est tard, je voulais juste savoir si tu as passé une bonne journée-

Elle répond tout de suite. *-Je ne dors pas. Je viens de parler avec Rod au téléphone. Ça a été aujourd'hui. Je me sens mieux de jour en jour. Reed vient demain, et les garçons vont aller pêcher ensemble-*

Je réponds : *-J'en suis heureuse. On dirait que ça se passe très bien entre eux-*

J'ai un pincement au cœur en pensant que c'est depuis que je suis partie loin d'eux qu'ils semblent si bien s'entendre.

Je reçois sa réponse. *-Oui, très bien. Je t'aime. Je vais me coucher-*

-Dors bien Sue. Je t'aime, bonne nuit.-

Je me déshabille et je me couche. Je sais qu'il vaut mieux que je les laisse tranquille.

Mais combien de temps vais-je tenir ?

34

REED

Une femme avec de longs cheveux bruns dont les boucles tombent en cascade jusqu'à sa taille fine est assise en face de moi, au restaurant où je l'ai invité. Après avoir passé des journées en conflit avec moi-même à me demander si c'était vraiment une bonne idée.

J'ai rencontré Lana Littlejohn à une réunion à Sacramento la semaine dernière. C'est une femme qui s'est bâti un petit empire. Elle a le flair pour faire fructifier des investissements immobiliers.

Lana a suggéré que l'on sorte ensemble. Elle pense que nous ferions de bons associés en affaires, et peut-être des amants compatibles. Je ne l'ai pas prise au sérieux au début, mais elle m'a un peu harcelé jusqu'à ce que je l'invite.

On s'est envoyé des messages et des e-mails pendant un moment, et je me suis demandé ce qui me faisait hésiter, alors j'ai fini par l'inviter à sortir.

Mais à présent que nous sommes ensemble et que je commence à voir qui est elle vraiment, je ne suis plus certain que j'ai pris la bonne décision. Elle est loin d'être aussi intelligente et aussi gentille que Jenna.

.La pauvre serveuse lui a apporté de l'eau en bouteille, et j'ai eu peur qu'elle la lui jette à la figure parce que ce n'était pas la bonne marque.

Mais elle s'est rapidement calmée, et elle s'est même excusée. Pourtant, je soupçonne qu'elle ne l'ait fait que pour me faire bonne impression, et je me demande si ce genre de scène se reproduirait si elle était vraiment à l'aise en ma présence.

Ça va faire trois mois que je n'ai pas parlé à Jenna. Et elle a encore trois mois avant de nous faire part de sa décision.

Elle n'a donné de nouvelles ni à Rod ni à moi. Par contre, elle appelle notre mère tous les jours, ou elle lui envoie un message. Maman ne veut pas nous dire ce que fait Jenna. Elle a juste mentionné qu'elle était allée dîner au restaurant avec le directeur adjoint de son école.

Mais elle n'en a jamais reparlé. Je suppose que c'était la seule fois. En tout cas, j'en ai l'impression.

Lana approche sa main aux longs ongles peints en rouge de la mienne, posée sur la table à côté de mon verre. Elle gratte le dos de ma main en me demandant d'une voix enjôleuse : « Reed, à quoi penses-tu ? »

Je pense à quel point j'aimerais voir Jenna assise à ta place !

« Rien.

Tu étais à des kilomètres. » Elle continue à gratter ma main avec ses ongles.

Je remarque que son contact ne me fait aucun effet. Parfois, il suffisait que Jenna regarde ma main pour que mon corps soit parcouru de frissons.

« J'ai eu beaucoup de travail dernièrement. Je dois être un peu fatigué, » je réponds pour justifier mon inattention.

Je me suis jeté à corps perdu dans mon travail. Cela me permet de faire passer le temps plus vite. Je me couche tard, je me lève très tôt, et je remplis mes journées.

« Alors, comment ça se fait qu'un homme aussi beau et riche que toi soit seul, Reed ? »

Parce que je suis tombé amoureux de la même femme que mon frère, et je lui laisse une chance de savoir avec lequel d'entre nous elle a envie d'être, pour peu que ce soit avec l'un de nous.

Mais je réponds : « Je n'ai pas trop de place pour une relation dans ma vie en ce moment.

– Reed Manning a suffisamment d'argent pour lever un peu le pied et trouver le temps pour une femme dans sa vie. Tout comme moi, » dit-elle en faisant remonter sa main le long de mon bras et en rapprochant sa chaise. « Et mon lit me paraît bien froid depuis longtemps. J'aurais besoin d'aide pour le réchauffer. Si tu vois ce que je veux dire ? »

Bien sûr que je vois ce qu'elle veut dire !

« Tu dis clairement ce que tu veux, hein ? » je m'éloigne un peu de sa main, puisqu'elle ne me provoque aucune sensation.

« Je ne serais pas arrivée là où j'en suis aujourd'hui si je n'étais pas claire sur ce que je veux. Et, Reed Manning, c'est toi que je veux. » Elle fait glisser un ongle rouge sur sa lèvre inférieure, qui est également peinte en rouge.

Elle fait un petit sourire qui laisse apparaître ses dents immaculées. Je suppose qu'elle attend ma réponse.

« D'accord, » je réponds en regardant ailleurs. Je n'ai pas la moindre idée de ce que je pourrais répondre d'autre.

– D'accord ? Ça veut dire que tu acceptes ma proposition ? Toi et moi, ensemble ? » Elle se penche et le décolleté de son haut blanc bâille stratégiquement.

Je vois ses seins parfaits dépasser légèrement de son soutien-gorge blanc. Je les trouve un peu trop parfaits, justement, et en y regardant mieux je me rends compte qu'ils sont faux.

Ma queue ne réagit pas à cette vue, et ça me fait vraiment réfléchir. Mais Jenna ne m'a donné aucune nouvelle, et si elle décide finalement de se mettre avec un autre mec, j'aurai besoin d'une épaule pour pleurer pour supporter sa décision.

Et Lana a de jolies épaules !

« Est-ce que tu aimes manger chinois, Reed ? » me demande-elle en faisant remonter sa main le long de ma cuisse.

Je ne ressens rien ! Pas la moindre étincelle de désir, alors que sa main est à quelques centimètres de ma bite !

« Oui, j'aime bien. » je réponds.

Je ne précise pas que j'ai engagé mon traiteur chinois préféré pour un mariage dans trois mois, que Jenna me choisisse moi ou Rod; et dans le cas inverse, ce sera une énorme fête, pour que mon frère et moi essayons d'arriver à l'oublier.

Mais je ne pense pas arriver à l'oublier à mon avis, même avec une énorme teuf !

Lana est une femme magnifique. Elle est un peu plus âgée que moi, elle a presque trente ans, mais elle est encore très jolie. Ses cheveux bruns ont des reflets dorés. Mais ce n'est pas une couleur naturelle, pas comme les reflets dorés qu'ont les cheveux blonds de Jenna.

Elle met énormément de maquillage, et je ne sais pas à quoi son visage ressemble vraiment sous cette couche. Jenna ne se maquille presque pas. Sa peau de pêche a un teint parfait, et ses joues sont naturellement rosées.

Les seins de Jenna sont magnifiques. Le gauche est légèrement plus gros que le droit, et ses tétons se dressent très facilement. Parfois, je n'avais qu'à les regarder pour qu'ils réagissent.

Je remue le doigt sur la table en imaginant toucher les seins de Jenna, à la fois fermes et moelleux.

« Reed ? »

Je regarde Lana. « Pardon. Tu disais, Lana ?

– Je te proposais d'aller manger chinois à San Francisco demain soir. On peut prendre mon hélicoptère. J'adore le piloter. » Elle tapote son verre de vin en attendant ma réponse.

« Tu sais piloter un hélicoptère ? » je lui demande en souriant.

Elle acquiesce. « Et je trouve que le sortir pour se promener sur la côte californienne est une excellente idée, surtout si tu viens avec moi. Ce sera une super journée. Qu'en penses-tu ?

– J'avoue que ça a l'air super, » j'admets.

« Alors ? » Elle ne me quitte pas des yeux.

Je sais que cette femme n'a pas l'habitude qu'on lui refuse quoi que ce soit. Mais j'ai l'impression que notre relation n'ira nulle part. De toute façon, je ne pense qu'à Jenna.

« Je te dirai ça demain. »

Elle lève les yeux au ciel. « Je vois. Tu sais, Reed Manning, lorsque je veux quelque chose, je finis toujours pas l'avoir. »

Je fais un petit sourire. « Ça ne m'étonne pas. Mais je n'accepte jamais quelque chose sans y avoir d'abord réfléchi. »

Elle pince ses lèvres. Elle est face à quelqu'un qui lui tient tête, et je crois que ça ne lui plaît pas beaucoup. Puis elle sourit. « Reed Manning est un homme d'action, d'après ce qu'on m'a dit de toi. »

Bon, ça devient vraiment lourd qu'elle parle de moi à la troisième personne constamment!

« Lana, écoute, je ne veux pas te faire perdre ton temps. Je vais essayer d'être sincère. Si tu cherches davantage qu'une relation épisodique, je ne suis pas l'homme qu'il te faut. »

Elle fronce les sourcils. « Alors, pourquoi m'as-tu invitée ? » demande-t-elle en faisant une grimace.

« Parce que tu m'as envoyé des messages et des e-mails, et que tu m'as souvent appelé depuis qu'on s'est rencontrés à cette réunion. » Elle écarquille les yeux.

« Est-ce que tu es en train de dire que je t'ai harcelé ? » Elle porte sa main sur sa poitrine, et je vois que je l'ai vexée.

« Non. Je dis que je ne recherche pas vraiment une relation, et que ce n'est pas le bon moment. Je pense que nous avons beaucoup de choses en commun. Je pense qu'on pourrait s'amuser ensemble, vraiment. Mais je crains qu'on ne se soit pas rencontrés au bon moment, c'est tout. » Je prends mon verre de vin, et je réalise que j'aurais besoin de boire un alcool plus fort.

Je fais signe à la serveuse et je commande un gin tonic. Lana demande un Cosmopolitain.

On dirait qu'on avait tous les deux besoin de quelque chose de plus fort !

« Tu es amoureux de quelqu'un d'autre. Je le vois dans tes yeux, Reed. Mais si cette femme est assez stupide pour te laisser tomber, je t'assure qu'elle ne te mérite pas. »

Nos boissons arrivent. Je bois une longue gorgée de mon verre.

D'un geste, j'en commande un autre à la serveuse avant qu'elle ne s'éloigne.

Lorsque je repose mon verre, je réponds : « Lana, tu ne comprends pas. Je ne veux pas en parler. Parce que cela m'obligerait à donner trop d'informations sur une personne qui n'est pas présente, et ça pourrait la blesser si je racontais ses secrets. Mais en effet, je me réserve pour une certaine femme.

– Et où est cette idiote ? » Lana boit une gorgée, et je vois à son attitude qu'elle s'apprête à essayer de me persuader de passer à autre chose.

Elle travaille et elle prend le temps de penser de qui elle est amoureuse comme je lui ai demandé» Je me rends compte que ma jambe tremble. Je déteste discuter de ce sujet.

« Alors, elle en aime un autre que toi ? » Elle a un petit sourire moqueur. « Et de qui donc ? Mon Dieu, tu es le mec idéal ! De qui d'autre peut-elle bien être amoureuse ? »

Je secoue la tête. Il est hors de question que je lui dise qu'elle aime aussi mon sadique de frère le mécano plein de cambouis.

Putain, qui comprendrait ça ?

« Lana, c'était une super soirée, mais je dois y aller. Peut-être qu'on pourra refaire ça une autre fois. Je suis désolé. Je ne suis pas prêt à aller plus loin. Mais tu es une fille super. » Je me lève et je commence à m'éloigner, alors qu'elle me fixe d'un air mauvais.

Je ne me retourne pas. Je continue à marcher vers la sortie du restaurant, et une fois dehors je monte dans le premier taxi qui passe.

Sur le chemin du retour, j'appelle ma mère pour savoir comment s'est passé sa journée. « Reed ! » dit-elle en décrochant.

« Coucou, maman. Comment vas-tu ce soir ?

– Je suis rentrée à la maison hier, et je suis aux anges ! J'étais au téléphone avec Jenna juste avant que tu appelles, et je lui disais à quel point j'étais heureuse de rentrer chez moi, après une éternité dans le centre de rééducation.

– Comment va-t-elle ? » Je caresse la vitre du taxi, en m'imaginant que c'est son visage.

« Elle va très bien, elle est toujours à Tempe. On lui a proposé une place d'enseignante là-bas, et elle sort toujours avec le directeur adjoint. »

Mon cœur manque un battement. « Ah oui ?

– Oui. Elle dit qu'il est gentil. Il a un projet d'avenir sur dix ans il veut devenir le directeur de son établissement. Il a l'air d'avoir la tête sur les épaules. Je pense qu'il est bien pour elle. » Je sens mon cœur battre à tout rompre.

« Oh. » C'est tout ce que je parviens à répondre.

Ma tête me fait mal, mon cœur me fait mal. Tout mon corps me fait mal.

Maman me parle d'une voix douce : « Tu sais, Reed, je pense que ton frère et toi vous êtes mieux sans elle. Rod va beaucoup mieux. Il travaille et il rentre tôt à la maison. Il ne fréquente plus les bars, ni ces femmes vulgaires.

– Je suis heureux de l'entendre. » Je regarde la nuit par la vitre en me sentant très seul. « Je suis heureux qu'il aille bien, maman. Vraiment. »

J'aimerais tellement l'être...

« C'est Rod qui appelle, Reed. Ça ne t'ennuie pas si je raccroche ? » me demande-t-elle.

– Non, pas du tout. À bientôt, maman. »

Je raccroche, et je fixe mon téléphone en espérant par-dessus tout que Jenna m'appelle.

Au bout de cinq minutes à faire tourner le téléphone dans ma main, je compose le numéro de Lana. « Salut, » répond-elle.

« Lana, je crois que j'aimerais m'excuser pour mon comportement de tout à l'heure.

– Pas de problème, Reed. J'accepte tes excuses. Pourquoi ne passes-tu pas à la maison pour discuter, ou faire ce que tu veux ?

– Donne-moi ton adresse, Lana. Je crois que j'ai besoin de réchauffer le lit de quelqu'un d'autre pour un moment. » Je me sens vide.

Savoir que Jenna sort avec un mec et que maman le trouve bien pour elle m'a vidé de toute émotion. Je n'ai plus d'espoir, je ne ressens plus rien. Et je n'ai plus envie d'attendre.

« Passe le téléphone au chauffeur, Reed. »

J'obéis, et je m'assois au fond du siège en fermant les yeux.

Si Jenna est vraiment passée à autre chose, arriverai-je à le supporter ?

35

JENNA

Bien que je n'ai parlé à personne de la date limite que Reed et Rod m'ont donnée, je demande à ma mère comment Rod va pour de vrai selon elle. Sue est toujours tellement positive quand elle parle de ses fils que j'ai du mal à la croire.

J'ai encore un mois et demi pour prendre ma décision. Je suis toujours accro à Reed, mais si sa famille est mieux sans moi, je le laisserai tranquille. Quoi qu'il en soit, je sais que Steven n'est pas un homme fait pour moi.

Je sors toujours avec lui, mais on ne se voit même pas une fois par semaine. On se fréquente surtout à l'école. Nous mangeons nos repas ensemble, et tous les autres professeurs le laissent tranquille. Parfois j'ai l'impression qu'il s'accroche à moi pour garder les autres femmes célibataires à distance.

Je ne sais pas pourquoi, mais elles semblent le déranger.

« Je vois Rod environ une fois par semaine lorsque nous allons faire des courses à Prescott, » me dit maman.

« Est-ce que tu lui parles ?

– Oui, nous lui avons parlé avec ton père une ou deux fois. Je sais ce qu'en dit Sue, mais au fond, elle est à Jerome et lui, il est dans cette ville loin... Il a toujours une énorme barbe, et conduit sa moto, il a toujours l'air louche.

– Et Reed ? Est-ce que tu le vois parfois ? je lui demande.

– Je les ai vus ensemble sur un bateau un jour, il y a un moment. Je suppose qu'ils sont allés pêcher ensemble. Ils avaient l'air de bien s'entendre.

– C'est aussi ce que dit Sue, » je réponds en tapotant nerveusement le comptoir de ma petite cuisine.

« Tu as parlé avec Reed ? » me demande-t-elle.

« Non. Je n'ai parlé à aucun des deux. Mais Reed me manque toujours autant, maman. Mais si je suis à ce point un problème pour leur famille, je ne peux pas briser leurs liens. Je préférerais le laisser tranquille. » Je me tourne et je regarde le ciel étoilé par la fenêtre.

« Et ton nouveau copain ? » me demande-t-elle, et au même moment j'entends mon père se gratter la gorge pour lui faire comprendre qu'il veut lui parler.

« Ce n'est pas un homme pour moi. Mais j'entends que papa t'appelle. Je te rappellerai plus tard. » Je raccroche et je fixe le téléphone un long moment, puis je décide d'appeler Rod.

«Allô. » C'est lui.

« C'est Jenna.

– Salut ! » J'entends un son métallique, puis encore d'autres bruits, et une porte qui se ferme. « Comment est-ce que tu vas ?

– Pas trop mal, mais pas terrible non plus. Et toi, comment ça va ? » Je prends ma tête entre mes mains. Je ne sais pas pourquoi je l'appelle, alors que c'est à Reed que j'ai envie de parler.

– Je vais bien, Jenna. Est-ce que tu m'appelles pour me dire que tu t'es décidé à nous redonner une seconde chance avant la fin du délai qu'on t'a donné ? »

J'hésite un peu avant de répondre : « Non, Rod. Ce n'est pas pour ça que je t'appelle. En fait, je t'appelle pour savoir comment tu le vivrais si j'épousais Reed ? J'ai besoin de savoir si tu ferais vraiment ce que tu as dit. Si tu l'accepterais, ou pas.

– Oh. » Il ne dit rien pendant un moment. Je l'entends ouvrir une bière. « Je croyais que tu sortais avec un dirlo.

– On est sortis ensemble quelques fois. Alors, tu le vivrais comment si je retournais avec Reed ? » Je retiens ma respiration en attendant sa réponse.

– Maman ne t'a pas dit, Jenna ? Reed sort avec une autre femme. Elle est dans l'immobilier, comme lui. Elle est aussi riche que lui. Elle pilote un hélicoptère, et ils sont passés les voir à Jerome il y a quelques semaines de ça. Ils ont emmené maman et papa faire un tour. Je pensais que maman t'avait raconté. Je suis désolé d'être celui qui t'apprend la nouvelle, Jenna. Vraiment. »

Je ne sens plus mes jambes, et je me sens glisser au sol au ralenti. Je reste là, comme si je venais de me faire tirer dessus. « Il est avec quelqu'un d'autre ?

– Ouais, bébé. Je suis désolé. » Je l'entends boire une gorgée de bière. « Mais moi, je t'attends toujours, ma belle. »

Je n'arrive pas à penser. Je n'arrive pas à respirer.

Il est passé à autre chose...

« Bébé ? » dit Rod.

« Je suis là. Euh, à propos de toi, Rod. Je t'aimerai toujours, au fond de mon cœur. Vraiment. On était jeunes et stupides, et je te pardonne pour tout ce qu'on a enduré ensemble. Je te pardonne vraiment. Mais Rod, je ne t'aime plus comme à l'époque. Si je me remettais avec toi, ça ne durerait pas entre nous. Je ne veux pas te faire ça, ni à ta famille. Même si apparemment, Reed n'en aurait rien à faire. Mais je ne voudrais pas te faire du mal. » Je me fais violence pour essayer de retenir les larmes qui menacent de se mettre à couler.

Sa voix se brise un peu lorsqu'il me répond : « Laisse-moi venir te voir, Jenna. Donne-moi une chance. »

Je suis allongée par terre. J'ouvre les yeux et je fixe l'ampoule brillante de la cuisine un long moment avant de les refermer. « Non.

– Jenna, je suis vraiment désolé. Si tu me laisses une chance de me racheter, je te rendrai heureuse. Je sais que je peux le faire. » J'entends sa voix rauque étranglée par les larmes.

« Je ne suis plus la même fille qu'à l'époque, Rod. Je suis vraiment différente maintenant. Je suis institutrice en maternelle, et j'adore ça. Tu conduis des vieux camions et des motos, et c'est cool. Mais ce n'est pas pour moi. Tu devrais trouver une femme qui aime les mêmes choses que toi. Vraiment. Je ne vais pas m'amuser en montant avec toi à moto ou en allant dans des bars. Ce n'est pas moi. » J'essaie de me lever, mais je suis trop faible. Je reste allongée sur le sol. Mon corps ne répond plus.

« Je peux changer, » sanglote-il. Je sais qu'il est en train de pleurer vraiment fort.

« Pourquoi est-ce que je te demandrais cela, Rod ? Tu es un mec cool et dangereux, un vrai dur et les filles t'adorent. Pourquoi voudrais-je te transformer en quelqu'un que tu n'es pas, juste pour me faire plaisir ? Et si tu changeais, combien de temps penses-tu que ça durerait ? »

Je l'entends soupirer longuement avant de répondre. « Tu as raison. Je sais que t'as raison. Tu étais prof de catéchisme quand je t'ai connue. J'ai voulu te changer, et j'ai vraiment essayé. Et pendant un moment, on avait trouvé un compromis, tous les deux. Mais au fond, c'était pas assez ni pour toi, ni pour moi. Dès que tu en as eu l'occasion, tu es redevenue la fille bien que tu as toujours été, et j'ai repris la vie que je voulais vivre. »

Je laisse les larmes couler. C'est la première fois que nous sommes aussi sincères l'un envers l'autre. « Rod, tu n'es pas une mauvaise personne. Tu aimes vivre dangereusement, et tu es doué pour ça. Tout ce que tu aimes, même au niveau du sexe, il y a des femmes qui aiment le sexe brutal aussi. Trouve-toi une fille comme ça. Et je te jure que je ne te souhaite que du bonheur.

– Tu me détestes pas, Jenna ? » me demande-t-il, et j'éclate en sanglots.

– Rod, est-ce que t'ai déjà détesté ? Après tout ce que tu m'as fait, est-ce que je t'ai déjà détesté ? »

Il ne dit rien pendant un long moment. « Non. Non, jamais. Mais j'ai besoin de savoir. Si tu avais été célibataire quand je suis revenu, tu m'aurais donné une autre chance ? S'il n'y avait jamais eu Reed, est-ce que tu aurais retenté le coup avec moi ? »

Je connais la réponse. Je la connaissais déjà, bien avant le jour où j'ai rencontré Reed dans ce magasin, dans notre ville natale. « Non,

Rod. Je ne l'aurais pas fait. Je m'étais retrouvée, et je n'aurais jamais voulu revivre ça. Je ne laisserai plus jamais personne me changer. C'est pour ça que je ne souhaite pas te changer, Rod. Sois toi-même. Tu es un esprit libre, qui aime baiser, profiter et vivre à fond. Sois ce putain de bad boy, mec ! »

Il éclate de rire et moi aussi. « Jenna, tu es phénoménale. Est-ce que je pourrai toujours te considérer comme mon amie ?

– Tu as intérêt ! Et tu seras toujours le mien. Je t'aime, petit con ! Je t'aimerai toujours. » Je sèche mes larmes. J'ai l'impression que Rod et moi avons enfin tiré un trait sur notre passé.

« Je t'aime aussi, beauté. Tu sais quoi ? Je me sens beaucoup mieux. Ça faisait longtemps que je ne m'étais pas senti aussi bien, Jenna. Je me suis vraiment pris la tête à cause de ce que je t'ai fait, mais maintenant que tu m'as pardonné, je peux arrêter ces conneries et passer à autre chose pour de bon. C'est vrai que j'aime baiser à fond ! » Il éclate d'un grand rire.

« Ça, c'est clair ! » Je ris avec lui. « Et tu trouveras une femme qui va adorer ça aussi et te supplier de lui donner la fessée. Vous allez tomber fous amoureux et faire des gamins, comme tu le voulais. Et tu as intérêt à me présenter cette dingue quand tu l'auras trouvée ! »

Il rit plus fort, et je l'accompagne. Je me sens libre. Réellement libre, pour la première fois depuis longtemps.

J'inspire profondément pour me calmer, et je suis heureuse que ce soit à cause d'un fou rire et pas des larmes. « Bon, tout va bien entre nous alors, Rod ?

– Tout va bien, Jenna. Je t'aime, ma belle. Je vais aller faire un billard et être en paix avec moi-même. Grâce à toi, je commence à apprécier ce mec que je suis tel qu'il est.

– Vas-y ! Amuse-toi bien. Je t'aime aussi. À plus.

– À plus, Jenna. »

Je raccroche en gloussant. J'arrive à décoller mon cul du sol et à marcher jusqu'à ma chambre.

Je m'affale sur mon lit en pensant aux frères Manning, et je me dis que c'est mieux qu'ils passent à autre chose. Reed s'est trouvé une femme comme lui, on dirait. C'est bien, je crois.

Rod trouvera sûrement une femme qui l'aimera tel qu'il est. Et moi, maintenant ?

Et bien, je pourrais me mettre avec ce directeur adjoint. Il s'intéresse aux mêmes choses que moi. Je suppose qu'il ferait un bon mari. Il a des projets d'avenir, et il va se faire un nom dans le monde de l'éducation ici, à Tempe.

Je me lève pour me déshabiller et je me couche sous les couvertures toute nue. C'est la première fois que je fais ça depuis que j'ai emménagé. J'aime dormir nue, et je le ferai dorénavant.

Tant pis si Steve trouve que ce n'est pas hygiénique !

De qui est-ce que je me moque ? Steven Johnson n'est pas l'homme qu'il me faut.

J'aime Reed de tout mon cœur. Peu importe s'il a refait sa vie, ça me prendra un moment de l'oublier.

Je prends le téléphone sur la table de chevet et je regarde des photos de nous deux. Je fais défiler l'album. Voilà celle que nous avons prise en revenant de l'île Santa Catalina.

Nous avions tout prévu pour notre mariage. Il avait loué l'île entière. Nous avions réservé vingts yachts pour amener les invités sur l'île pour l'occasion.

Sur la photo, nous portons les lunettes de soleil assorties qu'il a achetées pour nous, et nos habits aussi sont coordonnés. On porte tous les deux un petit short blanc et un t-shirt bleu, comme des marins.

Bon sang, nous sommes vraiment trop mignons tous les deux !

Qu'on m'explique comment il est possible qu'on ne soit pas faits l'un pour l'autre ? Comment a-t-il pu trouver quelqu'un avec qui il soit encore plus compatible ?

Il y a quelque chose de magique entre nous. Est-ce qu'il a retrouvé cela avec une autre femme ?

Cela me paraît incroyable. Ou alors, est-ce que je ne me suis pas assez battue pour défendre notre amour ?

J'ai accepté de partir si facilement. Trop facilement. Il a dû arrêter de croire en nous.

Il a dû perdre espoir, et il a cessé de croire que j'allais le choisir.

Et maintenant, il a quelqu'un d'autre. Et je suis seule.

Comment vais-je arriver à m'en remettre ?

J'étais vraiment sur le point d'appeler Reed pour lui dire que je ne veux que lui. Au fond, j'ai toujours su que je voulais être avec lui. Depuis la première fois qu'il m'a touchée, j'ai su que nous étions faits l'un pour l'autre.

Et maintenant, j'ai tout gâché. J'ai attendu trop longtemps.

Mon Reed est dans les bras d'une autre femme. Une femme qui est son égale, à tous les niveaux.

Je ne suis qu'une institutrice de maternelle avec des revenus modestes. Je ne gagnerai jamais autant d'argent que lui, je ne serai jamais son égale financièrement.

Je suppose qu'il est mieux sans moi. Ensemble ils seront super riches et puissants.

Et la famille Manning sera heureuse pour toujours sans moi. Et moi...

Et moi, je trouverai bien quelque chose. Mais tout de suite, je ne peux que pleurer, parce que les larmes coulent et que je n'arrive pas à les arrêter.

Bon sang, pourquoi ai-je attendu si longtemps ?

36

REED

Jenna a encore un mois pour prendre sa décision, et je suis venu voir mes parents pour le week-end de Pâques. Papa est dans le jardin en train de faire cuire la viande sur le barbecue. Ils ont invité des amis pour la fête traditionnelle qu'ils donnent cet après-midi.

Je continue à espérer que Jenna vienne sans prévenir et qu'elle me redonne goût à la vie. Cette attente me tue.

Je me suis retrouvé dans le lit de Lana trois fois, et aucune fois n'a été mémorable. Pour moi, elle n'est qu'un corps chaud qui me permet de trouver du réconfort lorsque je me sens vraiment mal et que je perds tout espoir que Jenna me revienne fin mai.

Je suis allongé sur le canapé du salon, et je me redresse brusquement lorsque la porte d'entrée s'ouvre. Je découvre Rod, avec une femme à son bras. Je le fixe en me demandant ce que ça veut dire.

Alors il ne court plus après Jenna ?

« Salut, petit frère, » dit Rod en s'approchant avec cette fille aux longs cheveux blonds. « Voici Ashley. C'est ma nouvelle meuf. »

Je me lève pour lui serrer la main. « Moi c'est Reed. Ravi de te rencontrer, Ashley. » Je regarde à nouveau mon frère. Il a l'air vraiment heureux. Il boit une gorgée de la canette de bière qu'il tient à la main.

Elle a des yeux bleu clair et de longs cheveux dorés. Elle fait à peu près la même taille que Jenna. Mais cette fille a l'air d'aimer le danger, ce qui n'est pas le cas de Jenna.

Elle me regarde droit dans les yeux, et elle n'a pas l'air d'avoir peur des nouvelles rencontres. Ses habits en cuir moulant montrent qu'elle n'est pas timide. « Contente de te rencontrer aussi, Reed, » me répond-elle. Elle se tourne vers Rod. « Bon, on va voir tes parents maintenant, bébé ? »

Il hoche la tête et lui montre le jardin. Elle le précède, et il en profite pour lui caresser les fesses quand elle passe devant lui. Elle éclate de rire. Il se retourne pour me faire un petit clin d'œil.

Je les suis en essayant toujours de comprendre ce qui bien arriver à ce gars. J'attends patiemment pendant qu'il la présente à nos parents. Lorsque maman emmène Ashley lui faire la visite, je le prends à part.

« Alors, qu'est-ce qui se passe ? » je demande.

Il sourit. « On a discuté avec Jenna il y a quelques semaines. »

Je suis blessé qu'elle lui ait parlé et pas à moi. J'ai l'impression d'avoir reçu un coup dans le ventre.

« Et qu'est-ce qu'elle t'a dit, pour que tu te mettes avec une autre fille ? » Je vais m'asseoir sur un des transats près de la piscine pour ne pas tomber par terre.

– Elle a dit qu'il fallait pas que je l'attende. Qu'elle se remettrait pas avec moi. Mais c'est cool, c'est bien comme ça. On reste amis. Elle t'a pas appelé, alors ? » demande-t-il en prenant une gorgée de bière.

Je secoue la tête. « Non. »

Il a un sourire crispé. « Peut-être que c'est vraiment du sérieux avec son dirlo. Elle m'a dit qu'elle sortait avec. Peut-être qu'elle en a eu marre des Manning finalement.

– Pourquoi est-ce qu'elle ne m'aurait pas appelé ? » Je me pose surtout la question à moi-même.

Rod hausse les épaules. « Peut-être que vous étiez pas aussi proches que tu le pensais. En fait, vous êtes sortis ensemble seulement quelques semaines, tu sais.

– Et dès la première semaine, on s'est fiancés et on était inséparables. » Je tends la main. « Donne-moi une bière, s'il te plaît. Et alors, est-ce que ça veut dire que tu accepterais qu'elle se remette avec moi ? »

Il a les sourcils froncés alors qu'il sort une bière de la glacière et me la passe. « Ouais. Mais Reed, à mon avis ça va pas se faire. Elle t'aurait appelé, mec. Ne te prends pas trop la tête. Je veux dire, tu as une nouvelle copine. Celle qui est riche. Pourquoi tu ne l'as pas ramenée, d'ailleurs ? »

Je bois une longue gorgée de ma bière fraîche avant de répondre. « J'espérais que Jenna viendrait peut-être. Et en fait, je ne supporte pas Lana trop longtemps. Elle parle trop, elle est autoritaire et elle peut vraiment être chiante. Tu connais notre famille, on ne fait pas de chichi. Si elle était venue, elle aurait été capable de me dire qu'elle voulait passer Pâques dans un endroit plus chic.

– Mais tu l'as déjà amenée ici. Maman m'a dit que vous leur avez fait faire un tour en hélicoptère. » Il se penche pour caresser le chiot que papa a offert à maman la semaine dernière. « Salut, La flaque. » Le chien pisse un peu d'excitation sous les caresses, d'où son surnom.

« On n'est pas restés. On est juste passés dire bonjour avec son hélico et on est repartis direct en Californie. On devait aller voir une propriété en Arizona, pour éventuellement s'associer avec d'autres investisseurs. C'est la seule raison pour laquelle j'étais avec elle. Et quand j'ai dit à maman que j'allais être dans le coin, elle a insisté pour qu'on passe. » Je finis la bière. « Alors, tu crois que c'est sérieux entre Jenna et ce mec ?

– Ben, elle m'a appelé pour me demander de l'oublier, et elle ne t'a pas appelé, donc je me dis que ça doit l'être. » Il se lève. « Te prends pas la tête. Il y a plein d'autres poissons dans l'océan, si cette fille friquée n'est pas la bonne non plus. »

Je fais un signe de tête en direction de sa nouvelle copine qui s'approche. « Où est-ce que tu l'as trouvée ?

– Sur Internet. Jenna m'a conseillé de chercher des filles qui aiment les mêmes choses que moi. Plutôt qu'essayer de changer qui que ce soit. J'ai trouvé cette petite beauté, et on est compatibles sur tout. » Elle vient vers lui et passe son bras autour de sa taille, puis prend sa bière et en boit une gorgée.

Il la regarde en souriant. Elle repose la bouteille en se mordant la lèvre. « Oups, j'ai oublié de demander la permission, hein ? »

Il hoche la tête : « Ouais. Ça fait trois. »

Elle lui fait un sourire coquin. « Seulement trois ? Je pense que j'en mérite cinq. »

Il la serre contre lui en gémissant. « Il est temps que je te montre mon ancienne chambre. »

Elle grogne et ils s'éloignent, Dieu merci !

Maman me saute presque dessus dès qu'ils sont partis. « Que penses-tu d'elle ?

– Ils ont l'air de bien s'entendre, » je réponds.

« Il m'avait un peu parlé d'elle. Je lui ai suggéré de l'inviter ici aujourd'hui. C'est si bon de le voir passer à autre chose. Et maintenant, si tu pouvais faire de même, je serais vraiment heureuse. Et cette Lana ? Elle a vraiment l'air de tenir à toi. Tu étais un peu froid avec elle, mais tu devrais la laisser te réchauffer, » me dit-elle, et je pense que je rougis, parce que j'ai les joues en feu.

« Maman !

– Quoi ? C'est vrai. Elle te ressemble beaucoup, mon fils. Je pense que si tu arrivais à oublier Jenna, tu pourrais être très heureux avec Lana. Un couple puissant, c'est parfait ! » Elle applaudit. « Oh, tout ce que je souhaite, c'est de voir mes deux enfants avec quelqu'un qu'ils aiment et qui les aime en retour.

– Je comprends, mais j'ai du mal à supporter Lana plus de quelques heures, donc ça ne sera pas ta future belle-fille. Quand as-tu parlé à Jenna pour la dernière fois ? » je demande en prenant une autre bière dans la glacière.

« Il y a environ une semaine. Elle m'appelle moins. Je pense qu'elle aussi, elle passe à autre chose. Et, Reed, à mon avis c'est pour le mieux. Depuis qu'elle n'est plus là, vous vous entendez tellement mieux avec ton frère. J'espère que tu ne penses pas encore à aller la chercher. » Lorsqu'elle prononce ces paroles, je réalise que je sais où elle habite, et que je pourrais vraiment le faire.

Tempe n'est qu'à deux heures de route d'ici !

« Maman, si on se remet ensemble, tu seras gentille avec elle, n'est-ce pas ? » Je bois une gorgée en attendant sa réponse. Elle a l'air mal à l'aise.

« Reed, ton frère et toi recommenceriez à vous disputer, et j'aurais horreur de ça. » Elle joint ses mains ensemble. « S'il te plaît, mon fils. Laisse-la où elle est !

– On ne se disputera plus pour elle, avec Rod. On s'est mis d'accord. Si ça ne provoque plus de disputes dans la famille, est-ce que tu l'accepteras, si on se remet ensemble ? » Je la regarde. Elle semble hésiter.

« Mais il y aura forcément des disputes. »

Je secoue la tête. « Je pense que Rod a trouvé une fille qui lui convient bien mieux. D'après ce qu'il m'a dit, ils ont discuté avec Jenna et ils ont réussi à mettre leur passé derrière eux. On sait tous les deux que Jenna n'était pas faite pour lui. C'est un ange, et Rod et un diable. »

Maman s'assoit près de moi, prends ma bière des mains et la termine. Elle reste silencieuse un moment avant de reprendre la parole : « Écoute, j'adore cette fille. Tu le sais. Mais notre vie est beaucoup plus tranquille depuis qu'elle n'en fait plus partie. » Elle me regarde intensément. « Mais toi, il te manque quelque chose. Je le vois bien. Attends de voir si elle revient d'elle-même. Ton frère et toi, vous avez tous les deux forcé les choses avec elle. Elle n'a jamais eu l'occasion de savoir ce qu'elle voulait vraiment. Tu comprends ce que je veux dire ? »

Je hoche la tête. Je sais qu'elle a raison. « Mais si jamais elle revient vers moi, est-ce que tu l'accepteras ?

– Reed, tant que la relation que tu as commencé à reconstruire avec ton frère n'en souffre pas, je l'accepterai. » Elle se lève et commence à s'éloigner, puis elle se retourne. « Mais s'il te plaît, laisse-la venir à toi. Laisse-la prendre sa décision, pour une fois. Au lieu que ce soit encore un homme des cavernes de Manning qui la traîne sans lui laisser le choix. »

Je hoche la tête en souriant. « D'accord, maman. »

De toute manière, je n'ai pas envie de me comporter comme un macho avec elle. Mais je ne peux plus attendre.

Si Rod ne la veut plus pour lui, alors la paix de la famille n'est plus menacée. Et je souhaite que Jenna le sache. Je veux qu'elle sache que je l'aime encore et que je ne compte pas la laisser à un autre homme, à moins qu'elle ne soit folle amoureuse de lui.

Il y a quelque chose de très fort entre nous, et je ne compte pas la laisser l'oublier.

Mais comment puis-je faire pour qu'elle m'appelle ? Il faut que j'y réfléchisse. Débarquer chez elle sans prévenir fait un peu homme des cavernes.

La fête s'est bien passée, et tout le monde est reparti. Il est tard, et je n'ai pas encore trouvé comment contacter Jenna.

La lumière autour de la piscine des spots est belle. Je déboutonne ma chemise et je m'allonge sur un des transats. Je prends un selfie presque coquin et je l'envoie à Jenna avec le téléphone de maman.

J'ai pris son téléphone avant qu'elle ne parte se coucher. Elle ne s'en est même pas rendu compte.

Et maintenant, je dois attendre de voir si elle répond.

Une heure plus tard, je n'ai toujours rien reçu. Je rentre à l'intérieur. Après avoir effacé la photo, je pose le téléphone de ma mère sur le comptoir de la cuisine, puis je trouve une bouteille de Jack Daniels à moitié pleine et je vais me coucher dans ma chambre.

Je me déshabille, je m'allonge dans le lit, et câle ma tête entre les oreillers. Puis je bois longuement à la bouteille.

Le liquide me brûle en glissant le long de ma gorge. Dans un sens, la douleur me fait du bien. Ça signifie que je ressens encore quelque chose.

Elle doit en avoir fini avec moi aussi.

Mais putain, pourquoi est-elle capable de dire à Rod qu'elle n'est plus intéressée, mais pas à moi ?

37

JENNA

« Mince ! » J'ai laissé mon téléphone se décharger cette nuit.

Je le branche et je vais m'habiller. J'ai une fête avec des collègues ce soir, et Steven veut que je l'accompagne.

Je n'en ai pas vraiment envie, mais c'est l'une des choses que je fais pour que tout se passe bien entre nous.

Le téléphone sonne. C'est Steven. J'ignore l'appel.

Je ne peux pas gérer ça maintenant !

Après une douche et un café, je reprends mon téléphone près du lit, et je vois que j'ai aussi reçu un message de Sue. À trois heures du matin.

Mon Dieu ! J'espère que tout va bien !

Je fais glisser mon doigt sur l'écran. Je vois rapidement que rien de grave n'est arrivé. C'est une photo de Reed, près de la piscine. Sa chemise est déboutonnée et il est vraiment sexy.

Je retombe sur le lit pour l'admirer. Ses abdos ont l'air encore plus gros que quand je les ai vus la dernière fois.

Ses cheveux ont un peu poussé et ses yeux bleus scintillent sous les spots près de la piscine. Il est à tomber !

Il a dû prendre la photo avec le téléphone de sa mère après qu'elle soit partie se coucher. Alors je ne réponds pas au message directement. Je décide d'envoyer ma réponse sur le numéro de Reed. *-Beau gosse-*

J'attends un peu, mais il ne répond pas. Je rappelle Steven. « Tu m'as appelée ?

– Oui. J'ai besoin que tu sois là à dix-neuf heures ce soir. J'aurais aimé passer te chercher, mais je ne vais pas avoir le temps. Il faut que j'aille chercher des trucs pour la fête. Porte la robe verte qui me plaît, et fais toi une raie sur le coté, comme j'aime. Porte ton collier en or avec la croix, ce sera parfait pour l'occasion. C'est Pâques après tout, c'est dans le ton. » Il se tait, et j'en profite pour parler.

« Et comment était ta soirée, Steven ?

– Oh, très bien. J'ai regardé la télévision et puis j'ai lu au lit jusqu'à ce que je m'endorme. Ah, et porte ta paire de chaussures à talons couleur chair. J'aime l'effet qu'elle donne à tes jambes.

– D'accord. Je pense que je vais raccrocher et je te dis à plus tard.

– Très bien. Oh ! Encore une chose. À la dernière fête, tu as raconté une blague. Ça ne m'a pas plu. N'en fais pas ce soir. On se voit à dix-neuf heures précises. » Il raccroche, et je réalise que je fulmine de colère.

« Ne fais pas de blagues ! C'est ce mec la blague ! » Je jette le téléphone sur le lit, et il vibre pour indiquer que j'ai reçu un message.

« J'espère que ce n'est pas encore pour me demander de faire ou de porter quelque chose ! »

Mais c'est Reed. *-J'ai appris que tu étais très heureuse avec un autre-*

« Je me demande qui lui a dit ça ? »

Je réponds : *-J'ai appris que tu étais heureux avec une autre-*

La réponse est immédiate : -Qui t'a dit ça ?-

Je réponds. -Ton frère et ta mère-

-Marrant, ce sont eux qui m'ont aussi dit ça à propos de toi-

J'envoie : -Je suis contente que tu sois heureux. Toute ta famille est plus heureuse depuis que je ne suis plus là-

Il répond : -Pas toute la famille-

Alors je lui demande : -Qu'est-ce que ça veut dire ???-

-Laisse tomber. Tu es vraiment heureuse ???-

Sue se porte tellement mieux. Elle s'est complètement remise de la tumeur, et les résultats de ses examens sont excellents. Elle est tellement satisfaite de la situation actuelle. Et elle m'a expliqué sans aucune gène à quel point cette femme que Reed fréquente est compatible avec lui. Elle m'a dit qu'ils s'entendent vraiment bien, et que Reed est heureux avec elle.

Le téléphone vibre à nouveau. Je lis : -Est-ce que tu as peur de me dire que tu es heureuse, Jenna?-

Je réfléchis un moment, mais au fond je sais qu'ils sont tous mieux sans moi. Alors je réponds : -Oui-

Un moment passe avant que je ne reçoive sa réponse : -Alors très bien. Sois heureuse dans ta vie-

J'écris rapidement : -Toi aussi- et les larmes commencent à couler.

Je n'arrive plus à respirer. Tout mon corps me fait mal. J'ai l'impression d'être en train de mourir.

Je reprends le téléphone pour l'appeler, mais je me ravise et je repose l'appareil. Il mérite mieux que moi.

Cette femme est son égale. Je suis sûre qu'elle est très forte mentalement, alors que je suis faible.

Mon téléphone sonne, mais je n'arrive pas à voir le nom qui s'affiche à travers mes larmes. Je réponds quand même.

« Encore une chose, » me dit Steven. « Pas d'alcool ce soir. Je ne veux plus qu'on boive. Je souhaite que nous ayons l'air d'un couple ambitieux, qui pense au travail et à l'éducation. Pas au plaisir. Ce genre de couple. Un vrai couple puissant dans le monde de l'éducation. Et je veux que tu continues tes études jusqu'à ce que tu obtiennes ton doctorat. Commence à y penser. À ce soir. »

Il raccroche sans que j'aie pu dire un mot.

Pas un seul mot !

Je jette le téléphone loin de moi. Je ne veux plus rien avoir à faire avec lui.

Il ne m'a pas demandé de l'épouser, mais j'ai vu des photos de bagues de fiançailles sur son téléphone l'autre fois. Et maintenant, il parle constamment de l'avenir et de ce que je dois faire pour servir son foutu projet sur dix ans.

Oui, et bien, merde !

Ça suffit ! Suffit qu'on me dise ce que je dois faire, comme si je ne savais pas ce dont j'ai envie. Ou comme si j'étais trop stupide pour avoir conscience de mon potentiel. J'en ai assez !

Reed ne m'a jamais dicté ma conduite. Il ne m'a jamais dit, « Jenna, j'aime faire l'amour comme ça, alors tu dois apprendre à faire comme j'aime. » Il ne m'a jamais dit, « Jenna, je veux que tu fasses ceci pour le restant de tes jours, alors continue tes études pour faire exactement ce que je veux. »

Non, Reed m'a toujours dit que je pouvais faire tout ce que je voulais. Tout ou rien, d'ailleurs. Ce dont j'avais envie, tout simplement.

Il me laissait l'aimer comme j'en avais envie. Il me laissait faire ce qui me rendait heureuse. Il m'a laissée organiser le mariage de mes rêves.

Et maintenant, il est avec une autre femme. Et au fond de moi, je sais que c'est ma faute, parce que je ne me suis pas assez battue pour ce que je voulais vraiment.

J'ai baissé la tête, et j'ai tout fait pour faire plaisir aux autres. Tout le monde, sauf Reed et moi. Je l'ai quitté, pour préserver la paix dans sa famille. Je l'ai laissé parce que c'était la solution la plus facile.

Et à présent, il a trouvé une femme qui est sans doute prête à se battre pour lui. Comme j'aurais dû le faire.

J'aurais pu dire à Rod toutes ces choses que je lui ai dites il y a quelques semaine il y a longtemps. J'aurais pu lui faire comprendre que j'avais changé, et que je n'étais plus la personne qu'il aimait. J'aurais pu lui dire tout ça, au lieu de l'embrasser pour savoir si j'avais encore des sentiments pour lui.

Pourquoi ai-je fait ça ?

Pourquoi ai-je permis à d'autres personnes de se mettre entre Reed et moi ?

Ce qu'il y avait entre nous était réel, sincère et pur. Et j'ai tout laissé tomber en me persuadant que c'était pour le bien de sa famille.

Et maintenant, qu'est-ce que je fais ?

C'est terminé avec Steven. Je ne sortirai pas avec lui ce soir, et même si ce sera gênant de travailler dans la même école que lui, je ne compte pas quitter mon emploi et me cacher comme si j'avais fait quelque chose de mal.

J'affronterai cette situation désagréable la tête haute. Parce que parfois, il nous arrive des trucs pourris dans la vie. La vie ne peut pas être toute rose tout le temps. Parfois, il nous tombe que des merdes dessus, et tout ce qui reste à faire, c'est de passer au dessus et d'avancer, coûte que coûte !

Il est possible que j'ai vraiment perdu Reed, alors que c'était peut-être l'homme de ma vie. Peut-être le seul qui me procurera cette sensation électrique lorsqu'il me touche.

Reed Manning sera peut-être le seul homme dans ma vie capable de me procurer du plaisir. Mais je ne laisserai plus jamais un homme me contrôler.

Pas de blagues, Jenna ! Pas d'alcool, Jenna !

Mais pour qui Steven Johnson se prend-il ?

Je suis une nouvelle femme. Une femme qui sait ce qu'elle veut, et qui quand elle le trouvera s'y accrochera comme si sa vie en dépendait.

Si je retrouve cela un jour.

Et maintenant, j'arrête de parler de moi à la troisième personne, parce que je dois avoir l'air un peu dingue. Je n'ai pas envie que la nouvelle Jenna soit folle !

Pour tenir mes nouvelles résolutions, je passe une robe et j'attache mes cheveux en queue de cheval, puis je monte dans ma voiture.

Je vais aller voir Steven et lui dire que tout est fini entre nous.

Je ne courberai plus jamais l'échine devant quelqu'un, et je ne fuirai plus.

Steven est en train de monter dans sa voiture lorsque je me gare devant chez lui, une maison en brique rouge sur trois étages alors qu'il ne compte pas remplir d'enfants dans l'immédiat, puisque ça ne fait pas partie de son projet de vie.

Je me gare devant lui et je sors de la voiture. Il ne prend même pas la peine de descendre de son véhicule. Il baisse sa vitre. « Jenna, je dois partir. Bouge ta voiture.

– Je n'en ai que pour une seconde, Steven, » je réponds en me penchant à sa fenêtre.

– Jenna, fais ce que je te dis, s'il te plaît. Si tu as vraiment quelque chose à me dire, ça attendra que je revienne. Tu peux attendre sur la terrasse que je rentre, si tu veux. Je pense en avoir pour une heure. »

Il a l'air ennuyé de ne pas me voir obéir docilement. Je reste là où je suis, sans bouger.

« Je n'attendrai pas. C'est fini entre nous, Steven. Terminé. OK ? C'est bon, tu peux y aller. » Je me retourne et je me dirige vers ma voiture.

J'entends sa portière s'ouvrir. « Jenna, attends ! »

Je secoue la tête sans m'arrêter ni me retourner et je monte dans ma voiture. Il me regarde fixement. « Salut, » dis-je avant de démarrer.

Mon téléphone sonne. C'est lui. Je ne réponds pas.

Je n'ai plus rien à lui dire !

Même s'il me supplie, je ne changerai pas d'avis. Il est hors de question que je sois sa poupée Barbie, à qui il dit comment s'habiller et se comporter.

En plus, on a couché ensemble trois fois et à chaque fois, je n'ai pris presque aucun plaisir. Et le pire, c'est que ça ne le dérangeait pas.

Quel enfoiré !

Je me sens libérée d'un poids énorme. Je suis enfin libre. Je n'ai pas besoin d'un homme pour combler ma solitude. Je peux être moi-même.

Prendre conscience de l'amour que je ressens pour Reed m'a fait comprendre que je ne serai jamais satisfaite d'un amour moins fort.

Peut-être qu'il est passé à autre chose, mais tant pis. Je préfère encore prendre du recul, me détendre et passer ma vie à être amoureuse d'un homme qui le mérite totalement.

Il n'a rien fait pour m'en empêcher, et je n'en serais pas capable, même si j'essayais. Alors pourquoi lutter ?

J'aime un homme qui ne m'aime plus. D'accord, je peux vivre avec cette pensée.

Je me gare sur ma place de parking devant mon appartement. Je reste assise un moment derrière le volant pour mettre de l'ordre dans mes pensées. Je suis une femme libre, mais mon cœur ne l'est pas.

Je me sens vraiment mieux. Même si mon amour n'est pas réciproque, je le ressens, et je suis en paix.

Dès que je rentre chez moi, je vais chercher la bague de fiançailles de Reed dans ma boîte à bijoux. Je la passe à mon doigt, et je me sens bien.

Je ne suis absolument pas triste. Reed a su me rendre heureuse. C'est grâce à lui que je sais ce qu'est le bonheur. Je ne peux pas lui en vouloir d'être passé à autre chose. C'est de ma faute.

À présent, je sais que je peux vraiment vivre ma vie comme je l'entends, exactement comme il m'a toujours dit de le faire.

Du premier jour où il m'a parlé, d'aller la fac, jusqu'au dernier, quand il m'a dit que j'étais libre de me mettre avec qui je voulais, que ce soit avec Rod ou lui, il m'a tellement appris.

Le plus important, c'est d'être en accord avec soi-même et de ne pas faire quelque chose qu'on a pas envie de faire. Si tu en as envie, fais-le. Sinon, ne le fais pas !

J'aime porter cette bague. J'aimais ce que je ressentais quand nous étions ensemble. Et je le fais si j'en ai envie.

On verra combien de temps durera cette période d'euphorie !

38

REED

Je continue à fixer mon téléphone. Je ne comprends pas le dernier message de Jenna.

Je sais qu'elle n'a pas pu trouver un autre homme qui lui fasse ressentir des émotions aussi fortes qu'avec moi. Alors, sur un coup de tête, je commande des fleurs et des bonbons en ligne pour les faire livrer à son adresse dans la journée.

Ensuite, je décide de faire le nécessaire pour que Lana arrête de penser qu'il y a quelque chose entre nous. Elle m'a envoyé plusieurs messages hier, et je ne peux pas la laisser continuer à croire que nous sommes ensemble.

Je compose son numéro de téléphone. « Reed ! Je t'ai manqué ?

– Désolé, Lana. Ce n'est pas un appel pour te dire que tu me manques, ni pour t'inviter dans ma famille pour Pâques. Je suis désolé.

– Hum, je vois. Pourquoi m'appelles-tu, alors ?

– Je t'appelle pour te dire que ça ne fonctionne pas entre nous. »

Elle soupire. « Reed, cette idiote ne reviendra pas.

– Peut-être pas. Mais cette fille m'a fait découvrir ce qu'est l'amour sincère, et j'ai décidé de ne plus me contenter d'être avec une personne avec qui je suis bien sur le moment, mais de chercher à être avec celle qui est faite pour moi. Elle ne voudra peut-être pas me reprendre, mais en tout cas je compte bien essayer.

– Et si elle te rejette encore ? » me demande-t-elle. « Tu crois vraiment que je suis le genre de femme à entendre ça, et qui quand tu reviendras à genoux parce qu'elle t'aura encore rejeté, t'accueillera à bras ouverts ?

– Je ne vais pas faire ça. Si elle me rejette, je serai reconnaissant pour ce qu'on a vécu ensemble. Elle m'a appris à aimer et à être aimé de manière inconditionnelle. Je suis désolé de t'avoir fait perdre ton temps, Lana. Je suis sûr qu'on va se recroiser, et j'aimerais que ce ne soit pas tendu entre nous, » dis-je, mais j'entends le bruit de quelque chose qui se casse de l'autre côté du combiné.

– Putain, Reed ! J'ai toujours ce que je veux ! » hurle-t-elle.

– Moi aussi, » je réponds d'une voix très calme. « Et tout de suite, je veux Jenna Foster, ou personne. Je ne me mettrai plus en couple par peur de la solitude. Pas quand je sais ce qu'est l'amour véritable. Au revoir, Lana. »

Je l'entends m'insulter, mais je coupe la communication sans en écouter davantage.

Il n'y avait pas d'amour entre nous. J'étais juste quelque chose que Lana désirait. Un compte en banque, un corps. Mais elle n'avait pas de vrais sentiments pour moi. Et moi non plus, c'est certain.

Cette histoire est terminée, à présent. Place à l'Opération Récupérons Jenna.

Je reçois un message, et je croise les doigts pour qu'il soit de Jenna. Mais c'est Lana : -Reed Manning, tout est fini entre nous !!!-

J'éclate de rire. « Sans blague ! »

Avec ou sans Jenna, je ne ferai plus semblant d'être attaché à quelqu'un, simplement pour avoir un peu de chaleur humaine de temps en temps.

Et je n'attendrai plus que Jenna réalise qu'elle nous fait souffrir tous les deux en restant à distance, alors qu'elle ne pose plus problème à ma famille.

J'enfile un short, un t-shirt et des baskets et je sors de ma chambre. Je croise ma mère dans la cuisine. « Coucou, maman. Et si tu nous faisais des lasagnes à dîner ce soir ?

– Il est dix heures du matin, Reed. Je n'ai pas encore réfléchi à ce que j'allais faire à dîner, mon fils, » me répond-elle en buvant une gorgée de café.

Je peux voir qu'elle vient de comprendre ce que je m'apprête à faire. Elle ouvre grand les yeux. « Reed ! »

Je l'embrasse sur le front et je me dirige vers la porte. « À plus tard, maman.

– Mais Rod et sa copine sont là. Ça va être Armageddon ! » je l'entends me crier.

Mais je ne me retourne pas. Je sais que Rod ne fera rien. Et maintenant, il faut que maman s'en rende compte aussi. Et tout ira pour le mieux.

Je me glisse derrière le volant de ma voiture de location, je mets mes lunettes de soleil et j'allume la radio. Je crois que je vais chanter pendant tout le trajet jusqu'à Tempe, et là-bas je vais récupérer ma femme !

~

Jenna

LA SONNETTE de mon appartement retentit. Je me lève du canapé et je regarde à travers le judas. Je n'ai aucune envie de voir Steven.

J'ai rompu avec lui il y a environ deux heures, et il m'a appelée plusieurs fois depuis. Il m'a aussi envoyé des messages, mais je les ai effacés sans en lire aucun.

Je ne vois que des fleurs, puis la tête d'un livreur apparaît derrière. « Mademoiselle Jenna Foster ? »

J'ouvre la porte. « C'est pour moi ? »

Il hoche la tête, et il me tend un énorme bouquet de roses rouges et une grosse boîte de chocolats. Puis il fouille dans ses poches, à la recherche de quelque chose. Il souffle : « Merde ! »

Je pose les fleurs et les chocolats sur la table dans l'entrée. « Que se passe-t-il ?

– La carte ! Oh, non, je l'ai perdue dans les escaliers. Je n'ai pas lu qui vous les envoie. Je suis désolé, madame. »

J'éclate de rire en secouant la tête. « Je pense très bien savoir quelle personne me les envoie. Je viens de rompre avec quelqu'un. Elles doivent venir de lui. Pourtant, il n'a jamais eu de geste romantique auparavant. Merci. » Je lui donne un pourboire et je referme la porte.

En regardant les fleurs et les chocolats sur la table, je prends soudain conscience de quelque chose.

Reed est à Jerome !

Hier, il m'a envoyé un message depuis le portable de sa mère. Il était près de leur piscine. Il est là-bas. À seulement deux heures de route.

Mais cette femme est peut-être là aussi !

Oh, ça ferait vraiment des histoires si je débarquais là-bas. Alors que Sue est en très bonne santé ces derniers temps...

Oh, et puis tant pis !

Sur un coup de tête, j'attrape mon sac et mes clefs de voiture et je sors de chez moi. J'ai besoin d'aller trouver Reed et de lui dire ce que je ressens vraiment. De lui dire que je veux l'épouser, comme on avait prévu de le faire.

Et si je dois casser la gueule à une friquée pour le récupérer, je le ferai sans hésiter.

Je lui montrerai que je pense qu'il mérite qu'on se batte pour lui. J'ai peut-être mis un moment pour en prendre conscience, mais à présent, je ne laisserai plus personne se mettre entre nous deux.

Et bon courage à ceux qui essaieront. Parce que j'ai décidé de ne plus être cette fille timide qui s'efface tout le temps et qui fait tout pour faire plaisir aux autres.

À ses messages, j'ai bien compris que Reed n'était pas heureux. Et je ne suis pas heureuse non plus, il faut que j'arrange les choses avec lui.

Cet homme est à moi. Il le sait, et moi aussi. Et je suis à lui. De tout mon cœur, de tout mon corps et de toute mon âme.

En m'installant derrière le volant, je mets les lunettes de soleil que Reed m'a offertes et j'allume la radio. Je vais chantonner pendant tout le trajet jusqu'à Jerome, et récupérer mon homme !

Et j'espère que Sue me pardonnera !

39

REED

Je monte les marches deux par deux jusqu'à chez elle, au deuxième étage. Elle habite au 212 et lorsque j'arrive devant son appartement, je vois un homme en train de tambouriner à la porte.

« Jenna, ouvre-moi. Je ne te laisserai pas me faire ça ! » crie-t-il.

« Hé, mon pote ! » je dis dans son dos.

Il se retourne et me dévisage. « Je peux vous aider ? »

Je secoue la tête. « Non. Mais tu as l'air de chercher ma fiancée, Jenna. Qu'est-ce que je peux faire pour toi ? »

Ce mec fait presque dix centimètres de moins que moi, il porte un costume mal coupé et il sent l'après-rasage bon marché. Il semble confus, et il bégaie : « Fiancée ? Je veux parler à Jenna Foster. Elle n'est fiancée à personne. C'est ma petite amie ! Et qui êtes-vous, je vous prie ?

– Peu importe si je suis le Père Noël. Jenna Foster est ma fiancée. Tu peux me dire ce que tu fais ici ? » Je croise les bras. Je le détaille en attendant qu'il réponde. Je remarque que je suis plus baraqué que lui. Je suis quasiment certain que c'est le directeur de l'école avec qui elle sort.

C'est impossible qu'elle soit amoureuse de ce ringard !

« Elle est avec moi, nous nous sommes mal compris tout à l'heure, et j'essaie d'arranger les choses avant la fête où nous allons ce soir. » Il se retourne et il recommence à taper contre la porte. « Et je n'ai aucune idée de qui vous êtes. Jenna est ici depuis environ cinq mois, et elle n'a jamais parlé d'aucun homme. Et encore moins d'un fiancé.

– Et bien, c'est moi. Et je m'apprête à la ramener à la maison à Bel-Air, donc tu ferais aussi bien d'arrêter ton rafus et repartir d'où tu viens, » je déclare en attrapant son épaule pour qu'il arrête de tambouriner.

« Une maison à Bel-Air ? » Il secoue la tête. « C'est impossible qu'on parle de la même femme. Ma Jenna n'est pas aussi raffinée. C'est impossible qu'elle ait vécu dans une maison à Bel-Air. Pas ma Jenna. »

Je me cale bien sur mes jambes et je me redresse de toute ma hauteur. « Que les choses soient bien claires. Il y a une Jenna. Cette Jenna, elle est à moi. Toi, je ne sais pas trop ce que tu pensais qu'il y avait entre vous, mais elle n'a jamais été à toi. Ça fait un certain temps qu'elle m'a donné son cœur. Donc, je te conseille de t'en aller. De toute façon, elle se planque probablement en attendant que tu sois parti. »

Il écarquille les yeux et il me fixe un moment, puis il marche en direction des escaliers. Il se retourne pour me demander : « Est-ce que vous avez vu une Mercedes blanche garée en bas quand vous êtes arrivé ? »

Je secoue la tête, et je me rappelle que c'est la voiture que je lui avais fait livrer.

Elle n'est pas là !

Mon portable sonne. Je le sors de ma poche et je vois que c'est Rod. « Salut, qu'est-ce qui se passe ?

– Je suis avec ta copine, Reed. Devine qui est venue te voir ? C'est exactement comme tu le rêvais. Elle s'est pointée à la maison, » me dit-il.

« Putain de merde ! Dis-lui de m'attendre là-bas. Ne la laisse pas partir. Je suis devant son appartement à Tempe. Ça va me prendre environ deux heures pour revenir. Ne la laisse pas partir, Rod !

Promets-le-moi, je t'en prie ! » Je descends les marches à toute vitesse et je dépasse ce mec qui croit connaître ma femme. Je monte dans ma voiture.

Il s'approche en courant et en remuant les bras. Il me crie : « Hé, vous l'avez retrouvée ? »

Je hoche la tête, et je réponds en démarrant en trombe : « Elle est chez moi. C'est fini, mon gars. Ce qu'il y avait entre vous, c'est terminé. Salut ! » Je sors du parking et je roule à toute vitesse pour arriver à Jerome le plus vite possible.

Elle est revenue pour moi !

~

JENNA

JE TAPE du pied devant Sue, qui se tient sur le pas de la porte. « Je suis désolée ma chérie, mais il n'est pas là, » me dit-elle.

CE N'EST PAS le genre de Sue de me laisser dehors. « Écoute, je sais que Rod est ici. Je vois sa moto garée là-bas. Demande-lui s'il sait où est Reed. J'ai fait la route depuis Tempe pour le voir. Et, Sue, je vais le voir. Si cette femme est avec lui, ça m'est égal. Il faut que je lui parle.

– C'EST JUSTE que je ne veux pas qu'il y ait de problèmes, Jenna. Rod est ici. » Elle regarde par-dessus son épaule, puis elle se penche vers moi et elle me chuchote : « Reed est heureux avec cette femme, Jenna. Retourne à Tempe et vis ta vie, ma chérie. »

JE NE BOUGE PAS, et je vois Rod apparaître derrière sa mère. « Dis, maman. Ça ne te ressemble pas, de laisser Jenna dehors au lieu de l'inviter à entrer. » Il la prend gentiment par les épaules pour la faire reculer. « Entre, Jenna, je t'en prie. »

Je lui fais un signe de tête. « Merci, Rod. As-tu la moindre idée où peut être Reed ? J'aimerais le voir avant qu'il ne retourne en Californie.

– Tout de suite, je suis pas sûr de ce que fait mon frère. Mais qu'est-ce qui vous amène ici, mademoiselle Foster ? » Il prend ma main pour me faire entrer, et il m'indique le canapé. « Installe-toi. Tu veux une bière ? Tu as l'air un peu tendue. »

J'accepte. « Une bière ne me fera pas de mal. Je suis super stressée. Mais je peux aller la chercher. »

Il appuie sur mes épaules jusqu'à ce que je m'assoie. « Mais non. Après toutes les bières que tu es allée chercher pour moi, je peux bien t'en apporter quelques-unes. On va discuter tranquillement jusqu'à ce que Reed soit de retour. Il va revenir. Il en aura peut-être pour un moment, mais on peut te tenir compagnie d'ici là.

Il sort du salon. Sue me regarde fixement. « Jenna, pourquoi es-tu ici ? Qu'est-ce que tu veux dire à Reed ?

– Sue, je t'aime de tout mon cœur. Et ta santé est très importante à mes yeux. Mais ce que j'ai à dire à Reed, ça ne regarde que nous deux. D'accord ? » Je la vois écarquiller les yeux.

. . .

Je ne lui ai jamais parlé ainsi auparavant. Je pense que ça doit l'effrayer. Quelqu'un arrive dans le salon au même moment que Rod qui tient quatre bières dans ses mains.

Une femme aux longs cheveux blonds avec un pantalon en cuir noir et un haut court blanc s'essuie la bouche du revers de la main. Rod s'arrête à côté d'elle. Il lui demande en souriant : « Tu vas bien, ma belle ? »

Elle hoche la tête et caresse sa joue. « Et toi ? »

Il acquiesce en souriant. Je me demande ce qui est en train de se passer. Il se tourne vers moi. « Jenna, c'est la femme que tu m'as dit de chercher. On s'est parlés sur un site de rencontre. Et tu avais raison. C'est bien mieux d'être avec quelqu'un qui pense comme moi. »

La jolie blonde, qui a la beauté très classique d'une fille bien mais aussi l'air d'une dure à cuire me sourit et s'approche de moi en me tendant la main. « Je suis très heureuse de te rencontrer, Jenna. Rod m'a beaucoup parlé de toi. »

Je me lève pour lui serrer la main. « Moi aussi, je suis contente de te rencontrer. Je vois que vous avez vraiment l'air de bien vous entendre, tous les deux. Comment t'appelles-tu ?

– Oh ! Je suis Ashley. Et merci de lui avoir dit de rester lui-même et de ne pas essayer d'être quelqu'un d'autre que le bad boy qu'il est. J'aime cet enfoiré exactement tel qu'il est. »

. . .

J'ÉCLATE de rire en le regardant. « Tu lui as vraiment tout raconté, hein Rod ? »

IL HOCHE la tête et nous passe une bière à chacune. Je me rassois sur le canapé, et Ashley s'installe près de moi. Sue nous dévisage, bouche bée.

ROD LUI TEND une bière à elle aussi, et il l'aide à s'asseoir dans un fauteuil. « Maman, est-ce que ça va ? » demande-t-il.

« ET BIEN, je ne m'attendais pas à ce que les choses se passent comme ça. » Elle boit une longue gorgée de bière. Rod va s'asseoir près de sa copine.

ASHLEY ME REGARDE EN SOURIANT. « Alors comme ça, tu as fait un échange entre les deux frères. Je trouve que toi aussi tu es plutôt une dure à cuire ! »

JE ROUGIS et je détourne le regard. Rod répond : « Oui, c'en est une. Mais elle commence à peine à s'en rendre compte. »

SUE BOIT une autre gorgée avant de prendre la parole : « Et bien, autant le dire tout de suite. Je suis désolée, Jenna. Je pensais vraiment que ce serait un fiasco total. Je m'attendais à une bagarre. Mais apparemment, c'est toi qui a conseillé à Rod de se trouver quelqu'un qui lui ressemble, et tu avais raison. Ces deux-là s'entendent bien, et ils ont l'air de se tempérer mutuellement. »

. . .

Rod passe son bras autour d'Ashley, et elle pose sa tête contre son épaule. « C'est vrai ça, hein ? » lui demande-t-il.

Ashley hoche la tête. « Oui, bébé. C'est tout à fait vrai. »

Elle lui fait un petit bisou sur la bouche, et je vois quelque chose briller dans les yeux de Rod lorsqu'elle s'éloigne.

Il est amoureux d'elle !

Et elle aussi, elle a l'air amoureuse de lui. L'émotion fait battre mon cœur plus fort. Je suis tellement heureuse pour eux.

Une larme coule le long de ma joue, et Sue la remarque. « Oh non ! Ça te fait de la peine. Tu vois ! Je savais que ce ne serait pas si facile... »

Je l'arrête. « Non, Sue. Ce n'est pas ça du tout. » J'essuie la larme et je me tourne vers Ashley. « J'aime cet homme. Pas dans le sens que je souhaite être avec lui ; dans le sens que je souhaite qu'il soit heureux. C'est ce que j'ai toujours souhaité. Et tu le rends heureux. Ça me fait tellement plaisir. »

Ashley prend ma main dans la sienne. « Je sais que tu l'aimes. Je te remercie de ta sincérité, Jenna. Je l'aime bien plus que je ne l'aurais cru possible. Et il t'aime aussi. Je pense qu'on peut être une famille heureuse tous ensemble. Enfin, dès que Reed sera là et que vous vous vous serez réconciliés.

. . .

– MERCI DE COMPRENDRE cette situation un peu loufoque, Ashley. Si Reed veut encore de moi, nous pourrons être une grande famille heureuse ensemble. »

LA PORTE d'entrée s'ouvre. C'est lui. « Jenna. »

JE ME LÈVE et je m'approche de lui en levant ma main avec sa bague à mon doigt. « Est-ce que je peux encore être Mme Reed Manning ? »

IL HOCHE la tête sans rien dire, et je me retrouve profondément enfouie entre ses bras. Il me souffle à l'oreille : « Mon ange, tu m'as tellement manqué !

– TU M'AS MANQUÉ AUSSI. Je ne veux plus jamais être loin de toi, » je murmure à travers mes larmes.

JE ME SENS ENFIN APAISÉE, collée contre son grand corps musclé. Il me soulève soudain et il me porte dans ses bras dans le couloir qui mène vers sa chambre.

ROD CRIE DERRIÈRE NOUS : « Ne faites rien que je ne ferais pas ! »

J'ENTENDS ASHLEY AJOUTER : « Donc, ça veut dire allez y à fond, parce qu'il n'y a rien que ce mec ne ferait pas ! »

ILS ÉCLATENT DE RIRE, et j'entends Sue rire avec eux. « Vous êtes dingues, les enfants ! »

. . .

JE PRESSE mon visage contre le torse de Reed et je respire profondément, me délectant de son odeur. Il ouvre la porte de sa chambre avec le pied et me porte à l'intérieur.

MON CŒUR BAT à tout rompre lorsqu'il m'assoit sur le lit et qu'il m'ordonne : « Déshabille-toi ! »

EST-CE que Rod a appris ses punitions à Reed ?

40

REED

Jenna est allongée sur mon petit lit d'enfant, et elle me regarde intensément pendant que du bout du doigt, je décris des petits cercles sur son ventre nu, allongé près d'elle.

« J'ai eu peur, j'ai cru que tu t'apprêtais à me donner une leçon, Reed, » me dit-elle, et un sourire illumine son visage magnifique. Ce visage que je mourrais d'envie de voir depuis des mois, de trop nombreux mois.

« C'est bien le cas, » je lui murmure à l'oreille.

Elle est parcourue d'un frisson. « Vraiment ? »

J'acquiesce, puis je viens nicher ma tête dans le creux de son cou, que j'embrasse. Je lui ai dit de se déshabiller et j'ai fait de même, et ensuite je suis venu me coucher près d'elle sur le lit, nos peaux nues l'une contre l'autre.

J'en avais envie depuis bien trop longtemps. Un truc aussi simple que la sensation de ma peau contre la sienne. Je me sens totalement différent. Je me sens complet.

Son odeur est partout sur moi, et je n'ai qu'une idée en tête, lui donner du plaisir pour qu'elle soit sûre que là est sa place dans mes bras, pour toujours.

« Je vais t'apprendre que toi et moi, on est faits l'un pour l'autre. »

Je descends ma main jusqu'à ce que je touche son point sensible, et elle gémit doucement alors que je presse légèrement son clitoris du bout des doigts.

« Reed... » Elle soupire mon nom, et tout son corps tremble. « Ça m'a tellement manqué que tu me touches. Je m'en veux tellement de t'avoir laissé. C'est la chose la plus stupide que j'ai jamais faite, et tant que tu voudras de moi, je ne referai plus jamais cette erreur.

– Bien. » J'embrasse son cou et je le mordille. Sa main remonte le long de mon bras et s'arrête sur mon biceps, qu'elle tâte. « Mes muscles t'ont manqué ? » je rigole.

« Et bien, oui. » Elle se tourne et regarde intensément mon corps, allongé près d'elle.

Elle passe sa jambe par-dessus moi, et je m'allonge sur le dos puis je l'attire sur moi. Elle s'assoit sur moi et me chevauche. Je sens sa chaleur humide au niveau de mon ventre. Ses seins bougent doucement au rythme de sa respiration.

Je prends sa main gauche, et j'embrasse la bague que je lui ai donnée. « Alors, tu veux vraiment m'épouser, c'est vrai ? »

Elle hoche la tête et elle caresse mon torse. J'attrape ses seins pointus dans mes mains. Elle soupire en même temps que moi, et elle passe sa langue sur ses lèvres.

« Je ne sais pas ce qui s'est passé ce matin. J'ai eu un déclic, et j'ai compris qu'il fallait que je vienne te voir. J'étais prête à me battre contre tout le monde, tu sais.

– Ça ne te ressemble pas du tout, pourtant. » Je déplace mes mains pour agripper ses fesses. Je l'attire plus fort contre moi.

Ses lèvres viennent s'écraser contre les miennes un instant, puis elle se rassoit. « J'espère que cette nouvelle Jenna te plaît. Je ne serai plus cette gentille fille silencieuse qui fait passer le bonheur de tout le monde avant le sien.

– Et avant le mien, » j'ajoute, puis je l'attire à nouveau contre moi.

Ses lèvres sont contre les miennes, et cette fois je tiens son visage entre mes mains pour l'embrasser intensément et longtemps. Nos langues se rencontrent, et c'est comme si elles n'avaient jamais été séparées.

C'est comme si nos corps ne s'étaient jamais quittés, pas un seul jour. Pourtant, il s'est passé du temps. Beaucoup trop de temps, et à présent que mon corps est conscient de sa présence, je la désire violemment.

Ma queue grossit, et j'ai tellement envie d'être en elle que c'est douloureux. Je la retourne sur le dos sans interrompre notre baiser. Elle lève les jambes en pliant les genoux, et je plonge ma queue brûlante profondément en elle.

Nos gémissements remplissent la pièce, et je sais que si quelqu'un passe dans le couloir il va nous entendre. Mais ça m'est complètement égal.

Nos respirations s'accélèrent immédiatement, comme nos cœurs. Je libère sa bouche pour que nous puissions tous les deux prendre de l'oxygène comme nous en avons bien besoin. Ses yeux verts sont perlés de larmes alors qu'elle me regarde. Elle prend mon visage entre ses douces smains.

– J'ai tellement rêvé de ce moment. Je n'ai jamais cessé de t'aimer, Reed. Pas une seule seconde. Personne n'a eu cet effet sur moi, à part toi. Je le sais, sans le moindre doute. Nous sommes faits l'un pour l'autre. »

Je donne un coup de rein en souriant. « Oui, Jenna. Tu es à moi, et je suis à toi. Et officiellement aussi, bientôt. »

Son talon caresse ma cheville et j'ai chaud alors qu'elle remonte son pied le long de ma jambe. « Plus vite, » me murmure-t-elle.

Je plonge en elle, encore et encore, jusqu'à ce qu'elle soit sur le point de jouir. Alors, je me retire entièrement. Elle me regarde, les sourcils froncés.

J'embrasse le bout de son nez, puis je la la retourne et la redresse jusqu'à ce qu'elle soit à quatre pattes. Placé debout devant le lit, je suis à la hauteur parfaite pour la pénétrer profondément, et elle pousse un cri délicieux quand ma queue entre à nouveau en elle.

« Reed ! » Elle appuie sa tête sur le lit et ses fesses remontent, mais je la maintiens par la taille pour qu'elle sente bien chacun des coups de reins que je lui donne.

Je la pilonne sans relâche, jusqu'à ce que je sente un petit tremblement en elle qui m'indique qu'elle est sur le point de jouir. Je me retire alors, et elle pousse un long gémissement en retombant sur le lit.

« Reed, c'est de la torture.

– Oui, mais c'est une torture très douce, mon ange. » Je l'aide à se lever, et je la place dos au mur. Je lève ses mains au-dessus de sa tête. « Enroule tes jambes autour de moi. »

Elle sourit en levant les jambes, qui viennent entourer ma taille. Ma queue glisse à nouveau en elle, et l'expression sur son visage me montre que ça la rend extrêmement heureuse

Je recommence à la pénétrer puissamment. Elle enroule ses bras autour de mon cou et je l'embrasse en pressant son corps contre le mur. Ses seins sont écrasés contre mon torse dur. Je sens la peau douce de son ventre contre mes abdos.

Ses jambes commencent à trembler, et je sais que l'orgasme est proche. Cette fois, je la laisse jouir.

Elle pousse un cri aigu, que ma bouche étouffe un peu car sinon, on l'aurait entendu jusque dans le salon. Tout son corps se met à trembler et à vibrer autour de moi, et je me laisse aller et jouis avec elle.

Je la porte jusqu'au lit et nous tombons dessus ensemble, nos corps toujours entrelacés. Son corps pompe toute la semence de mon membre qui la remplit.

Ses lèvres se décollent des miennes, et elle caresse ma joue. « Reed, je t'aime. Je t'aime tellement. Je ne passerai plus jamais une nuit loin de toi. Plus jamais. Je t'aime, je t'aime... »

Je me recule un peu pour la regarder. Des larmes coulent sur ses joues rouges. Elle est toute essoufflée. « Jenna, je t'aime. Ces derniers mois ont peut-être été très durs, mais ils ont été nécessaires. Maintenant, je suis certain que tu m'aimes. Je sais que tu ne risques pas de me quitter un jour parce que tu n'es pas sûre de ce que tu ressens pour mon frère. Et je sais que tu ne te demanderas pas si un autre homme peut te faire le même effet que moi. »

Elle renifle. « Personne d'autre que toi n'a cet effet sur moi, Reed. Je le sais à présent. »

J'embrasse sa joue, et je lèche ses larmes salées. « Je t'aime, Jenna. Je ne te laisserai plus jamais partir loin de moi. Plus jamais. Tu es coincée avec moi, ma belle.

– Je suis ravie de l'entendre. » Elle prend mon visage entre ses mains, et elle m'embrasse tendrement.

Enfin, notre vie ensemble peut vraiment commencer !

Réalisé avec Vellum

Lightning Source UK Ltd.
Milton Keynes UK
UKHW020830241122
412742UK00005B/187

9 781648 089701